U0083998

古典詩歌研究彙刊

第十四輯

龔鵬程 主編

第 1 冊

唐詩宮怨題材的多元透視

吳雪伶 著

國家圖書館出版品預行編目資料

唐詩宮怨題材的多元透視／吳雪伶 著 ― 初版 ― 新北市：花
木蘭文化出版社，2013〔民 102〕
目 4+240 面；17×24 公分
（古典詩歌研究彙刊 第十四輯；第 1 冊）
ISBN 978-986-322-444-0（精裝）
1. 唐詩 2. 詩評
820.91   102014939

ISBN-978-986-322-4440

9 789863 224440

古典詩歌研究彙刊
第十四輯　第一冊   ISBN：978-986-322-444-0

唐詩宮怨題材的多元透視

作　　者　吳雪伶
主　　編　龔鵬程
總 編 輯　杜潔祥
出　　版　花木蘭文化出版社
發 行 所　花木蘭文化出版社
發 行 人　高小娟
聯絡地址　235 新北市中和區中安街七二號十三樓
　　　　　電話：02-2923-1455／傳眞：02-2923-1452
網　　址　http://www.huamulan.tw 信箱 sut81518@gmail.com
印　　刷　普羅文化出版廣告事業
初　　版　2013 年 9 月
定　　價　第十四輯 17 冊（精裝）新台幣 24,000 元
版權所有‧請勿翻印

唐詩宮怨題材的多元透視

吳雪伶 著

作者簡介

吳雪伶，河南項城人。2001 年畢業於鄭州大學中文系，獲文學碩士學位。2007 年畢業於武漢大學文學院，獲文學博士學位。現為洛陽師範學院文學與傳媒學院副教授，曾在《甘肅社會科學》、《前沿》等刊物上發表學術論文近二十篇。主要研究領域為中國古代文學、文獻學，研究重點為魏晉南北朝文學及唐宋文學，五年來，一直從事本科生的教學工作，任教主要課程為中國古代文學、文化概論、中國傳統文化原典講讀等。

提　　要

　　《唐詩宮怨題材的多元透視》一書對唐代宮怨詩進行了全面而深入的研究，立體化地展示了唐代宮怨詩的種種情況，全書共分六章。第一章著重梳理唐前宮怨詩的發展嬗變，先秦、漢晉、南北朝是宮怨詩發展的三個重要時期。第二章重在考察唐代宮人概況，總述唐代宮怨詩的創作情況，認為唐代是宮怨詩的興盛時期。第三章探討唐代宮怨詩的作者情況。以作者身份看，唐代宮怨詩可以分為女性詩人的自我抒發與男性詩人的代言之作。男性詩人的代言之作構成了唐代宮怨詩的主要部分，也是唐代宮怨詩最具文學色彩和文化價值的部分。第四章旨在梳理唐代宮怨詩的發展脈絡。唐代宮怨詩的發展大致可分初盛唐、中唐、晚唐三個階段。初盛唐宮怨詩題材多承襲前代，措詞多含蓄，重意象塑造，虛構成分多。中唐宮怨詩語言更為通俗，多用白描手法，寫實成分增多。晚唐宮怨詩與中唐相比，在題材選擇上無大的變化，但藝術上卻頗為不同，呈現出向盛唐宮怨詩的些許回歸。從整體上看，唐代宮怨詩的發展與唐詩主流風貌的發展相一致。第五章重在分析唐代宮怨詩的藝術特點及其美學內涵。第六章闡述了唐代宮怨詩興盛的原因及意義。總之，本書微觀與宏觀結合，審美思辨與審美體驗同步，是一部研究唐代宮怨詩的力著。

目次

本論文的創新點

　　對先唐宮怨詩發展嬗變的論述。論文的第一章在界定了宮怨詩的概念後，描述了唐前宮怨詩的發展軌跡，認為先秦、漢晉、南北朝是宮怨詩發展的三個重要時期。先秦是宮怨詩的萌芽時期，《詩經》中的《綠衣》、《白華》是宮怨詩的濫觴，對此二詩的闡釋，學界雖有不同意見，但小序的解釋對後世宮怨詩的作者，具有潛在的不可低估的影響與示範意義。漢代是宮怨詩的正式形成時期，班婕妤《怨歌行》是第一首成熟的宮怨詩。司馬相如的《長門賦》、班婕妤的《自悼賦》及左芬的《離思賦》對後代宮怨詩的創作影響深遠，尤其是司馬相如的《長門賦》，其代言體的形式對後代宮怨詩影響甚大。齊梁時期，宮體詩盛行的同時，傳統題材的宮怨詩也在發展，但宮體詩對宮怨詩存在一定的影響，特別是在「文章且須放蕩」的蕭綱筆下，宮怨詩也染上了幾許香豔色彩。

　　對唐代宮怨詩創作主體的考察。以作者身份看，唐代宮怨詩大致可以分為兩類：女性詩人的自我抒發與男性詩人的代言之作。女性詩人包括有名號的后妃、和親的公主、普通的宮女三類，她們是女性話語的自發者，表達了她們對自由生活的嚮往。男性詩人的代言之作構成了唐代宮怨詩的主要部分，也是唐宮怨詩最具文學色彩和文化價值的部分，內容上可分為宮人之怨、政治失意之怨、外嫁之怨三類。但

不管是男性代言，還是女性自我抒發，都呈現出明顯的女性色彩的情感基調和抒情話語模式，本文稱之爲「男發女聲」，這種「男發女聲」背後的雙重心理機制，使男性詩人成爲女性話語的深化者。

對唐代宮怨詩發展進程的把握。本論文把唐代宮怨詩劃分爲三個階段兩個高潮，並選舉每一個階段的代表作家進行論述，較爲清晰地展現了唐代宮怨詩的發展脈絡。初盛唐是唐代宮怨詩發展的第一個時期。初唐詩人的宮怨詩在題材選擇、內容主旨與藝術表現上多承襲前代，且多寫意之作，措詞多含蓄，重意象塑造，虛構成分多，代言體比重大。盛唐詩人的宮怨詩在題材上沒有太大的變化，但在內容與藝術表現上有較大的發展，是唐代宮怨詩發展的第二個時期。中唐詩人不僅在選材上有所創新，敘述手法亦有變化。語言更爲通俗，多用白描手法，寫實成分增多，從代言轉向第三人稱的客觀敘述和描寫，促成了唐代宮怨詩發展的第二個高潮。晚唐宮怨詩與中唐相比，在題材選擇上無大的變化，但藝術上卻頗爲不同，呈現出向盛唐宮怨詩的些許回歸。

緒　論

　　唐詩研究是較爲成熟的研究領域之一，隨著研究的進一步推進，在研究視角與方法上作一定的開拓與探索是必要的，如唐詩的題材分類研究。以題材給詩歌分類的現象在六朝即已呈現。蕭統《文選》詩歌部分共分二十三類，大致就是以題材來劃分的。而唐詩按題材分類編排，自唐至清一直爲人所重，如唐代顧陶的《唐詩類選》，宋代趙孟奎的《分門纂類唐歌詩》，清代周人麒的《唐詩類疏》等，今人張浩遜在其專著《唐詩分類研究》中明確提出唐詩的分類研究。而宮怨作爲詩歌的重要題材，很早便爲人所注意。宋代方回《瀛奎律髓》一書，其中「宮闈類」即以選取宮怨詩爲主。趙孟奎《分門纂類唐歌詩殘本》序中云：「是集之編，搜羅包括，靡所不備。凡唐人所作，上自聖製、下及俚歌、郊廟軍旅、宴饗道途、感事送行、傷時弔古、慶賀哀挽、遷謫隱淪、宮怨閨情、閒居邊思、風月雨雪、草木禽魚，莫不類聚而旴分之。」〔註1〕又如明代李維楨《新鐫名公批評分門釋類唐詩雋》中，亦有樂府宮怨閨情一類。劉克莊編著的《唐五七言絕句》一書也兼取「宮怨之什」，原書雖佚，但其序文猶存：「余家童子初入塾，始遺五七言各百首口授之。

〔註1〕趙孟奎編：《分門纂類唐歌詩殘本》，宛委別藏錄絳雲樓藏本，第 1 頁。

切情詣理之作，匹□□女不棄也……童子請曰：『昔杜牧譏元、白誨淫，今所取多□情春思、宮怨之什，然乎？』」（註2）至於今人所編的唐詩選本，亦將宮怨別爲一類。如潘百齊編著的《全唐詩精華分類鑒賞集成》，分有「宮怨門」；胡光舟、周滿紅主編的《古詩類選》，於「抒情言志」類下，亦立有「宮怨門」。歌德曾說：「還有什麼比題材更重要呢？離開題材還有什麼藝術學呢？如果題材不適合，一切才能都會浪費掉。」（註3）歌德此論原是針對創作而言，但對於研究來說，題材分類研究同樣具有重要的價值。

其實，宮怨詩並不始於唐，它萌芽於先秦，發展於漢魏，變異於六朝，至唐而大盛，《全唐詩》所存宮怨詩四百餘首，作家二百餘人，李白、王昌齡、劉長卿、戴叔倫、王建、白居易、劉禹錫、張籍、李賀、杜牧、李商隱、張祜等詩人，都作有數量相當可觀的宮怨之作。這些宮怨詩，在情感特徵、主題價值、審美取向上的獨特性引人注目，而其風格特徵、詩體形式、藝術技巧則呈現出統一性與自足性。所有這些都昭示著我們應該在此類題材的詩歌上投入更多的關注與精力。筆者認爲，對此論題進行全面的研究與梳理，將有以下意義：首先，宮怨詩的吟詠對象爲宮廷女子，包括后妃、宮女、公主等，通過對唐代宮怨詩的研究，我們可以從中獲悉唐代後宮女子各個階層的生活狀態，窺見這一群體對唐代詩人的情思啓發，以及她們對唐詩繁榮所起的作用。其次，唐代宮怨詩不乏借題發揮之作，文人多借宮怨來表達他們對人生仕途的領悟，或表明起伏盛衰之悲，或透露身不由己之苦，或抒發有志難伸之情，詩人的反思不再拘圉於宮怨範疇之內，而是擴展至整個人生，從中可以透視出唐人的生命形態與人格特徵。第三，通過對唐代宮怨詩藝術風貌與藝術手法的分析，亦可見出唐詩的發展脈絡。第四，唐詩的題

〔註2〕 劉克莊：《後村先生大全集》卷九十四，四部叢刊本，第 18 頁。
〔註3〕 愛克曼輯錄、朱光潛譯：《歌德談話錄》，人民文學出版社 1978 年版，第 11 頁。

材分類研究也屬於主題類型學研究，「在文學形式的研究上，類型研究和範式都是未來富有魅力的研究模式，它們不僅直接提供文學史演進的深層知識，而且爲作家批評提供有效的價值參照糸。隋唐五代文學和文學史研究的深化，在很大程度上將依賴於二者的積累。」〔註4〕筆者希望此論題的研究能在這方面做出有益的嘗試。

　　下面簡述一下唐代宮怨詩的研究現狀。對宮怨詩的關注與評論可謂肇始於唐人。如劉肅《大唐新語》卷八《文章》中提到劉希夷創作宮怨詩的情形：「少有文華，好爲宮體，詞旨悲苦，不爲時所重。」〔註5〕《雲溪友議》卷下《瑯琊忤》條記載了王建因《宮詞》而險些罹禍的前因後果。皮日休《論白居易薦徐凝屈張祜》亦云：「祜元和中作宮體詩，詞曲豔發，當時輕薄之流重其才，和謰得譽。」〔註6〕則透露了張祜宮詞在當時的聲譽。顯然，這些還談不上對宮怨詩藝術層面上的深刻剖析。稍後，北宋歐陽修在《六一詩話》中以摘句形式提到了周樸的《春宮怨》（實爲杜荀鶴詩）：「余少時猶見其集，其句有云：『風暖鳥聲碎，日高花影重。』……誠佳句也。」〔註7〕自此以後，這首《春宮怨》便屢屢爲歷代詩話作者所選，而這種形式也成爲古人評論宮怨詩的主要形式，最爲古人所稱賞的是李白、王昌齡、王建、張祜、白居易、杜牧等人的宮怨詩，他們或重詩句的含蓄，或重詞意的精工，或重語言的自然。如惠洪評杜牧《宮詞》（白髮宮娥不解悲）曰：「其詞語如水流花開，不假功力，此謂之天趣。天趣者，自然之趣耳。」〔註8〕明代胡應麟則把李白的《長門怨》（天回北斗掛西樓）與王昌齡的《西宮曲》（西宮夜靜百花香）並置對比，「李則意盡語中，王則意在言外。然二詩各有

〔註4〕　傅璇琮、蔣寅等編：《中國古代文學通論‧隋唐五代卷》，遼寧人民
　　　　　出版社2005年版，第614頁。
〔註5〕　〔唐〕劉肅撰：《大唐新語》，中華書局1984年版，第128頁。
〔註6〕　《全唐文》卷七百九十七，第8359頁。
〔註7〕　〔清〕何文煥輯：《歷代詩話》，中華書局1981年版，第267頁。
〔註8〕　〔宋〕惠洪：《石門洪覺範天廚禁臠》，四庫全書本。

至處，不可執泥一端。大概李寫景入神，王言情造極。王宮詞樂府，李不能爲；李覽勝紀行，王不能作。」〔註9〕道出了李白與王昌齡各有所擅，誠爲中的之論。這些評論雖較瑣碎、不成系統，卻觸及到了宮怨詩的藝術層面。20世紀80年代以前，本來就受人冷落的宮怨詩，由於各種因素的影響，更是少人提及。80年代以後，隨著各個研究領域的發展，宮怨詩也受到越來越多的學者關注，至今，研究成果共有43項，包括31項單篇論文，一篇碩士論文，一本專著，可分爲綜合研究、個案研究與相關研究。

在綜合研究中，80年代，多以單篇論文的形式，注重分析宮怨詩中宮女的生活狀態與生命情感。有些是專論唐代宮怨詩，有些是宮怨與閨怨並論。韓理洲的《三千宮女胭脂面，幾個春來無淚痕——簡說唐代的「宮怨詩」》〔註10〕一文，從作者、作品本身、藝術形式等方面概述了唐代宮怨詩的創作情況。徐育民的《詩苑奇葩——談唐代的宮怨詩》〔註11〕則重點分析了王昌齡、李白、朱慶餘及白居易等詩人的數首宮怨詩。張浩遜的《妾命何太薄　不及宮中水——談唐代宮怨詩的變態心理描寫》〔註12〕較爲詳細地分析了唐代宮怨詩的心理描寫。他的另一篇文章《唐代宮怨詩綜論》〔註13〕除了含有上篇文章的內容之外，還較爲詳細的論述了唐代宮怨詩繁榮的原因，中唐宮怨詩多現實題材的社會因素，以及唐代宮怨詩通用的藝術技巧等。卞良君的《古代的宮怨詩和閨怨詩》〔註14〕一文總論古代的宮怨詩與閨怨詩，認爲濃重的感傷色調、細膩的心理描寫、恰切的比興襯托是宮怨詩與閨怨詩通用的藝術手法，概括頗有見地。90年代以後，研究視

〔註9〕〔明〕胡應麟撰：《詩藪》內編卷六，上海古籍出版社1979年新1版，第119頁。
〔註10〕《人文雜誌》1985年第6期。
〔註11〕《大學文科園地》1986年第2期。
〔註12〕《語文月刊》1986年第3期。
〔註13〕人大複印資料《中國古代、近代文學研究》1989年第10期。
〔註14〕《文史知識》1989年第9期。

野較爲開闊，更注重宮怨詩的文學特性。顧愛霞、高峰的《唐代宮怨詩新論》〔註15〕揭示了唐代宮怨詩盛行的原因，分析了宮怨詩的主旨及藝術特點。有些論文則對宮怨詩中的一個問題作專門論述，如趙文彬的《試論唐代宮怨詩的意象》〔註16〕、劉潔《論唐代宮怨詩與閨怨詩的幽怨美》〔註17〕等。值得一提的是，一些學者已開始注意到宮詞與宮怨的不同之處，不再把二者一起籠統論述，梅紅、周嘯天的《宮詞和宮怨之辨析》〔註18〕一文即對二者作了詳細的辨析。劉紅麟《從非我化到情感化——論宮體詩與宮怨詩抒情範式之差異》〔註19〕一文說，因情感內質、抒情身份、審美趣味、情感層次的差異導致了宮體詩與宮怨詩的抒情範式體現出明顯的不同。與單篇論文相比，臺灣鄭華達的《唐代宮怨詩研究》〔註20〕一書發前人所未發，乃此論題的扛鼎之作。

　　除綜合研究外，還出現了個案研究，如王昌齡宮怨詩研究、紅葉題詩研究及有關王昭君的詩歌研究。王昌齡現存詩中共有八首宮怨詩：《春宮曲》、《西宮春怨》、《西宮秋怨》、《長信秋詞五首》，數量不多，但因其高超的藝術成就而引起歷代學者的欣賞與評價。畢士奎《傾注血淚寫宮怨——王昌齡宮怨詩簡論》〔註21〕一文即對王昌齡的宮怨詩作了專題探討。另外有陳今的《含蓄蘊藉寫宮怨——王昌齡宮怨詩初探》〔註22〕等。「紅葉題詩」研究相對於其它論題的研究稍嫌遲緩。陳慶紀的《論「紅葉題詩」的宮怨主題》〔註23〕一文認爲，「紅葉題詩」是一種特殊的傳情方式，它以紅葉爲媒，表達

〔註15〕《南京師大學報》1996 年第 3 期。
〔註16〕《丹東師專學報》2002 年 3 月。
〔註17〕《西北師大學報》2001 年第 5 期。
〔註18〕《西南民族學院學報》2002 年第 3 期。
〔註19〕《江漢論壇》2004 年第 2 期。
〔註20〕文津出版社 2000 年版。
〔註21〕《內蒙古師大學報》1997 年第 1 期。
〔註22〕《寧德師專學報》2001 年第 4 期。
〔註23〕《丹東師專學報》2003 年第 2 期。

了宮女們幽怨壓抑的痛苦心境。孟莉《宮闈春情鎖不住　紅葉蕩漾到人間——漫話「紅葉題詩」的傳說和意義》〔註24〕一文，從歷代詩話、筆記、小說中，爬羅剔抉，綴拾整理補充，將原來的三說增加爲六說；並注明諸說的作者和原始出處，略加評騭，並述說其思想社會歷史意義，最後認爲，嘉興海鹽顧況的題詩，最地道、最正宗，當爲翹楚。關於昭君詩的研究較多，王昭君在歷史上是一個獨特的存在，她在漢元帝後宮時，未獲恩寵，不曾謀得君王一面，是哀怨的后妃形象。元帝與匈奴和親，她又遠離故土，與中原文化中心隔離，她的命運不僅是史家關注的焦點，也是歷代文人不斷吟詠的題材。僅唐一代，有關王昭君的詩歌就有 52 首左右，這些詩歌自然引起當代學者的關注。吳河清《論唐宋詩人的昭君詩》〔註25〕一文認爲，唐宋詩人的多首昭君詩作，猶如一幅連綴而成的昭君出塞歷史圖畫，以其各自不同的人文視角，展示出帶有時代特徵的價值觀念與情感心態。文章最後總結到，唐人的昭君詩，較爲注重的是昭君悲劇命運的審美意義；而宋人的昭君詩，則在向歷史發出詰問的同時，著力探求美好生命被毀滅的原因所在，帶有更爲強烈的現實責任感。蔣玉斌《唐人詠昭君詩與士人心態》〔註26〕一文認爲，唐人以王昭君爲載體，將其人生感遇寄託於其詩歌中，表達他們或張揚進取的精神，或懷才不遇的悲歡，或濃鬱的鄉愁之思。軒蕾《論昭君故事的三重敘述模式與審美體系》〔註27〕一文認爲，史家、文人及民間的不同解讀構成了昭君故事的三大敘述模式與審美體系，表現爲史家求「眞」、文人尙「悲」、民間重「樂」。另外，唐眉江的《宋代昭君詩類型及其解讀》〔註28〕、王人恩的《論元代詩人的昭君詩》〔註29〕則分別論述了宋、元兩代的昭君詩。

〔註24〕《嘉興學院學報》2004 年第 5 期。
〔註25〕《河南教育學院學報》2001 年第 3 期。
〔註26〕《西南民族大學學報》2003 年第 8 期。
〔註27〕《臨沂師範學院學報》2005 年第 4 期。
〔註28〕《四川師範學院學報》2003 年第 1 期。
〔註29〕《雲南師範大學學報》2004 年第 5 期。

　　本文所謂的相關研究乃指研究的主旨不在宮怨詩，而是在與宮怨詩密切相關的論題中，如在閨怨詩的研究中兼及宮怨詩的研究；或者是以女性文學的角度而談到宮怨詩。如康正果的《風騷與豔情》〔註30〕、蘇者聰的《閨闈的探視──唐代的女詩人》〔註31〕、譚正璧的《中國女性文學史》〔註32〕等都以少量篇幅談到了唐代的宮怨詩。單篇論文有：孟修祥《論女性與李白的情感世界》〔註33〕、易思平的《唐宋詩詞中的變性之音》〔註34〕等。其中易文認為中國古典詩歌中出現變性之音的原因在於，中國古代儒家之女性化思想與詩教理論的薰染，陰性文化盛行之社會環境的壓迫，以男女之情寫君臣關係之文學傳統的影響，以及文人自身的性格弱點等。楊義在《李白代言體詩的心理機制》〔註35〕中分析了李白的《長門怨》、《白頭吟》等宮怨詩，並認為這種代言體詩歌的審美心理功能，獲得了長足的進展和深入的開發。劉明華《李杜詩歌中的女性題材及抒情特徵三論──李杜詩歌女性觀念的比較》〔註36〕一文涉及到李杜詩中的怨女形象，並分析了二者的不同之處。俞世芬的《模擬與真實──唐代女性詩歌的雙重意味》〔註37〕也論述了其間的宮怨詩。

　　不可否認，上述各項研究都取得了可喜的成績，但對於數量眾多的唐代宮怨詩來說，這些研究顯得遠遠不夠，即使是現有的研究成果，也存在著不足之處，可供開拓的領域也很多。在綜合研究中，80年代多以詩歌賞析的形式，重在分析宮怨詩中宮女的生活狀態與生命遭際，對宮怨詩的藝術成就較少論及。90年代，研究雖注重宮

〔註30〕河南人民出版社1988年版。
〔註31〕湖南文藝出版社1991年版。
〔註32〕百花文藝出版社2001年版。
〔註33〕《湖北大學學報》1996年第4期。
〔註34〕《江淮論壇》2003年第1期。
〔註35〕《海南師範學院學報》2000第1、2、3期。
〔註36〕《社會科學研究》2001年第2期。
〔註37〕人大報刊複印資料《中國古代、近代文學研究》2005年第12期。

怨詩的文學屬性，對唐代宮怨詩的各個方面能做出較爲準確的概括，但又往往把唐代宮怨詩作爲一個整體來研究，忽視了宮怨詩在唐代的發展脈絡，初、盛、中、晚唐四個時期中，宮怨詩在題材的選擇、藝術的運用上有無變化？有何變化？宮怨詩常用的意象是怎樣從六朝一步步發展至唐代而成熟、固定下來的？這些意象與閨怨詩常用的意象有何異同？唐代宮怨詩作者有女性詩人，也有男性詩人，身份的不同是否影響到了詩作的藝術風貌？男性詩人多用代言體，這些代言之作是否眞正表達了女性的心聲？這些都是本文要解決的問題，也是本文的創新之處。另外，本研究屬於類型學研究，那麼概括與說明宮怨詩的藝術規則，及這藝術規則是怎樣形成又是怎樣規定了宮怨詩的結構、主題、抒情方式與風格特徵，也是本文研究的重點所在。同時爲了更清晰的展示宮怨詩的發展脈絡，本文還闡述了唐前宮怨詩賦的發展情況，以及唐前宮怨詩與唐代宮怨詩的聯繫與區別等等。研究的難點在於，一、相關資料較少；二、在爲宮怨詩分期的過程中，部分詩歌的寫作時間難以判定。三、一些詩作的眞僞及作者所屬問題也給研究帶來了一定的難度。

本文的研究思路與方法是：擬對先秦至唐代的宮怨詩作一全面系統的考察，並重在論述唐代宮怨詩。論文的第一部分首先梳理唐前宮怨詩的發展嬗變，然後著重論述唐代宮怨詩對前代的繼承與發展，重點考察宮怨詩創作對象的變化、宮怨詩在唐代的發展脈絡、唐代宮怨詩興盛的社會文化背景、唐代宮怨詩的文化意義與文學意義等。韋勒克、沃倫《文學理論》一書曾將文學研究方法分爲外緣研究與內部研究。前者包括文學的背景、文學的環境、文學的外因等研究；後者則集中於文學作品本身的分析和解釋。儘管這兩類研究方法的取向和重點不同，但並不意味著二者互不相容。許多時候，二者可以同時包容在一個研究系統之內，從而便於以宏觀的角度進行分析。本文對唐代宮怨詩的研究，就擬採用這種統一內外、

互爲發明的方法，大致分爲兩部分，一是外緣研究，二是內部、外緣研究的綜合論述。外緣研究將分別探討唐代宮人的概況，唐代宮怨詩興盛的社會文化背景。首先，依據歷史文獻、筆記小說、詩文等資料，力求勾勒出唐代宮人的眞實概況，統計宮人數目、闡述宮人入宮途徑，以及其不幸遭遇等問題，並以此作爲理解唐代宮怨詩的外緣參考資料。其次，論文將在具體分析唐代宮怨詩以後，嘗試探討唐代宮怨詩興盛的社會文化背景，分析其所以然的原因所在。內部研究著重就唐代宮怨詩的發展軌迹、藝術表現等幾個專題，進行研究。每個專題均從文學的內部出發，著重分析文本的語言、敘述結構等，並結合詩歌反映的社會現實，使之與文學的外緣諸如文學語言傳統、社會文化心理等獲得有機的關聯。

「科學的第一要務在接收事實，其次在說明原因，演繹原理，至於維護與攻擊，猶其餘事。」〔註38〕因此，本文將在現有研究成果的基礎上，對唐代宮怨詩的各種情況作出論述，力求做到「點」與「面」的結合，既重詩史演進的線的連續，又關注點的深化，力圖立體化地展示唐代宮怨詩的發展變化，努力做到文學創作實際與文學史觀念並重，理論與創作交叉，微觀與宏觀結合，審美思辨與審美體驗同步。本文在具體的論述過程中，將部分採用唐宋筆記小說中的材料。劉知幾有言：「街談巷議，時有可觀，小說卮言，猶賢於己，故好事君子，無所棄諸。」〔註39〕陳寅恪亦謂：「小說亦可參考，因其雖無個性的眞實，但有通性的眞實。」〔註40〕因此，本文在引用筆記小說材料時，對其細節的眞實性一般不予詳辨，而注重其「通性的眞實」。

〔註38〕朱光潛：《詩論》，安徽教育出版社1997年版，第180頁。
〔註39〕劉知幾撰、黃壽成校點：《史通》卷十《雜述第三十四》，遼寧教育出版社1997年版，第81頁。
〔註40〕石泉、李涵：《聽寅恪師唐史課筆記一則》，見《追憶陳寅恪》，社會科學文獻出版社1999年版，第267頁。

第一章　先唐宮怨詩的發展嬗變

　　宮怨詩是我國古典詩壇的傳統題材，主要抒發深宮女子的愁情怨緒。作爲詩歌中的重要類型，其起源較早，大致萌芽於先秦，成熟定型於漢代，在六朝得到持續發展。《詩經》中即有反映宮中女子情感的作品，其中對後宮醜陋現象的描繪成爲後世宮詞的先河；漢代可謂宮怨詩成熟定型的時期，班婕妤的《怨歌行》與司馬相如的《長門賦》是這一時期的代表之作；在宮體詩興盛的梁陳時代，宮怨詩受其影響，帶有幾分香豔色彩。

第一節　宮怨詩界說

　　目前學界雖有不少關於宮怨詩的研究成果，但較少談及宮怨詩的定義。而對研究對象的界定乃是研究的起點。然而，在對研究對象進行界定時，總會遇到這樣或那樣的問題，如葛曉音先生所說：「研究某一類詩歌題材或形式的縱向流變，較難掌握的是研究對象的界定，以及貫穿其中的主線。中國詩歌的任何一種題材或形式都不可能具有嚴格的界定範圍，一定會有部分作品界限不清，與其他種類相混淆。所以幾乎選擇單一詩類進行淵源流變研究的課題都難免遭到概念界定的質疑。」〔註 1〕縱然如此，嘗試著對研究對象進

_____

〔註 1〕 葛曉音：《秦漢魏晉遊仙詩史研究的新創獲》，《北京大學學報》2002

行界定，總是工作的第一步。「問題的關鍵不在於把某種文學現象界定得多麼清楚，而在於是否抓住了這一詩類的內容和表現的基本特徵，能否有條理地論證其如何踵事增華的過程。」〔註2〕考察宮怨詩的創作源流，其濫觴於《詩經》，形成於漢，在兩晉六朝逐步發展，至唐而蔚爲大觀。其描寫對象爲皇宮後院的女子，包括有名號的嬪妃、普通宮女及公主等；在情感抒發上有著鮮明的特色，主要表現宮廷女子的悲哀愁苦，具體包括：悲歡失寵、渴望愛情、幽閉深宮、孤獨外嫁、青春消逝、紅顏招妒等。這些可以說是宮怨詩概念的情感內涵，而宮怨詩概念的外延則與宮體詩、宮廷詩及宮詞密切相關。

一、宮怨詩的內涵

以《宮怨》爲詩題者，始於唐人。終唐一代以《宮怨》爲題者共有八首，作者有李益、長孫佐輔、于濆、柯崇、司馬札、韋莊及任翻等。綜觀這些詩歌的情感內涵，再參以宮怨詩的起源發展，可以發現，失去君恩，不復受寵，是宮怨原因之一，也是宮怨詩抒發最多的怨情。如長孫佐輔《宮怨》：「無情春色尚識返，君心忽斷何時來。」「盛衰傾奪欲何如，嬌愛翻悲逐佞諛。」〔註3〕此詩不僅言及失去君寵，還揭示了失寵原因：他人的嫉妒和讒毀。于濆《宮怨》同樣不僅抒發了失寵的悲哀，也揭示了失寵的原因所在：「……謂言入漢宮，富貴可長久。君王縱有情，不奈陳皇后。誰憐頰似桃，孰知腰勝柳。今日在長門，從來不如醜。」詩中說，縱使家財萬貫，父母疼愛，而一旦入宮，也敵不過陳皇后的嫉妒；縱然君王有情，美貌如花，也逃脫不了閉在長門的命運。這乃是大多數嬪妃的宮怨原因。宮怨詩中傳統的題材長門怨、長信怨等，大都抒發此類情感。

年第 5 期。

〔註2〕《秦漢魏晉遊仙詩史研究的新創獲》。

〔註3〕本文所引用之唐怨詩均出自《全唐詩》和《全唐詩補編》，文後附錄有版本、卷數與頁碼，文中不再另注；引用部分者僅隨文注出作者與詩名。

喬備《長門怨》:「秋入長門殿,木落洞房虛。妾思宵徒靜,君恩日更疏。墜露清金閣,流螢點玉除。還將閨裏恨,遙問馬相如。」又如王諲《長信怨》:「飛燕倚身輕,爭人巧笑名。生君棄妾意,增妾怨君情。日落昭陽殿,秋來長信城。寥寥金殿裏,歌吹夜無聲。」詩中趙飛燕的輕舞巧笑奪去了君王對抒情主人公的寵愛。李白《長信怨》:「天行乘玉輦,飛燕與君同。更有留情處,承恩樂未窮。誰憐團扇妾,獨坐怨秋風。」也因趙飛燕而失去君寵。有些則因年老色衰而失去恩寵,如劉得仁《悲老宮人》:「白髮宮娃不解悲,滿頭猶自插花枝。曾緣玉貌君王寵,準擬人看似舊時。」有些則是因君王的喜新厭舊而失去寵愛,如李白《怨情》:

> 新人如花雖可寵,故人似玉由來重。
> 花性飄揚不自持,玉心皎潔終不移。
> 故人昔新今尚故,還見新人有故時。
> 請看陳後黃金屋,寂寂珠簾生網絲。

或因君王喜新厭舊,或因年老色衰,或因在爭寵中失敗,總之,她們悲歎如今的淒涼寂寞,懷念當年的得意生活,抒發君恩不可再得的怨情,這是典型的宮怨詩。

渴望愛情是所有宮人的內心希冀,但對於大部分宮人來說,要想獲得君王的眷顧幾乎是不可能的,正如白居易《後宮詞》所說:「雨露由來一點恩,爭能遍佈及千門。三千宮女胭脂面,幾個春來無淚痕。」因此,她們渴望正常的家庭生活,嚮往普通人的愛情,而這種渴望幾近於幻想,是根本不可能實現的,這種抒發宮人們無法實現願望的怨恨之情,也屬宮怨詩的範疇。杜牧《秋夕》:「紅燭秋光冷畫屏,輕羅小扇撲流螢。天階夜色涼如水,坐看牽牛織女星。」宋人曾季貍評價此詩:「含蓄有思致。星象甚多,而獨言牛女,此所以見其為宮詞也。」〔註4〕首句中的「冷」字表明夜已深,女主人卻沒有睡意,畫屏雖美,

---

〔註4〕〔宋〕曾季貍:《艇齋詩話》,《歷代詩話續編》,中華書局1983年版,第321頁。

卻顯冷清，於是到戶外撲螢取樂，擡頭望見牛郎織女星，觸動心事，
於是癡情傻想。自然，在這位宮人的心裏，牛郎織女是普通夫婦的化
身，她們雖然受到天帝的懲罰，卻能一年相會一次，而自己只能在宮
內孤獨終生，不言怨情，而怨情已見。再看張祜的《贈內人》：「禁門
宮樹月痕過，媚眼唯看宿燕窠。斜拔玉釵燈影畔，剔開紅焰救飛蛾。」
宮人嫵媚的眼神隨著月光，先是望著禁門，繼而又是宮樹，最後落在
屋內的燕窠上。言外之意，她羨慕燕子雙宿雙飛，而哀怨自己形單影
隻。女主人的拯救飛蛾，表明她同情飛蛾，實際上也就是同情自己。
沈祖棻先生分析到：「她入宮之時可能認爲那是升入天堂，前途無限
光明；而入宮以後，才知道已經陷入地獄，前途是無邊的黑暗。但飛
蛾還有她來救，而她又有誰來救呢？詩篇只作客觀描寫，然而這位女
奴隸的悲慘命運和痛苦的靈魂，卻已從她凝視燕窠和救飛蛾這兩個具
體動作中極其生動地展現了出來。」〔註5〕可見，此首抒寫怨情與上
首有異曲同工之妙。

　　還有一些宮人則衝破禁律，直接表達自己對愛情的渴望：

> 開元中，頒賜邊軍纊衣，製於宮中。有兵士於短袍中得詩
> 曰：「沙場征戍客，寒苦若爲眠！戰袍經手作，知落阿誰
> 邊？蓄意多添線，含情更著綿。今生已過也，重結後生緣。」
> 兵士以詩白於帥，帥進之。玄宗命以詩遍示宮中，曰：「有
> 作者勿隱，吾不汝罪。」有一宮人自言萬死。玄宗深憫之，
> 遂以嫁得詩人。仍謂曰：「我與汝結今生緣。」邊人皆感
> 泣。〔註6〕

這位被幽閉深宮的宮女，很難接觸到男子。在她給沙場戍客縫製戰袍
時，把自己和那位穿袍之人聯繫了起來，產生了幻想，使她一方面爲
「今生已過」而歎息，一方面又強烈希望能與他結爲「後生緣」，深
刻表現了宮女對愛情的渴望。

〔註5〕沈祖棻：《唐人七絕詩淺釋》，上海古籍出版社1981年版，第218頁。
〔註6〕孟棨：《本事詩·情感第一》，《歷代詩話續編》，中華書局1983年版，
　　　第5頁。

　　有些宮人並不表示對得寵的渴望，也沒有失寵的悲哀，但她們因幽閉深宮而嚮往自由，自由的不可企及則產生怨情。如「深院獨開還獨閉，鸚鵡驚飛苔覆地。」（長孫佐輔《宮怨》）院門的獨開獨閉，暗示了深宮的封閉景象。司馬扎《宮怨》：「柳色參差掩畫樓，曉鶯啼送滿宮愁。年年花落無人見，空逐春泉出御溝。」年年花開花落，無人見之，烘託宮人被幽閉，無人理會的寂寞苦況。柯崇《宮怨二首》：「塵滿金爐不炷香，黃昏獨自立重廊。」黃昏降臨，獨自悲歡，無人理會，塵滿香爐，更無心添柱。有些借鳥的自由飛翔來表達對自由的渴望，如「空殿看人入，深宮羨鳥飛。」（梁鍠《長門怨》）殷堯藩《宮詞》：

> 悄悄深宮不見人，倚闌惟見石麒麟。
> 芙蓉帳冷愁長夜，翡翠簾垂隔小春。
> 天遠難通青鳥信，風寒欲動錦花茵。
> 夜深怕有羊車過，自起籠燈看雪紋。

此首描寫幽閉景況更是明白，深宮無人，獨臥獨起，是何等的淒涼寂寞！天遠道難，青鳥難通，又是何等的孤獨封閉！顧況《宮詞》借助宮鶯表達對自由的嚮往：

> 長樂宮連上苑春，玉樓金殿豔歌新。
> 君門一入無由出，唯有宮鶯得見人。

儘管宮內園林春色無邊，宮殿金碧輝煌，歌聲不斷，但這些並不值得宮人們羨慕，不值得她們留戀，唯一值得她們羨慕的是可以自由出入宮門的宮鶯。有時詩人也用落花、流水來表達對自由的渴望。鄭谷的《長門怨二首》之一：「閒把羅衣泣鳳凰，先朝曾教舞霓裳。春來卻羨庭花落，得逐春風出禁牆。」顯然，詩中宮人希望自己成為落花，可以被風吹到禁牆之外，從而獲得自由。還有的宮人希望自己像落花那樣，隨御溝流向人間，如李建勳的《宮詞》：

> 宮門長閉舞衣閒，略識君王鬢便斑。
> 卻羨落花春不管，御溝流得到人間。

青春年華時，未有機會見到君王，等見到君王，容顏已老。這就難怪

詩中的女主人，要羨慕落花，可以無拘無束的流到人間，去尋找普通人的生活。

在這種十分封閉的環境中，宮人有時對外界的情況一無所知，「宮人早起笑相呼，不識階前掃地夫。乞與金錢爭借問，外頭還似此間無。」（王建《宮詞一百首》其六十九）對陌生掃地夫的新鮮感，正是宮人生活單調乏味的表現。她們對外界事物的渴望，竟然使她們拿出金錢來取得外界的信息。宮人的笑問中，潛藏著深切的悲哀。此首以表面上的歡樂暗示實際的痛苦，雖未明寫深宮封閉，而封閉景況自見，效果更爲顯著。

宮女們不但沒有人身自由，思想也受到鉗制。朱慶餘《宮詞》：「寂寂花時閉院門，美人相併立瓊軒。含情欲說宮中事，鸚鵡前頭不敢言。」清人徐增分析到：「鸚鵡是能言之鳥，故亦避忌他。此處不是說美人謹慎，是言其有苦無道處。」〔註7〕學舌的鸚鵡聽到宮人們的談話，雖然它出於無心，尚且會造成災難，若宮人們的談話被故意找岔子的內監或其他人聽見了，她們會陷入更悲慘的境地。既無人身自由，又無言論自由，單調無聊的生活使她們陷入了無法排解的苦悶之中，正如王建《宮詞》所寫：「悶來無處可思量，旋下金階旋憶床。」

一些宮人實在不堪忍受這種封閉環境，無奈之下，也有較爲大膽的舉動，如孟棨《本事詩》記載：

顧況在洛，乘間與三詩友遊於苑中，坐流水上，得大梧葉題詩上曰：「一入深宮裏，年年不見春。聊題一片葉，寄與有情人。」況明日於上游，亦題葉上，放於波中。詩曰：「花落深宮鶯亦悲，上陽宮女斷腸時。帝城不禁東流水，葉上題詩欲寄誰？」後十餘日，有人於苑中尋春，又於葉上得詩以示況。詩曰：「一葉題詩出禁城，誰人酬和獨含情？自

<hr />

〔註7〕徐增：《而菴說唐詩》卷一二，轉引自徐有富《唐代婦女生活與詩》，中華書局 2005 年版，第 138 頁。

嗟不及波中葉，蕩漾乘春取次行。」〔註8〕

類似的記載還發生在玄宗、德宗、宣宗、僖宗時，內容雖小有出入，主題卻大體相似，誠如劉永濟所說：「大抵文人好事，將一事演爲數事。顧況事或其原始也。」〔註9〕此條記載，除表達了宮女們對自由和愛情的嚮往，對普通人生活的渴望，也透露了她們幽閉的生活環境。

　　孤獨外嫁之苦也是宮怨詩常表達的情感之一。孤獨外嫁者或以宮人身份，在後宮鬱鬱不得寵，幽怨嫁於異域，如漢代的王昭君；或以公主身份，遠離親人故國，如唐代的崇徽公主。二者雖身份不同，但遠嫁外族的怨情相似。唐代文人對王昭君似乎情有獨鍾，有唐一代昭君詩共有 52 首左右，描寫的重點集中在遠離故國時的離愁及在異域的悲苦生活。抒發離愁者，如董思恭《王昭君》：「跨鞍今永訣，垂淚別親賓。漢地行將遠，胡關逐望新。」東方虯《王昭君三首》其二：「掩涕辭丹鳳，銜悲向白龍。」又如劉長卿《王昭君》：

> 自矜嬌豔色，不顧丹青人。那知粉繢能相負，卻使容華翻誤身。上馬辭君嫁嬌虜，玉顏對人啼不語。北風雁急浮清秋，萬里獨見黃河流。纖腰不復漢宮寵，雙蛾長向胡天愁。琵琶弦中苦調多，蕭蕭羌笛聲相和。可憐一曲傳樂府，能使千秋傷綺羅。

嗚咽上馬，對人淚流不止，途中北風呼嘯，黃河奔流，昭君離別之痛可見。對故國的思念是王昭君的日常生活內容之一，如郭元振《王昭君三首》：「厭踐冰霜國，嗟爲邊塞人。思從漢南獵，一見漢家塵。」日夜思念漢家南獵，不爲別的，只爲能有機會一睹飛揚的故土，一緩故國之思。又如李端《昭君詞》：「李陵初送子卿回，漢月明明照帳來。憶著長安舊遊處，千門萬戶玉樓臺。」異域惡劣的環境、生活習慣的不同，亦是昭君怨情之一，如「胡地無花草，春來不似春。」（東方虯《王昭君三首》其一）儲光羲《王昭君》「日暮驚沙亂雪飛，傍人

〔註8〕　《本事詩・情感第一》，《歷代詩話續編》，第 6 頁。
〔註9〕　劉永濟：《唐人絕句精華》，人民文學出版社 1981 年版，第 101 頁。

相勸易羅衣。強來前帳看歌舞，共待單于夜獵歸。」所有這一切都令王昭君產生強烈回鄉的願望，如戴叔倫的兩首《昭君詞》：

> 漢宮若遠近，路在沙塞上。
> 到死不得歸，何人共南望。

> 漢家宮闕夢中歸，幾度氈房淚濕衣。
> 惆悵不如邊雁影，秋風猶得向南飛。

現實中的漢宮遙不可及，只有在夢中回歸故國，夢醒之後，淚濕羅衣，心中怨恨，不如南飛的秋風！這種故鄉之思至老不滅，回歸理想至死未能實現，昭君怨恨之深可見。總之，唐人在昭君詩裏，主要表達了昭君對故國的思念，對親人的想念，對容顏暗老的悲歡，回歸故國的渴望等怨情。

唐代外嫁公主不少，但能留下詩篇的不多，初唐宜芬公主是一個代表，她現存一首《虛池驛題屏風》：

> 出嫁辭鄉國，由來此別離。聖恩愁遠道，行路泣相看。
> 沙塞容顏盡，邊隅粉黛殘。妾心何所斷，他日望長安。

此詩所表達的怨情內涵基本與昭君詩怨情相類。但公主能詩者畢竟是少數，流傳至今的則又是少之又少，所以大多數外嫁公主的怨情則是文人代爲抒發，如李山甫《代崇徽公主意》：

> 金釵墜地鬢堆雲，自別朝陽帝宸聞。
> 遣妾一身安社稷，不知何處用將軍。

中宗時，金城公主外嫁和親，中宗送至郊外，並命朝中大臣賦詩，留下了數量不少的同題賦詩之作。這些同題之作不同程度地表達了公主的怨情，如李嶠《奉和送金城公主適西蕃應制》「曲怨關山月，妝消道路塵。所嗟穠李樹，空對小榆春。」再如馬懷素：「離情愴宸掖，別路繞關梁。望絕園中柳，悲纏陌上桑。」（馬懷素《奉和送金城公主適西蕃應制》）劉憲的一首寫得更是明白：

> 外館踰河右，行營指路岐。和親悲遠嫁，忍愛泣將離。
> 旌旆羌風引，軒車漢月隨。那堪馬上曲，時向管中吹。

（劉憲《奉和送金城公主入西蕃應制》）

又如楊巨源《送太和公主和蕃》：「北路古來難，年光獨認寒。朔雲侵
鬢起，邊月向眉殘。蘆井尋沙到，花門度磧看。薰風一萬里，來處是
長安。」表達的同是外嫁之怨。

可見，外嫁之怨雖不獨寫宮人之怨，亦包括公主之怨，但其身份
依然屬於宮廷範疇，所抒怨情顯然屬於宮怨之內。

另外，宮人之怨，亦包括紅顏漸老，青春消逝。柯崇《宮怨二首》
其二：「長門槐柳半蕭疏，玉輦沉思恨有餘。紅淚漸消傾國態，黃金
誰為達相如。」因長期流淚而導致紅顏衰退，青春不再，復幸更是無
期，望幸之心越切，歎老之怨越深。任翻《宮怨》：「淚乾紅落臉，心
盡白垂頭。自此方知怨，從來豈信愁。」此首更是表明衰顏白頭，正
是宮人「知怨」、「信愁」之所由。李白《怨歌行》：「沉憂能傷人，綠
鬢成霜蓬。」王諲《後庭怨》：

> 立每看斜日盡，孤眠直至殘燈死。秋日聞蟲翡翠簾，春晴
> 照面鴛鴦水。紅顏舊來花不勝，白髮如今雪相似。……

這位宮人雖然一直希望像鴛鴦那樣能成雙配對，但在日夜交替、春秋
代謝之中，紅顏變成了白髮，理想終究無法實現。紅顏招妒更是宮中
常見的情況之一。唐代宮人之數，動輒過萬，是故一人得寵，而導致
多人嫉妒，所以紅顏招妒亦是宮人之怨。如長孫輔佐《宮怨》：「拊心
卻笑西子嚬，掩鼻誰憂鄭姬謗。……盛衰傾奪欲何如，嬌愛翻悲逐佞
諛。」前一句還說不憂讒謗，語音未落，下一句即被佞諛者所驅逐。
又如前述于濆的《宮怨》：「謂言入漢宮，富貴可長久。君王縱有情，
不奈陳皇后。」此詩的宮人亦因「陳皇后」相妒，而得不到君王的寵
幸。這裏的宮人怨不僅指向君王，也指向其它相妒的宮人。

二、宮怨詩的外延

在中國古典詩歌史上，說起宮怨詩，就不能不提及與之密切相
關的宮體詩、宮廷詩與宮詞。這是三個緊密聯繫但又有區別的概念。

宮體詩最早緣起於人們對徐摛所創詩體的稱呼，以其流行於太

子東宮而得名。《梁書‧徐摛傳》云：「屬文好爲新變，不拘舊體。……摛文體既別，春坊盡學之，『宮體』之號，自斯而起。」〔註10〕又《梁書‧簡文帝紀》載：「帝（蕭綱）雅好題詩，其序云：『余七歲有詩癖，長而不倦。』然傷於輕豔，當時號曰『宮體』。」〔註11〕《隋書‧經籍志》說得更爲明白：「梁簡文帝之在東宮，亦好篇什，清辭巧製，止乎衽席之間；雕琢蔓藻，思極閨闈之內。後生好事，遞相放習，朝野紛紛，號爲宮體。」〔註12〕可見，宮體詩是指齊梁時期產生於宮廷的、以描寫宮廷生活爲基本內容的詩歌。現代學者也曾對此作過論述。聞一多先生將其定位爲：「就是宮廷的或以宮廷爲中心的豔情詩」。〔註13〕曹道衡、沈玉成在《南北朝文學史》中，以永明體爲參照物，對宮體詩作出界定。他們認爲宮體詩在聲韻、格律上更加踵事增華，要求更爲精緻；風格上更爲穠麗，下者則流入淫靡；內容上以豔情、詠物爲主。〔註14〕而具體詩歌也證明了學者對宮體詩的定位是較爲準確的，如梁簡文帝蕭綱的《詠內人晝眠》：

> 北窗聊就枕，南簷日未斜。攀鈎落綺障，插捩舉琵琶。
> 夢笑開嬌靨，眠鬟壓落花。簟文生玉腕，香汗侵紅紗。
> 夫婿恒相伴，莫誤是倡家。〔註15〕

該詩八句細膩地描繪了一幅美人晝眠圖：夢綻嬌靨、鬢壓落花、席印玉腕、汗浸紅紗，可謂活色生香，色光逼人，極富感觀刺激性甚至是欲望挑逗性。與中國傳統詩歌的表達方式不同，傳統詩歌要求含蓄、比興，在牽涉性愛方面時，尤其要求保持一定的距離，要盡

〔註10〕《梁書》卷三十，中華書局 1973 年版，第 446～447 頁。
〔註11〕《梁書》卷四，第 109 頁。
〔註12〕《隋書》卷二十五，中華書局 1973 年版，第 1090 頁。
〔註13〕聞一多：《唐詩雜論》，上海古籍出版社 1998 年版，第 9 頁。
〔註14〕曹道衡、沈玉成：《南北朝文學史》，人民文學出版社 1991 年版，第 241 頁。
〔註15〕逯欽立輯校：《先秦漢魏晉南北朝詩》卷二十一，中華書局 1983 版，第 1941 頁。

量含蓄。而蕭綱此詩在描寫男女之情時卻過於暴露，感覺上過於迫近女性的身體。他的《變童詩》更是「下者則流入淫靡」的代表：

　　變童嬌麗質，踐董復超瑕。羽帳晨香滿，珠簾夕漏賒。

　　翠被含鴛色，雕床鏤象牙。妙年同小史，姝貌比朝霞。

　　袖裁連璧錦，箋織細種花。攬褲輕紅出，回頭雙鬢斜。

　　懶眼時含笑，玉手乍夢花。懷猜非後釣，密愛似前車。

　　足使燕姬妒，彌令鄭女嗟。〔註16〕

這首詩雖然描寫細膩，如朝霞一般的容貌，華麗的服飾，回首鬢斜的倩影，懶眼含笑的媚態，玉手攀花的妍姿，再襯以羽帳、珠簾、翠被、雕床的環境氣氛，但所寫的是「男色」，無疑與傳統的審美情趣大相徑庭。其它宮體詩如《詠舞》、《春日》、《獨處怨》等，或描寫宮女的睡態、舞姿，或假託女子的口吻作傷春之辭、杜撰思婦對塞上征人的相思，凡此種種，莫不著一「豔」字。至於其它一些寫景詩和詠物詩，如《詠風》、《秋夜》、《晚景出行》之類，有些雖然含有宮女的影子，基本不出宮廷的範圍，但重心並不在怨意上。

　　總之，宮體詩多從男性的角度描摹女性的各種媚態，包括女性的容貌、體態、舉止，以及女子的生活環境，所使用的器物等等，詩人以愛憐的姿態欣賞女性美，在形式上顯得浮豔藻飾。它與宮怨詩的主要聯繫是，描寫對象均與女子有關，有些宮體詩描寫的就是宮女，但宮體詩並不僅僅描寫宮女，傳統的閨怨詩也是其中之一。宮怨詩的描寫對象則無一不是宮廷女子，無不抒發怨恨之情。這與重在描寫女性美的宮體詩有著較大的差異。

　　宮廷詩則是初唐詩人在新的時代背景下對南朝詩風繼承發展的產物，是近年來研究較多的詩歌類型，曾經一度與宮體詩糾纏不清。聞一多先生、王瑤先生甚至認為完全是宮體詩的延續。其實他們混淆了「宮體詩」、「宮廷詩」兩個既有重疊又有區別的概念，忽視了由浮豔的南朝宮體詩向初唐相對雅正的宮廷詩轉變的事實。尚

─────────────────

〔註16〕《先秦漢魏晉南北朝詩》卷二十一，第 1941 頁。

永亮先生曾明確指出：「所謂宮廷詩，主要指長期以文學侍從或朝廷重臣身份密集於君主周圍的詩人在宮廷範圍內的詩歌活動，旁及他們在宮廷以外但明顯帶有宮廷趣味與風格的詩作，以及雖不屬於宮廷詩人，但受時代風氣浸染而帶有宮廷趣味的作品。這類作品，由於創作者的特定身份和審美趣味，使之特重形式的講求、辭藻的雕琢，由此形成其有別於一般在野詩人作品的富貴華麗氣象，著名的上官體的『綺錯婉媚』便是典型代表。」〔註17〕因此可以看出，宮怨詩與宮廷詩的區別較大，宮廷詩既不重在描寫女性，情感內涵也不抒寫怨意，它的重心乃是以文學侍從的身份創作帶有宮廷趣味的作品。總之，宮體詩與宮廷詩是兩種一脈相承的詩歌類型，與唐人多采用「男子作閨音」的代言體形式、以樸實簡潔的語言抒發無限哀怨的宮怨詩，無論從抒寫角度、情感基調還是從美學追求及語言風格上，都有著明顯的不同。

在我國詩歌史上，宮詞與宮怨詩聯繫最為密切，兩者一直如影隨形。如果單從「宮詞」這個概念來說，應該始於唐人。施蟄存認為：「崔國輔有《魏宮詞》一首，開始出現了『宮詞』這個名稱。」〔註18〕隨後，中唐顧況也以《宮詞》作詩題，共存六首，均為七言絕句，其中五首為聯章體。之後又有王建《宮詞一百首》、王涯《宮詞三十首》、和凝《宮詞》、花蕊夫人《宮詞一百首》等，和顧況一脈相承。這些大型組詩構成一個整體，描寫內容相當廣泛，上至帝王妃嬪、下至太監宮女，從妃嬪爭寵奪幸到宮女灑掃寢食，形形色色的人和物，方方面面的人和事，無不囊括，稱之為唐代後宮的詩史，亦不為過。如王建的《宮詞》百首，開篇三首交代典型環境，把人們帶到了等級森嚴、輝煌壯麗的皇宮內廷。而在這特定的環境中，從皇帝宮女的調情說愛到後宮中的宴飲娛樂，再到宮妃與皇帝

〔註17〕 轟永華：《初唐宮廷詩風流變考論·序》，中國社會科學出版社 2002年版，第1～2頁。

〔註18〕 施蟄存：《唐詩百話》，華東師範大學出版社 1996年版，第400頁。

及宮女之間的矛盾衝突，無不得到具體再現。其中又以描寫宮女生活的詩歌最爲典型，嬉戲娛樂、歌舞表演、得寵承恩等，選取了她們生活中最尋常又最具代表性的片段，眞實全面地呈現了宮女的生活狀態，將此宮詞一首首聯綴起來，儼然成了宮女的生活軌迹實錄。而這些包羅萬象的宮詞中，宮怨又是其間較爲重要的一部分。如王建《宮詞一百首》其五十六與九十六：「未承恩澤一家愁，乍到宮中憶外頭。求守管絃聲款逐，側商調裏聽伊州。」「步行送入長門裏，不許來辭舊院花。只恐他時身到此，乞求恩赦放還家。」未獲恩寵的焦慮，思念家鄉的痛苦，練聲學舞的辛勞，對將來失寵的擔憂，這些顯然屬於宮怨詩的情感內涵。又如朱慶餘的《宮詞》：「含情欲說宮中事，鸚鵡前頭不敢言」，顧況的《宮詞》：「宮門一入無由出，唯有宮鶯得見人」，以及李建勳《宮詞》：「宮門長閉舞衣閒，略識君王鬢便斑」，抒發的又無一不是宮怨。因此可以說，宮怨與宮詞既有區別，又有聯繫，自古至今，學者往往將二者並論。清人賀貽孫說：「無論宮詞宮怨，俱以深渾爲妙，且宮詞亦何妨帶怨。」〔註19〕至於宮詞與宮怨詩的區別，也有學者論述。宮怨詩由於委婉抒情的需要，多側重於營造情景交融、情因景顯的意境，以含蓄委婉、耐人尋味的語言來傳達宮女妃嬪們寂寞愁怨的複雜的內心世界。而宮詞則多采用細緻入微的白描手法，表現廣泛的宮廷生活。具體說來，有以下不同之處：首先，宮怨詩主抒情，側重於採用多種手法烘託宮女的哀怨，集中後宮佳麗的心理透視和精神狀態的傳達。而宮詞則突破了「宮怨」的既有規定性，變寫意抒情爲紀實敘事，把宮廷的莊嚴輝煌、奢侈淫靡、宴飲娛樂、笙歌燕舞等均納入筆端。這也是兩者最主要的區別。其次，宮怨多用古體，五言、七言和樂府雜體是其主要形式；而宮詞多七絕；宮怨多爲單篇，而

〔註19〕賀貽孫：《詩筏》，《清詩話續編》上冊，上海古籍出版社 1996 年版，第 176 頁。

宮詞多為組詩等。總之，宮怨詩與宮詞即緊密聯繫，彼此交融，在實際創作中存在一定的交叉；又各具特色，一個側重由外向內的情感滲透，一個集中寬廣宏闊的全景展示，一個重造境，以理想化境界側面烘託情感，一個重寫境，以白描手法正面再現生活。兩者彼此互補滲透，各以其獨特的風格在詩壇謀得一席之地，一起全方位、多層次地展現了皇宮內廷的現實面貌。本文在下面的具體論述中，將不再詳分二者的區別，為論述的方便，採取將二者並置的方法，並重點選擇宮詞中含有宮怨內容的詩歌為論述材料。

綜而言之，宮怨詩乃是指內容上以描述宮廷女子怨意為主的詩歌，這也是目前學界對宮怨詩的定義，如松浦友久指出所謂宮怨之作，即「歌詠宮中女性失去天子寵幸的作品」。〔註20〕張浩遜也說：「所謂『宮怨詩』，乃是抒寫宮廷女子的怨愁苦恨之詩。」〔註21〕而上述宮怨詩所包含的內容，早在宮怨詩起源時期即已發端。

第二節　宮怨詩的濫觴

先秦是宮怨詩的萌芽時期，後世宮怨詩所抒發的嫉妒、怨恨之情在《詩經》中已有表現，其中的《綠衣》、《白華》是宮怨詩的濫觴，對此二詩的闡釋，古今雖有不同意見，但《毛詩序》的解釋對後世宮怨詩的作者，具有潛在的不可低估的影響與示範意義。除此之外，《詩經》中的《鄘風·牆有茨》、《齊風·南山》、《齊風·敝笱》、《陳風·株林》等則開了以詩歌揭露宮闈醜聞的先河。《關雎》、《葛覃》、《卷耳》、《樛木》、《螽斯》、《桃夭》、《兔罝》、《芣苢》等對后妃的吟詠，則可視為宮詞之祖。

〔註20〕松浦友久：《唐詩中的女性形象和女性觀念——「閨怨詩」的意義》，《日本學者中國文學研究譯叢》第三輯，吉林教育出版社1990年版，第38頁。
〔註21〕人大複印資料《中國古代、近代文學研究》1989年第10期。

一、《綠衣》、《白華》等——宮怨詩的萌芽

　　《詩經》在先秦時代被稱爲「詩」或「詩三百」，現存最完整的《詩經》版本《毛詩》，每首詩前都有一段文字，解說題旨或本事，有時還指明寫作年代或作者，一般稱之爲「小序」或《毛詩序》。《毛詩序》集中表現了先秦儒家和漢人對詩的見解。因此，《毛詩序》對後世的影響不可低估。它對《詩經》中許多篇章的解釋，與宮闈相關，與後宮女子的妒忌、怨意相聯，使這些篇章成爲後世宮怨詩的濫觴。

　　《邶風·綠衣》，按《毛詩序》的釋義，已與宮怨詩接近：

　　　　綠兮衣兮，綠衣黃裏。心之憂矣，曷維其已。
　　　　綠兮衣兮，綠衣黃裳。心之憂矣，曷維其亡。
　　　　綠兮絲兮，女所治兮。我思古人，俾無訧兮。
　　　　絺兮綌兮，淒其以風。我思古人，實獲我心。〔註22〕

《詩序》云：「《綠衣》，衛莊姜傷己也。妾上僭，夫人失位，而作是詩也。」〔註23〕衛莊姜是衛莊公的夫人，容色豔麗，但沒有孩子。在母以子貴的古代，衛莊姜的境遇可想而知，而恰在這時，莊公的嬖妾生有一子，因而受寵。「綠兮衣兮，綠衣黃裏」，「綠兮衣兮，綠衣黃裳」，黃色爲正色，以比莊姜；綠色爲雜色，以比賤妾。雜色在表在上，黃色在裏在下，隱喻尊卑失序，貴賤顛倒。《詩集傳》亦云：「莊公惑於嬖妾，夫人莊姜賢而失位，故作此詩。言綠衣黃裏，以比賤妾尊顯而正嫡幽微，使我憂之不能自己也。」〔註24〕按上述釋義，乃是媵妾得寵，衛莊姜失寵，心中憂憤，而作此詩以抒其怨。《詩經通論》亦云：「小序謂『莊姜傷己』。按《左傳》，『衛莊姜美而無子。公子州吁，嬖人之子也，有寵而好兵。公弗禁，莊姜惡之』。詳味自此至後數篇皆婦人語氣，又皆怨而不怒，是爲賢

〔註22〕楊合鳴、李中華：《詩經主題辨析》，廣西教育出版社1989年版，第429頁。
〔註23〕陳子展：《詩經直解》，復旦大學出版社1983年版，第80頁。
〔註24〕朱熹：《詩集傳》，上海古籍出版社1980年新1版，第16頁。

婦；則以爲莊姜作，宜也。」〔註25〕可見，從描寫的對象與所抒發的感情內涵來看，《綠衣》與後來的宮怨詩並無二致，因此，《綠衣》可視爲宮怨詩的濫觴。

另外，按《詩序》解釋，《詩經》中還有數篇是吟詠衛莊姜的：

《日月》，衛莊姜傷己也。遭州籲之難，傷己不見答於先君，以至困窮之詩也。

《終風》，衛莊姜傷己也。遭州籲之暴，見侮慢而不能正也。

《碩人》，閔莊姜也。莊公惑於嬖妾，使驕上僭。莊姜賢而不見答，終以無子，國人閔而憂之。〔註26〕

今天看來，這些釋義難免有牽強附會之嫌，但在漢代，一是因爲史傳中有相關記載，二是詩文本身的難以理解，加之漢人的說詩觀念，漢人對上述詩篇的釋義乃是順理成章之事。在當時的環境中，說詩者與讀詩者並未覺得有什麼不妥之處。這種解釋無疑會給後世詩人造成潛在的影響。

另有《白華》篇，按《毛詩序》解釋，所抒之情也是后妃的怨情。

白華菅兮，白茅束兮。之子之遠，俾我獨兮。

英英白雲，露彼菅茅。天步艱難，之子不猶。

滮池北流，浸彼稻田。嘯歌傷懷，念彼碩人。

樵彼桑薪，卬烘於煁。維彼碩人，實勞我心。

鼓鐘於宮，聲聞於外。念子懆懆，視我邁邁。

有鶖在梁，有鶴在林。維彼碩人，實勞我心。

鴛鴦在梁，戢其左翼。之子無良，二三其德。

有扁斯石，履之卑兮。之子之遠，俾我疷兮。

《毛詩序》曰：「《白華》，周人刺幽后也。幽王娶申女以爲后，又得褒姒而黜申后，故下國化之，以妾爲妻，以孽代宗。而王弗能治，周人爲之作是詩也。」〔註27〕《詩集傳》也認爲是諷刺幽王，但是

〔註25〕姚際恒：《詩經通論》，中華書局1958年版，第50頁。
〔註26〕《詩經直解》，第87、90、175頁。
〔註27〕《詩經直解》，第833頁。

申后自作，而不是周人代作。「我，申后自我也。幽王娶申女以爲后，又得褒姒而黜申后，故申后作此詩。」〔註28〕不管作者爲誰，詩中所表達的怨情則令人動容。先以自然之物起興，構成精美朦朧的意境。其後，字裏行間，充滿了詩人無限的幽怨；俯仰上下，寄寓了詩人難掩的寂寞。「於宮」、「於外」、「在梁」、「在林」表明詩人的行蹤所在，室內室外，詩人時而長嘯，時而低吟，心中所想，心中所念，無不是她所思念的那個人。比較後來漢代司馬相如的《長門賦》，其描寫脈絡，簡直與此如出一轍。也許司馬相如從中得到了情思啓發，亦未可知。因此，把《白華》看作宮怨詩似不爲過。今人也有作如此解釋者，如程俊英在《詩經譯注》中說：「從詩意看，似爲申后所作。」〔註29〕

　　孤獨遠嫁之苦在《詩經》中也有表現。如《邶風·泉水》：

　　　毖彼泉水，亦流于淇。有懷于衛，靡日不思。
　　　孌彼諸姬，聊與之謀。出宿于泲，飲餞于禰。
　　　女子有行，遠父母兄弟。問我諸姑，遂及伯姊
　　　出宿于幹，飲餞于言。載脂載轄，還車言邁。
　　　遄臻于衛，不瑕有害！我思肥泉，茲之永歎。
　　　思須與漕，我心悠悠。駕言出遊，以寫我憂。〔註30〕

關於這首詩的主題，古今歧義不多。注詩者均認爲是衛女思歸之作。《詩序》：「《泉水》，衛女思歸也。嫁於諸侯，父母終，思歸寧而不得，故作是詩以自見也。」〔註31〕《毛詩正義》：「衛女思歸，雖非禮，而思之至極也。君子善其思，故錄之也。」〔註32〕《詩經通論》：「此衛女媵於諸侯，思歸寧而不得之詩。於何知之？於詩中『諸姑』、『伯姊』而知之也。諸侯娶妻，嫡長有以侄娣從者。此稱姑，則爲侄也；稱姊，則爲娣也。其時宮中有爲之姑者，有爲之姊

〔註28〕《詩集傳》，第171頁。
〔註29〕程俊英：《詩經譯注》，上海古籍出版社1985年版，第478頁。
〔註30〕《詩經主題辨析》，第115頁。
〔註31〕《詩經直解》，第116頁。
〔註32〕《毛詩正義》，海南國際新聞出版中心1996年版，第79頁。

者，故欲歸不得，與之謀而問之也。」〔註33〕看來，這首詩寫衛女思歸，古今並無異議。但詩中的女子究竟爲誰，卻又說法各異。有的說是諸侯夫人，有的說是陪嫁的媵媵，還有的說是許穆夫人。思歸的原因說法也不一致。一說是父母去世，女兒思歸寧；一說是出於憂國之情。但無論怎樣理解，這首詩是寫後宮妃嬪的思家之情，當是無可懷疑的，這與後世宮怨詩中抒寫的遠嫁之苦是一脈相承的。

二、《雞鳴》、《車舝》等——宮詞之祖

《詩經》中對後宮荒淫生活的揭露，也成爲後世描寫宮廷生活的先驅。下面以《毛詩序》釋義，對此類詩歌列一表格：

詩 題	詩 序	主 題
雞鳴	思賢妃也。哀公荒淫怠慢，故陳賢妃貞女，夙夜警戒相成之道焉。	後宮失賢
南山	刺襄公也。鳥獸之行，淫乎其妹。大夫遇是惡，作詩而去之。	諸侯亂倫
匏有苦葉	刺衛宣公也。公與夫人並爲淫亂。	諸侯淫亂
新臺	刺衛宣公也。納伋之妻，作新臺於河上而要之。國人惡之而作是詩也。	諸侯亂倫
敝笱	刺文姜也。齊人惡魯桓公微弱，不能防閑文姜，使至淫亂，爲二國患焉。	后妃淫亂
牆有茨	衛人刺其上也。公子頑通乎君母，國人疾之，而不可道也。	後宮亂倫
株林	刺靈公也。淫乎夏姬，馳驅而往，朝夕不休息焉。	諸侯淫亂
君子偕老	刺衛夫人也。夫人淫亂，失事君子之道，故陳人君之德，服飾之盛，宜與君子偕老也。	后妃淫亂
隰有萇楚	疾恣也。國人疾其君之淫恣，而思無情欲者。	國君淫恣
車舝	大夫刺幽王也。褒姒嫉妒無道，並進讒巧敗國，德澤不加於民。周人思得賢女以配君子，故作是詩也。	與后妃妒嫉相關

〔註33〕《詩經通論》，第64頁。

　　上表中的詩篇，《雞鳴》、《匏有苦葉》、《車舝》三篇的主題，《毛詩序》的解釋與宮廷淫亂有關，今人多不從其說。但其餘幾篇都含有基本歷史事實，對其主題，古今學者並無大的歧義。如《新臺》，古今說詩者均認為是一首刺詩。衛國君主宣公原本居於外國，後來衛國的形勢發生變化，衛人將其接回國。他當了君主以後，卻極其荒淫無度，先是與同庶母夷姜私通，生有一子，就是太子公伋。後來太子伋的妻子齊女漂亮，衛宣公欲將齊女占為己有，於是修築新臺以強行與齊女約會。《君子偕老》背後的史實也與衛宣公時事有關。太子伋妻宣姜（即《新臺》中的齊女）被宣公強佔，宣公死後，她又與公子頑亂倫私通，品行不端。《君子偕老》一詩，就是通過讚美其妝飾之盛來達到諷刺的目的。《牆有茨》也是對衛國宮廷這些淫亂生活的諷刺。《南山》諷刺的則是齊襄公的荒淫無度。襄公之妹文姜品行不端，與其兄長有曖昧關係。文姜嫁給魯桓公之後，兩人依然保持不正當的關係。《南山》諷刺襄公，《敝笱》諷刺文姜。《株林》諷刺陳靈公與夏姬淫亂之事。夏姬為鄭穆公之女，嫁給陳大夫夏御叔為妻。陳靈公及其大夫孔寧、儀行父皆與夏姬私通。此事在《左傳》與《史記·陳杞世家》中均有記載。

　　據《毛詩序》，周南中《關雎》、《葛覃》、《卷耳》、《樛木》、《螽斯》、《桃夭》、《兔罝》、《芣苢》等八篇也是吟詠后妃的，其中《樛木》、《螽斯》、《桃夭》三篇讚美后妃無妒忌之行。《詩序》云：「《樛木》，后妃逮下也。言能逮下，而無嫉妒之心焉。」「《螽斯》，后妃子孫眾多也。言若螽斯。不妒忌，則子孫眾多也。」「《桃夭》，后妃之所致也。不妒忌，則男女以正，婚姻以時，國無鰥民也。」〔註34〕《召南》中《小星》、《江有汜》所詠也與后妃有關。《詩序》云：「《小星》，惠及下也。夫人無妒忌之行，惠及賤妾，進御於君。知其命有貴賤，能盡其心矣。」〔註35〕《詩序》云：「《江有汜》，美媵也。勤

〔註34〕《詩經直解》，第 10、12、13 頁。
〔註35〕《詩經直解》，第 57 頁。

而無怨，嫡能悔過也。文王之時，江沱之間，有嫡不以其媵備數；媵遇勞而無怨，嫡亦自悔也。」〔註36〕此數篇雖是從正面歌頌后妃之德，似與宮怨無關，但從另一個角度說，也許正是後宮中妒行、怨意的存在，這些美德才值得歌頌。

總之，無論《詩經》中的《綠衣》、《白華》等詩是否爲失寵嬪妃而作，但在《毛詩序》和經學家們的詮釋之下，漢人理解中，必然將其作爲宮怨之作，並從中得到啓發和影響。另外，《毛詩序》對許多作品的理解均與宮闈有關，今天看來，其中不乏附會之處。但這種理解與當時的風氣有關，並非出於有意識的對詩歌本義地扭曲。對於後世詩人來說，如此種種對宮廷生活的諷刺之作，對后妃的吟詠之詩，爲他們開了先河。後世的宮怨、宮詞之作無疑都可以在此找到淵源，尤其是唐代中後期宮詞的出現，雖不是對宮廷生活的諷刺與揭露，但宮詞作者對後宮生活的詳細描述，則可以說源於《詩經》。歷代學者就有把《詩經》作爲宮詞源頭的評論，如朱彝尊在《十家宮詞》序中說：

> 《周南》十一篇，皆以寫宮壼之情，即謂之宮詞也，奚而不可？然則《雞鳴》，齊之宮詞也；《柏舟》、《綠衣》、《燕燕》、《日月》、《終風》、《泉水》、《君子偕老》、《載馳》、《碩人》、《竹竿》、《河廣》邶、鄘、衛之宮詞也。下而秦之《壽人》、漢之《安世》、隋之《地厚天高》，皆房中之樂，凡此，其宮詞所自始乎？〔註37〕

朱氏之論更爲寬泛，其他學者亦有此類論述，不再一一引述。

第三節　宮怨詩的成熟定型

《詩經》中部分吟詠后妃的詩篇成爲宮怨詩的濫觴，對後世詩人有著不可低估的潛在影響，漢代宮怨詩正是在其基礎上形成起來的。

〔註36〕《詩經直解》，第59頁。
〔註37〕〔清〕朱彝尊：《十家宮詞·序》，轉引自丘良任《歷代宮詞紀事》，暨南大學出版社1995年版，第3頁。

司馬相如的《長門賦》是第一篇成熟的宮怨題材的文學作品。自此以後，陳皇后成為後世吟詠不斷的宮怨母題，長門意象成為宮怨詩中的典型意象，最重要的是，《長門賦》代言體的形式對後代宮怨詩影響甚大。班婕妤的《怨歌行》是第一首成熟的宮怨詩。由此，長信事也成為歷代吟詠不斷的宮怨題材，詩中的團扇意象成為歷代宮怨詩的典型意象。

一、《長門賦》與「代言體」

　　自《詩經》後，宮怨文學則以賦體形式出現在漢代，較早的是司馬相如的《長門賦》，也是對後世影響較大的宮怨賦。關於《長門賦》的作者，歷來有些爭議，《文選》雖題為司馬相如作，但後人也不乏否定的聲音。否定的主要依據有《長門賦》序中稱漢武廟號以及序中稱陳皇后復得幸與史實不符兩處細節；另外還有兩條外證，南朝人陸厥《與沈約書》中有「《長門》《上林》，殆非一家之賦」之語以及《史記》與《漢書》中司馬相如本傳都不載此賦。現代學者也多有論述，如鍾濤《論漢代宮怨賦的情感維度與取象視野》〔註38〕一文，對《長門賦》的作者進行了考述。本文同意鍾氏的結論，認為《長門賦》係司馬相如作。

　　《長門賦》描寫的是漢武帝陳皇后阿嬌失寵後的悲怨哀傷。關於陳皇后的史事，史書有載，《漢書・外戚傳》云：

　　　孝武陳皇后，長公主嫖女也。……初，武帝得立為太子，長主有力，取主女為妃。及帝即位，立為皇后，擅寵驕貴，十餘年而無子，聞衛子夫得幸，幾死者數焉。上愈怒。后又挾婦人媚道，頗覺。元光五年，上遂窮治之，女子楚服等坐為皇后巫蠱祠祭祝詛，大逆無道，相連及誅者三百餘人。楚服梟首於市。使有司賜皇后策曰：「皇后失序，惑於巫祝，不可以承天命。其上璽綬，罷居長門宮。」〔註39〕

〔註38〕《青海師範大學學報》哲學社會科學版，2005 年第 5 期。
〔註39〕《漢書・外戚傳》卷九十七，中華書局 1962 年版，第 3948 頁。

陳皇后阿嬌，未封后時，曾得到武帝「金屋藏嬌」的少年諾言；及封后，專寵多年，風光無限，忽然一日失去了寵愛，並成為廢后，心情之幽怨可想而知。《長門賦》所反復渲染的，正是其「罷居長門宮」後的無窮無盡的期盼與憂傷。作品開頭就給我們展示了一位飽受冷遇的「佳人」形象。她「願賜問而自進兮，得尚君之玉音」，這種願望是多麼卑微而可憐，但是，冷酷無情的君王還是「心慊移而不省故兮，交得意而相親」，使她連這麼一點可憐的願望也無法實現。接著，作品從「佳人」期待君王「幸臨」的心理出發，逐層鋪寫。由「登蘭臺而遙望兮，神怳怳而外淫」，到「下蘭臺而周覽兮，步從容於深宮」，再到「日黃昏而望絕兮，悵獨託於空堂」，一層比一層深入地描寫「佳人」由盼望到失望的心理變化過程。作者善於描寫景物，烘託氣氛，做到景與情融，把人物感情的起伏脈絡寫得甚為清晰。例如「雷殷殷而響起兮，聲象君之車音」，寫「佳人」一心盼望君王到來，以致發生了錯覺。「孔雀集而相存兮，玄猿嘯而長吟，翡翠脅翼而來萃兮，鸞鳳翔而北南」，用鳥獸的聚集來反襯人物的孤單。「白鶴噭以哀號兮，孤雌跱於枯楊」，用孤鶴的哀鳴來比襯人物心境的淒涼。在久候絕望、百無聊賴的情況下，這位「佳人」「遂頹思而就床」。但是，即使在這個時候，她仍然幻想君王能對她有所眷顧，所以「忽寢寐而夢想兮，魄若君之在旁。惕寤覺而無見兮，魂迋迋若有亡。」夢中見到了君王，醒來卻是一場空。可見，全篇就是寫一個晝夜之間，陳皇后的所思所見所聞，但通過作者高超的藝術手法，把人物的心理活動寫得一波三折，一唱三歎，把失寵妃嬪的哀怨之情表達得淋漓盡致。

其實，陳皇后的悲劇並不僅僅是她一人的悲劇，她代表了整個後宮女子的不幸而具有普遍的意義。不管導致陳皇后失寵的真正原因是什麼，由於她所託身的對象是集王權與夫權為一身的君王，君王對妃嬪寵愛的標準是容貌即「色」，但女性的「色」不可能永恒擁有，故「以色事人」的妃嬪若沒有使青春長駐的秘訣，便不可避免失寵的最

終命運。而失寵嬪妃的不幸更甚於一般的「棄婦」，因為民間女性即
使被拋棄，尚可回到娘家，得到親人的慰藉，有的甚至可以改嫁，開
始新的婚姻生活，而后妃必須直面強大的王權和極為嚴密的宮廷禁
忌，即使失寵，也只能終生忍受隨之而來的歧視、孤寂、傷感乃至所
有的苦難，根本沒有其它選擇的機會。對於陳皇后來說，由於其特殊
的經歷使其痛苦似乎更深一層，因為她有著「輝煌的歷史」，高貴的
出身，十餘年得寵的甜蜜生活，失寵被廢後的痛苦對她來說，簡直無
法承受，若不試圖尋找出路，則要孤老終生。於是陳皇后想到了善工
為文的司馬相如，《文選·長門賦》序云：

> 孝武皇帝陳皇后時得幸，頗妒。別在長門宮，愁悶悲思。
> 聞蜀郡成都司馬相如天下工為文，奉黃金百斤為相如、文
> 君取酒，因於解悲愁之辭。而相如為文以悟主上，陳皇后
> 復得親幸。〔註40〕

此序或有細節不合史實，如陳皇后復得親幸，史籍並無記載。但此
賦為司馬相如所代言，並不是陳皇后自作，大致可信。全賦除前兩
句「夫何一佳人兮，步逍遙以自虞。魂逾佚而不反兮，形枯槁而獨
居」外，完全是站在陳皇后的立場上，以限知視角展開的，「伊予
志之慢愚兮，懷貞愨之歡心。願賜問而自進兮，得尚君之玉音。奉
虛言而望誠兮，期城南之離宮。修薄具而自設兮，君曾不肯乎幸臨。」
「言我朝往而暮來兮，飲食樂而忘人。」「眾雞鳴而愁予兮，起視
月之精光。」「妾人竊自悲兮，究年歲而不敢忘。」這種第一人稱
的敘事抒情寫法，應是繼承了《詩經》中宮怨詩的傳統。宮怨詩的
濫觴《綠衣》和《白華》都是以第一人稱來敘事抒情的。如《綠衣》
的末二章：「綠兮絲兮，女所治兮。我思古人，俾無訧兮。絺兮綌
兮，淒其以風。我思古人，實獲我心。」《白華》中也不斷出現「俾
我獨兮」、「實勞我心」、「視我邁邁」等語句。但與《綠衣》、《白華》

〔註40〕〔梁〕蕭統編、〔唐〕李善注：《文選》，嶽麓書社 2002 年新 1 版，
　　　　第 493 頁。

不同的是，《長門賦》的第一人稱抒情乃是代言體的形式，並不同於《詩經》中或有作者自抒其心的情況。另外，《長門賦》中充滿了宮廷色彩的景物描寫，不僅多處涉及具體的漢宮之名，羅列的所見之景也是宮廷的：「下蘭臺而周覽兮，步從容於深宮。正殿塊以造天兮，鬱並起而穹崇。間徙倚於東廂兮，觀夫靡靡而無窮。擠玉戶以撼金鋪兮，聲噌吰而似鍾音。」在這一點上，《長門賦》可能受到了當時流行的宮廷大賦的影響。但《長門賦》的宮廷環境描寫，又和漢大賦常用的全知視角描寫有所不同，漢大賦往往是毫無感情的鋪陳，有許多想像虛構成分，而《長門賦》中的宮廷景物，大多都是抒情主人公眼中之景，投射了抒情主人公的情感色彩在其中。《長門賦》這種景物描寫的特點與其哀怨傷痛的情感取向，在漢大賦全盛期，均可謂獨樹一幟。

　　《長門賦》給後世詩賦創作以很大的影響，後世不僅產生了大量的以《長門怨》爲題的詩歌，而且大多采用代言的方式抒情。代言體旨在代他人立言，故文中必具有一個明確的抒情主體，且所立之言，即爲此主體的所見所感。因此，所據的「文本」或爲特定的文字作品，或爲與此主體有關的原型事迹，可想見、可感知的具本情狀。此一「情狀」，或爲所聞，或爲所見，而代言者，即依此而設想，爲其立言，說其心事。司馬相如的《長門賦》，幾可謂此類作品的開先之作。一般代言體的寫作，最明顯的特徵就是以「予」、「我」、「妾」等第一人稱抒情詠懷，在《長門賦》中，除起首之四句（夫何一佳人兮，步逍遙以自虞。魂逾佚而不反兮，形枯槁而獨居）係以全知全能觀點，從外部描繪佳人情態外，通篇正是以第一人稱的方式，代陳皇后說其心事。這種代言抒情的背後，很多時候來自於一份情不自己的感動——不管耳聞目見的境況際遇如陳皇后情事，還是原作的情意內涵如司馬相如的《長門賦》，都使代言者憐而賦之。對於代言者個人而言，這樣的相通相感，正是一種「以生命印

證生命」的驗證活動，它以個人的自我體察、自我省思為軸心，從空間上推廣，聯繫了個人與社會群體、宇宙自然；從時間上延展，產生了合縱的歷史意識；而落實在文學創作中時，遂發展出具有「曾經」與「現時」、「傳統」與「創新」辯證交融性的文學傳統。保羅‧利科爾的《解釋學與人文科學》一書在論及「作品」和「自我理解」間的關繫時，曾經說到：

> 我們只有通過積澱在文學作品中的人文標記的漫長彎路才能認識我們自己。如果沒有文學貫通並帶到語言中來的那些東西，我們會認識愛與恨、道德感與一般說來一切我們稱作「自我」的那些東西嗎？〔註41〕

後世諸多的宮怨代言之作，即使沒有詩人自身情感的寄託，其實也隱藏著代言者自己的生命體驗，它使代言者將「曾經」與「現實」聯繫起來，不僅能讓代言者更好地理解原作：「我們若不在某種程度上重複或重構某一偉大藝術作品因之得以誕生的創作過程，我們對它就不能有所理解或有所感受。」〔註42〕而且能使代言者在這種再次體驗生命的過程中認識自己。這也許就是詩歌中何以出現如此多的代言、擬作的緣故。但不論是擬作，抑或代言，都必須根據既有的文本去發揮、表現；此文本不僅是以書面形態出現的特定原作，也包括一切相關的人文及自然現象。如果能使他人置身於同樣的境況之中，也許同樣的材料可以產生同樣的刺激和感應，也就產生了美感。因此，擬作與代言並不是一味地陳陳相因，它在「經驗再創造」的過程中同樣展現出詩人的審美創造，這也是後世如唐代諸多代言體宮怨詩的魅力所在。

可以說，《長門賦》對後世的影響在於兩點：一、使陳皇后成為後世宮怨文學中吟詠較多的母題，尤其是在唐代，運用長門典故

〔註41〕保羅‧利科爾：《解釋學與人文科學》，河北人民出版社1987年版，第147頁。

〔註42〕卡西勒著、于曉等譯：《語言與神話》，三聯書店1988年版，第194～195頁。

的詩歌數量相當多。二、代言體的形式，在後世所有男性詩人的宮怨詩中，絕大多數採取了代言體的形式，以女性的口吻或抒發宮人之怨，或寄寓自身情感。這種代言體抒情的方式不僅大大增加了古典詩歌的感染力，而且使古典詩歌更加深曲委婉。

二、《怨歌行》與《自悼賦》

《怨歌行》始見於《文選》，題為班婕妤作。李善注引《歌錄》云：「《怨歌行》，古辭。然言古者有此曲，而班婕妤擬之。」〔註43〕《玉臺新詠》、《樂府詩集》二書也收有此詩，亦題班婕妤作。但因《漢書》本傳未載其曾作怨詩，故近人多據此懷疑非班婕妤所作，然亦缺乏有力的證據。魏晉六朝人如陸機、鍾嶸、蕭統、徐陵等皆以為班作，且詩的內容又與《漢書》本傳所載班婕妤的身世、怨情無一不合，故屬班氏之作，當是合情合理。詩云：

> 新裂齊紈素，皎潔如霜雪。裁為合歡扇，團團似明月。
> 出入君懷袖，動搖微風發。常恐秋節至，涼風奪炎熱。
> 棄捐篋笥中，恩情中道絕！〔註44〕

此詩當為班婕妤失寵後所作。她原是漢成帝的嬪妃，是著名史學家班固的祖姑，左曹越校尉班況之女。〔註45〕漢成帝時選入宮，始為少使，未幾大得寵幸，封為婕妤。生男，數月而亡。成帝遊於後宮，欲與她同輦而載，婕妤推辭，並進言曰：「觀古圖畫，賢聖之君皆有名臣在側，三代末主乃有嬖女，今欲同輦，得無近似之乎？」太后聞之，更稱讚曰：「古有樊姬，今有班婕妤。」班婕妤常誦《詩》及《窈窕》、《德象》、《女師》之篇。每進諫上疏，依法古禮。後趙飛燕、趙合德姐妹得寵，班婕妤及許皇后皆失寵。鴻嘉三年，趙飛燕讒告她和許皇后「祝詛後宮」，許皇后被廢，班婕妤因善答而免禍。趙飛燕姐妹日益驕妒，班婕妤為避禍，自求供養於長信宮。至

〔註43〕《文選》，第868頁。
〔註44〕《文選》，第867頁。
〔註45〕《漢書》卷十，第330頁。

成帝崩，婕妤充奉園陵，死後亦葬在園陵。〔註46〕班婕妤曾有《自悼賦》、《搗素賦》等數篇作品傳世，而最著名的乃是此首《怨歌行》。

《怨歌行》表達其失寵後幽居深宮的鬱悶和哀怨，是第一首較為成熟的宮怨詩。此詩又題為《團扇》，故亦是一首詠物言情之作。通篇使用比喻，借秋扇見捐比喻嬪妃失寵的不幸命運。前六句是第一層意思。起首二句寫紈扇素質之美，從織機上新裁（裂）下來的一塊齊國出產的精美絲絹，像霜雪一般鮮明皎潔。紈和素，皆精美柔細的絲絹，本來就皎潔無暇，加上是「新」織成，又是以盛產絲絹著稱的齊國的名產，當然就更加精美絕倫，「鮮潔如霜雪」了。二句喻中有喻，暗示了少女出身名門，品質純美，志節高尚。三四句寫紈扇製作之工「把這塊名貴精美的絲絹裁製成繪有合歡圖案的雙面團扇，那團團的形狀和皎潔的色澤，彷彿天上一輪團團的月亮。」首二句寫其內在本質之美，此二句則寫其經過精工製作，更具有外表的容態美，不僅具有天生麗質之美，又有後天的內外兼修之優。「合歡」是一種對稱圖案的花紋，象徵男女和諧歡樂之意，如《古詩》中「文彩雙鴛鴦，裁為合歡被。」《羽林郎》中「廣袖合歡襦」皆屬此類。故這裏的「合歡」，不僅突出了團扇的精緻美觀，以喻女子的外貌出眾，而且也寄託了少女對於美好愛情的嚮往；「明月」不僅比喻女子的光彩照人，同時象徵著她對永遠團圓的熱望。「出入」二句，因古人衣服寬大，故扇子可置於懷袖之中；天氣炎熱時則取出搖動，頓生微風，使人爽快。李善注云：「此謂蒙恩倖之時也。」〔註47〕其實，這二句更深的含義是：嬪妃即使受寵，亦不過是侍候君側，供其歡娛愜意的玩物而已。後四句為第二層意思。團扇在夏季雖受主人寵愛，然而卻為自己恩寵難以持久而常常擔心恐懼，只因轉瞬間秋季將臨，涼風吹走了炎熱，也就奪去了主人對自己的喜愛；那時，團扇將被棄置在竹箱裏，從前與主人的恩情也就半途斷絕了。「秋節」隱含韶華已衰，「涼飆」

〔註46〕《漢書》卷九十七，第3983～3988頁。
〔註47〕《文選》，第868頁。

象徵另有新歡，「炎熱」比愛戀熾熱；「篋笥」喻冷宮幽閉，也都是語義雙關。封建帝王充陳後宮的佳麗常是成千上萬，皇帝對他們只是以貌取人，滿足淫樂，對誰都不可能有專一持久的愛情。所以，即使最受寵幸的嬪妃，最終也難逃色衰愛弛的悲慘命運。嬪妃制度又使後宮必然爭寵相妒，互相傾軋，陰謀讒陷，而班婕妤正是為趙飛燕所讒而失寵的。「常恐」，正說明班氏居安思危，這種戰戰兢兢，如履薄冰，乃是封建嬪妃的普通心理狀態。此詩本是女詩人失寵後所作，而這裏說「常恐」用失寵前語氣，更顯得她早知此事已屬必然之勢，不待奪寵之後才恍然醒悟。詩人用語之隱微、哀怨之幽深，由此可見。其次，詩中欲抑先揚的反襯手法和綺麗清簡的語言也是值得欣賞的。前六句寫紈扇之盛，何等光彩旖旎！後四句寫恐團扇之衰，何等哀感頑豔！在兩相照映之下，女主人公美好的人生價值和這價值的毀滅，又是何等鮮明！短短十句，卻寫出盛衰變化的一生，而怨情又寫得如此抑揚頓挫，跌宕多姿，蔚為大觀。故鍾嶸評曰：「《團扇》短章，詞旨清捷，怨深文綺，得匹婦之致。」〔註48〕這決不是過甚其辭。

在本詩中，最值得一提的是詩中的團扇意象。前人談詠物之妙，貴在幽怨纏綿，重點乃為言情，不能純粹為賦物。強調要不即不離，既不停留在物上，但又要切合詠物。此詩完全符合這兩條美學要求：借扇擬人，巧言宮怨之情；設喻取象，無不物我雙關，貼切生動，似人似物，渾然難分。而以秋扇見捐以喻女子似玩物遭棄，尤為新奇而警策，是前無古人的創造，亦是本詩最為突出的藝術成就。當然，團扇成為詩人筆下的素材並不唯班婕妤一人。如蔡邕《團扇賦》：「裁帛製扇，陳象應矩。輕徹妙好，其輶如羽。動角揚徵，清風逐暑。春夏用事，秋冬潛處。」〔註49〕此賦寫了團扇的功能：清風逐

〔註48〕鍾嶸著、陳延傑注：《詩品注》，人民文學出版社 1961 年版，第 19 頁。

〔註49〕〔清〕嚴可均輯：《全上古三代秦漢三國六朝文·全後漢文》卷六十

暑。唯春夏用之，秋冬藏之，是正面寫之。而班婕妤此詩卻恰恰反
其意而寫，目的正爲了表達其失寵後的怨情。另外，稍後的徐幹也
曾作《團扇賦》：「惟合歡之奇扇，肇伊洛之纖素，仰明月以取象，
規圓體之儀度。」〔註50〕徐幹這篇賦，雖存僅數語，但它所包含的
意蘊不可忽視，即點出了團扇暗示的意義：合歡。這一點正與班婕
妤詩意相符，只因此賦不全，無法窺其全貌以作比較。但在後代詩
詞中，團扇幾乎成爲班婕妤的代名詞，不僅吟詠班婕妤本事的詩歌，
要用團扇意象，既使是名爲團扇的詠物之作也包含了嬪妃失寵之
意。如梁朝庾肩吾的《團扇銘》：「武王玄覽，造扇於前。班生瞻博，
白綺仍傳。裁筠比霧，裂素輕蟬。片月內掩，重規外圓。炎隆火正，
石鑠沙煎。清逾蘋末，瑩等寒泉。恩深難恃，愛極則遷。秋風颯至，
篋笥長捐。勒銘華扇，敢薦夏筵。」〔註51〕不僅提到了班婕妤的團
扇詩，也寫到了團扇蘊含的「恩深難恃，愛極則遷」的意義。總之，
班婕妤《怨歌行》以後，班婕妤與團扇成爲不可分割的整體。凡詠
班婕妤，必有團扇意象；凡詠團扇，大多含有班婕妤失寵之事。在
唐代的宮怨詩中，這種情況尤爲明顯。

　　除《怨歌行》外，班婕妤的《自悼賦》也是失寵後所作。《漢書·
外戚傳》云：「趙氏弟驕妒，婕妤恐久見危，求共養太后長信宮，上
許焉。婕妤退處東宮，作賦自傷悼。」〔註52〕並載入了整篇賦文。所
不同的是，《怨歌行》全用比體，而《自悼賦》則直陳其事：

　　承祖考之遺德兮，何性命之淑靈。登薄軀於宮闕兮，充下
　　陳於後庭。蒙聖皇之渥惠兮，當日月之盛明。揚光烈之翕
　　赫兮，奉隆寵於增成。既過幸於非位兮，竊庶幾乎嘉時。
　　每寤寐而累息兮，申佩離以自思。陳女圖以鏡監兮，顧女

　　九，中華書局1958年版，第854頁。
〔註50〕《全上古三代秦漢三國六朝文·全後漢文》卷九十三，第975頁。
〔註51〕《全上古三代秦漢三國六朝文·全梁文》卷六十六，第3343頁。
〔註52〕《漢書》卷九十七，第3985頁。

史而問詩。悲晨婦之作戒，哀褒閻之爲郵。美皇、英之女
虞兮，榮任、姒之母周。雖愚陋其靡及兮，敢捨心而忘茲。
歷年歲而悼懼兮，閔蕃華之不滋。痛陽祿與柘館兮，仍襁
褓而離災。豈妾人之殃咎兮，將天命之不可求。白日忽已
移光兮，遂晻莫而昧幽。猶被覆載之厚德兮，不廢捐於罪
郵。奉共養於東宮兮，託長信之末流。共灑掃於帷幄兮，
永終光以爲期，願歸骨於山足兮，依松柏之餘休。重曰：
潛玄宮兮幽以清，應門閉兮禁闥扃。華殿塵兮玉階苔，中
庭萋兮綠草生。廣室陰兮帷幄暗，房櫳虛兮風泠泠。感帷
裳兮發紅羅，紛綷縩兮紈素聲。神眇眇兮密靚處，君不禦
兮誰爲榮。俯視兮丹墀，思君兮履綦。仰視兮雲屋，雙涕
兮橫流。顧左右兮和顏，酌羽觴兮銷憂。惟人生兮一世，
忽一過兮若浮。已獨享兮高明，處生民兮極休。勉虞精兮
極樂，與福祿兮無期。《綠衣》兮《白華》，自古兮有之。
〔註53〕

賦中班婕妤自敘出身，繼而敘述入宮蒙幸，效法列女言行，及後誕子
而早夭，遭人讒言，退居長信宮，供養太后以自終。內容大抵與《漢
書》所記相合，包含了班婕妤一生中的重要事情。至於「重曰」以後
所言，則著重描述深宮的清冷和自己的抑鬱苦悶。其深宮的景色特點
包括華殿蒙塵、玉階苔生、庭草萋綠、帷幄陰暗等；主要活動有俯視
丹墀、仰視雲屋、持觴酌酒等。這些描寫，在後世此類母題的宮怨詩
中，經常出現。或沿用其詞如「玉階」、「應門」、「房櫳」等以作環境
渲染之用，或以此爲題創造出新的宮怨詩題，如《班婕妤》、《長信宮》
等。但要說明的是，後世模仿此賦的幾乎沒有，以班婕妤爲母題的全
爲詩歌，這是一個很奇特的現象，值得探討。

　　由於長信本事、《怨歌行》、《自悼賦》的廣泛流傳，使班婕妤
成爲歷代文人不斷吟詠的一個宮怨母題。此母題所包含的基本情
節：得寵（同輦之邀）、賢淑自持（辭輦、誦詩）、他人奪寵（趙飛

〔註53〕費振剛等輯校：《全漢賦》，北京大學出版社1993年版，第241頁。

燕姐妹、讒言）、退居深宮（自求長信）、為文自傷（撰賦自悼、作詩自怨）等，在後世詩歌中均有體現。後世多以《班婕妤》、《長信怨》等為題，唐前共有十三首此類母題的詩歌。《班婕妤》，一曰《婕妤怨》，屬相和歌辭楚調曲，《樂府解題》曰：「《婕妤怨》者，為漢成帝班婕妤作也。婕妤……美而能文，初為帝所寵愛。後幸趙飛燕姊弟，冠於後宮。婕妤自知見薄，乃退居東宮，作賦及紈扇詩以自傷悼。後人傷之而為《婕妤怨》也。」〔註54〕當然，班婕妤母題的影響不僅體現在詩歌領域，也出現在其它文體中。如曹植的《班婕妤》：「有德有言，實惟班婕。盈沖其驕，窮悅其厭。在夷貞堅，在晉正接。臨颷端幹，沖霜振葉。」〔註55〕左芬的《班婕妤贊》：「恂恂班女，恭讓謙虛。辭輦進賢，辯祝理誣。形圖丹青，名侔攀虞。」〔註56〕傅玄的《班婕妤》：「斌斌婕妤，履正修文。進辭同輦，以禮匡君。納侍顯德，讓封解紛。退身避害，志邈浮雲。」〔註57〕這些文與詩所不同的是，不再關注班婕妤失寵的事實，而著重讚美她的德行，自然抒情性不如詩歌，感染力也稍遜一籌。

第四節　宮體詩風下的宮怨詩創作

　　齊梁時期宮體詩盛行的同時，傳統題材的宮怨詩也在發展。二者本屬於不同的抒情系統，宮怨抒情較為含蓄，宮體描寫則較為大膽；宮怨重歷史題材，宮體多現實描寫；宮怨重在表達怨情，宮體重在表現女性的體態美。在不同詩人的筆下，宮怨詩呈現出不同的面貌。在非宮體詩人〔註58〕筆下，宮怨詩多承繼前代；在宮體詩人筆下，傳統

〔註54〕《樂府詩集》卷四十三，上海古籍出版社1998年版，第490頁。
〔註55〕《全三國文》卷十七，第1147頁。
〔註56〕《全晉文》卷十三，第1534頁。
〔註57〕《全晉文》卷四十六，第1724頁。
〔註58〕這裏所說的非宮體詩人乃指與宮體詩人相對而言，未作或少作宮體詩的詩人。宮體詩的提倡者蕭綱、蕭繹等人，以及圍繞在其周圍多作宮體詩的詩人稱作宮體詩人，這裏只是為了論述上的方便，目的在於條

的宮怨詩則帶有幾分香豔色彩。

一、非宮體詩人的宮怨詩創作

　　齊梁時期的重要詩人江淹曾作過宮怨詩，他的《班婕妤詠扇》是一首模擬之作：「紈扇如團月，出自機中素。畫作秦王女，乘鸞向煙霧，彩色世所重，雖新不如故。竊愁涼風至，吹我玉階樹。君子恩未畢，零落在中路。」〔註59〕江淹雖以模擬著稱當世，且許多模擬之作能達到以假亂真的程度，但這首《班婕妤詠扇》寫得實爲一般，不僅與班氏原作相差較遠，即使與前代的模擬之作相比，也遜色不少。前代如晉陸機的《班婕妤》：

> 　婕妤去辭寵，淹留終不見。寄情在玉階，託意惟團扇。
> 　春苔暗階除，秋草蕪高殿。黃昏履綦絕，愁來空雨面。
> 〔註60〕

此詩主要敘寫班婕妤失寵後的冷落生活，截取其失寵後的生活片斷，前四句點明本事，後四句描寫環境以襯托班婕妤的痛苦。此詩雖爲第三人稱寫法，但抒情性很強，而且在寫法上，講究典型性、烘託性、暗示性，開了六朝唐人此類抒情短詩的法門，其影響可謂深遠。從結構上來講，此詩八句四層，點題本事，接敘，轉筆，最後集中抒情，這種章法，對六朝、唐人的五律有直接的影響。但若不論藝術上的高下之分，江淹詩、陸機詩與班氏原詩內容相近，均在敘寫失寵的前後，抒發失寵後的愁苦之情。非宮體詩人的這類宮怨詩創作大都如此。王叔英妻沈氏的《班婕妤》：「落日應門閉，愁思百端生。況復昭陽近，風傳歌吹聲。寵移終不恨，讒枉太無情。只言爭分理，非妒舞腰輕。」〔註61〕詩寫班婕妤失寵後的愁思，揭示出失寵的根本原因：非爲嫉妒，而是爲爭天理而獲罪。此事《世

　　分縷析齊梁時期宮怨詩的創作情況，並不是學術意義的嚴格劃分。
〔註59〕《先秦漢魏晉南北朝詩‧梁詩》卷四，第1570頁。
〔註60〕《樂府詩集》卷四十三，第490頁。
〔註61〕《樂府詩集》卷四十三，第491頁。

說新語・賢媛》有載：

> 漢成帝幸趙飛燕，飛燕讒班婕妤祝詛，於是考問，辭曰：「妾
> 聞死生有命，富貴在天。修善尚不蒙福，為邪欲以何望？
> 若鬼神有知，不受邪佞之訴；若其無知，訴之無益？故不
> 為也。」〔註62〕

從這一事迹中，可看出班氏情事之流傳甚廣。劉孝綽的《班婕妤怨》
可以說是繼陸機後寫得較好的一首：「應門寂已閉，非復後庭時。況
在青春日，萋萋綠草滋。妾身似秋扇，君恩絕履綦。詎憶遊輕輦，從
今賤妾辭。」〔註63〕此詩不僅包含了長信本事的主要階段：得寵、失
寵，用到了班婕妤《怨歌行》中的「應門」、「綠草」、「秋扇」等物象，
而且還以代言體的寫法，取得了較強的藝術感染力。

　　值得注意的是，在齊梁宮怨詩中，長信事、長門事已有融合的例
子，如劉孝儀《閨怨詩》：

> 本無金屋寵，長作玉階悲。一乖西北側，寧復城南期。
> 永巷愁無盡，應門閉有時。空勞纖素巧，徒為團扇辭。
> 匡床終不共，何由橫自私。〔註64〕

此詩名為閨怨，實為宮怨。詩用陳皇后與班婕妤情事，這是陳皇后
母題與班婕妤母題融合的情況。全詩寫失寵後的寂寞與悲苦，金
屋、玉階、應門與團扇仍是詩中的典型意象。在齊梁宮怨詩中，還
有長信事、長門事、王昭君事融合在一起的情況，如劉孝威《怨詩》：
「退寵辭金屋，見讒斥甘泉。枕席秋風起，房櫳明月懸。燭避窗中
影，香回爐上煙。丹庭斜草徑，素壁點苔錢。歌起蒲生曲，樂奏下
山弦。新聲昔廣宴，餘杯今自傳。王嬙向絕漠，宗女入祁連。雁書
猶未返，角馬無歸年。昭臺有媵御，曾阪無棄捐。後薪隨復積，前
魚誰更憐。」〔註65〕此詩雖以《怨詩》為題，但並不單詠班婕妤事，

〔註62〕徐震堮：《世說新語校箋》，中華書局1984年版，第364頁。
〔註63〕《先秦漢魏晉南北朝詩・梁詩》卷十六，第1824頁。
〔註64〕《先秦漢魏晉南北朝詩・梁詩》卷十九，第1894頁。
〔註65〕《先秦漢魏晉南北朝詩・梁詩》卷十八，第1867頁。

而是將長信、長門與昭君事三大母題聯繫起來詠歎，表達一般后妃的哀怨之情，亦可說是宮怨詩的新發展。另外，宮怨詩的一些典型意象如團扇、長門、玉階等不僅在宮怨詩出現，也成為閨怨詩的意象。如蕭子雲《春思》：「春風蕩羅帳，餘花落鏡奩。池荷正卷葉，庭柳復垂簷。竹柏君自改，團扇妾方嫌。誰能憐故素，終為泣新縑。」〔註66〕

　　非宮體詩人的宮怨詩創作除傳統的題材外，也有新出現的題材，如謝朓的《詠邯鄲故才人嫁為廝養卒婦》：

　　　生平宮閣裏，出入侍丹墀。開箧方羅縠，窺鏡比蛾眉。
　　　初別意未解，去久日生悲。憔悴不自識，嬌羞餘故姿。
　　　夢中忽彷彿，猶言承宴私。〔註67〕

此類樂府題材在所有的宮怨詩中較為獨特，六朝至唐不過數首，謝朓首開此題。詩首先寫宮中女官在宮中的生活，後離宮嫁人，日漸憔悴，並於夢中時時回憶宮中歡樂的宴會生活。於前後對比之中，傳達出宮女對先前宮中生活的留戀與不甘寂寞的無奈之舉。再如他的《玉階怨》：「夕殿下珠簾，流螢飛復息。長夜縫羅衣，思君此何極。」〔註68〕其實以《玉階怨》為詩題的宮怨詩並不多，而且都寫得比較朦朧，不如《班婕妤》、《婕妤怨》等的宮怨主題明確。若不是玉階一詞的強烈暗示，幾乎看不出這類詩歌屬於宮怨範疇。如果不看詩題，單從詩本身來看，和閨怨詩沒有差別。唐代李白的《玉階怨》也從此而來，但李白之作更加空靈蘊藉，含蓄婉轉，成就更高。

　　總之，非宮體詩人的宮怨詩重在抒發怨情，藝術手法多借鑒前代，詩中人物形象的容貌姿色並不是詩歌描寫的重點。而宮體詩人的宮怨詩創作則更注重詩中人物的嬌媚體態與失寵後的空房難守，其潛在的指向與宮體詩相同。

〔註66〕《先秦漢魏晉南北朝詩・梁詩》卷十九，第 1886 頁。
〔註67〕《先秦漢魏晉南北朝詩・齊詩》卷三，第 1417 頁。
〔註68〕《先秦漢魏晉南北朝詩・齊詩》卷三，第 1420 頁。

二、宮體詩人的宮怨詩創作

在宮體詩人筆下，宮怨詩不僅表達的感情有所不同，而且色彩更為穠豔。梁簡文帝蕭綱的《怨歌行》：「十五頗有餘，日照杏梁初，蛾眉本多嫉，掩鼻特成虛。持此傾城貌，翻爲不肖軀。秋風吹海水，寒霜依玉除。月光臨戶駛，荷花依浪舒。望簷悲雙翼，窺沼泣前魚。苔生履處沒，草合行人疏。裂紈傷不盡，歸骨恨難袪。早知長信別，不避後園輿。」〔註69〕詩中最後所抒發的乃是後悔之意，詩人根本不認同辭避同輦遊園之事，反而認爲早知如今有獨處長信宮的冷遇，悔不該當初推辭君王的同輦之請。可見，被大多數人所讚頌的傳統美德，在宮體詩人的筆下，並不值得推崇。辭輦所博得的身後留名，還不如現世的相知相守。另一宮體詩人蕭繹的《班婕妤》，其描寫手法更接近宮體詩：

> 婕妤初選入，含媚向羅帷。何言飛燕寵，青苔生玉墀。
> 誰知同輦愛，遂作裂紈詩。以茲自傷苦，終無長信悲。

〔註70〕

「含媚向羅帷」一句是典型的宮體詩寫法。宮體詩的抒情特點，是引誘或招引人們觀賞、嚮往詩中的女性體態及與女性有關的事件，典型的宮體詩是要以女性美展示誘惑，通過描寫女性的姿色與媚態，暗示男女之間的床第之歡。而「含媚向羅帷」即有這種潛在指向。

何思澄的《奉和湘東王教班婕妤詩》：「寂寂長信晚，雀聲喧洞房。蜘蛛網高閣，駁蘚被長廊。虛殿簾帷靜，閒階花蕋香。悠悠視日暮，還復守空床。」〔註71〕從題目看，此首是一般的唱和之作，既未寄寓詩人的感情，也無很強的感染力。而「洞房」、「簾帷」、「空床」等詞的強烈暗示又使此詩打上了宮體詩的烙印。其他宮體詩人的宮怨詩也大體如此，如陰鏗之作寫「單眠夢裏驚」，陳何楫之作寫「獨臥銷香

〔註69〕《先秦漢魏晉南北朝詩‧梁詩》卷二十，第1907頁。
〔註70〕《先秦漢魏晉南北朝詩‧梁詩》卷二十五，第2034頁。
〔註71〕《先秦漢魏晉南北朝詩‧梁詩》卷十五，第1807頁。

炷」。有的作品還突出其對立面趙飛燕的容態，如王叔英妻沈氏之作寫「只言爭分理，非獨舞腰輕」，陰鏗之作寫「誰爲詩書巧，反而歌舞輕」，何楫之作寫「趙舞即凌人」等。班氏的對立面——善舞的趙飛燕，在此類宮怨詩中的出現，也是受到以描摹女性容貌與體態美的宮體詩的影響所致。

可見，宮體詩人的宮怨詩大都有突出容顏與床帷的意味，稍帶輕薄傾向，染上幾分香豔色彩，帶有當時新變詩體的特徵，體現了宮怨詩在梁陳宮體詩影響下的特有面貌。由於宮體詩人常以宮體詩的筆法來寫宮怨，因此他們的宮怨詩大都缺乏深厚的情致，缺乏感人至深的力量，但宮怨詩與宮體詩畢竟屬於不同的抒情系統，即使是宮體詩人的宮怨詩也與典型的齊梁宮體詩有較大的差別。從淵源上來看，宮怨詩萌芽於先秦，形成於漢代，並在魏晉得到發展，它有著較強的歷史傳承性，題材較爲固定。因此，即使是受到齊梁宮體詩的衝擊，仍然與宮體詩的格調有著明顯不同。而宮體詩的出現則是特定時期的產物。它先是以「擬古」的形式寫男女交往而逐漸取得社會承認，再是從詠物發展爲以詠物方式來詠女色，外在形態成爲詩人與讀者的關注對象，取代了別有寄託的男女之情的抒發，情感意味僅爲男歡女愛。它的出現又與那個時代密切相關，與那個時代的詩論相關。如宮體詩人蕭繹曾對「文」的特點做出說明，文者「惟須綺縠紛披，宮徵靡曼，唇吻遒會，情靈搖蕩」；蕭綱也說過，「立身之道，與文章異；立身先須謹愼，文章且須放蕩。」在這種文學理論主張下，宮體詩應運而生。而一旦失去了這種時代環境，宮體詩就會漸漸湮沒無聞。其後的詩史發展即證明了這種情況。在唐代，宮怨詩繼承前代繼續發展，而宮體詩則早在陳代即見式微。

第二章　唐代宮人概況與
宮怨詩概說

　　唐代後宮群體龐大，除傳統的三宮六妃外，還有各式各樣的稱號，如宮人、內官、宮官、宮妓等。唐代宮人既然如此眾多，因而產生的哀怨不斷，文人以此為題，或代宮人以抒怨情，或藉此寄寓自身感慨，因而產生了大量的宮怨詩，出現了宮怨詩的創作高峰。

第一節　唐代宮人概況

　　唐代「宮人」一詞指義非常廣泛，上至嬪妃，下至一般宮婢，均可稱為宮人，是內官、宮官、宮女的通稱。唐代後宮群體亦包括數目眾多的宮妓，即宮廷內的歌妓女樂，一般情況下，宮妓專為君王提供耳目之娛，她們亦稱為宮人。這些數目眾多的宮人與宮妓入宮主要採取聘召、採選、籍沒和進獻四種形式。

一、唐代後宮名號及人數

　　在唐代後宮女子中，上等為有名號的嬪妃，總分八品，各品級人數不等，共有 121 人，《舊唐書・后妃傳》：「唐因隋制，皇后之下有貴妃、淑妃、德妃、賢妃各一人，為夫人，正一品；昭儀、昭容、昭

媛、脩儀、脩容、修媛、充儀、充容、充媛各一人，爲九嬪，正二品；
婕妤九人，正三品；美人九人，正四品；才人九人，正五品；寶林二
十七人，正六品；御女二十七人，正七品；採女二十七人，正八品；
其餘六尚諸司分典乘輿服御。龍朔二年，官名改易，內職皆更舊號。
咸亨二年，復舊。開元中，玄宗以皇后之下立四妃，法帝嚳也。而后
妃四星一爲正后，今既立正后，復有四妃，非典法也。乃於皇后之下，
立惠妃、麗妃、華妃等三位，以代三夫人爲正一品。又置芳儀六人爲
正二品，美人四人爲正三品，才人七人爲正四品，尚宮、尚儀、尚服
各二人，爲正五品。自六品至九品即諸司諸典，職員品第而序之，後
亦參用前號。」〔註1〕可見，唐代不同時期後宮名號雖略有變動，但
大體較爲穩定。除了這些有品級的后妃之外，唐代後宮尚有宮人、宮
官、官奴婢、宮婢、宮妓等多種稱名。

　　「宮人」爲內官、宮官、以至宮女的通稱，若得爵秩，就爲妃
嬪、世婦之類，下則爲供役使之職的宮女。如《唐故二品宮墓誌銘》
記：「故二品宮人者，不知何許人，莫詳其氏族，竊以恭承青瑣，
陪廁丹墀，妙簡良家，籫茲盛列。」〔註2〕其身居二品，顯然屬於
上述所提及的有名號的嬪妃，然銘文中仍以「宮人」稱之。又如《亡
宮人六品官年七十墓誌文一首並序》云：「大周宮官某氏，某州郡
人也。選才清貫，譽入椒闈；拜秩紫宮，名昇壼職。」〔註3〕可見，
宮官亦稱宮人。此外，無品秩的宮女也稱作宮人，如《舊唐書・職
官志》云：「凡宮人有疾病，則供其醫藥，死亡則供其衣服，各視
其品命。仍於隨近寺觀，爲之修福。雖無品，亦如之。」〔註4〕《新
唐書》也有此類記載：「宮人不供職者，司正以牒取裁，小事決罰，
大事喜奏聞。」〔註5〕兩唐書所記，宮人亦包括無品及不供職者，

〔註1〕《舊唐書・后妃傳》卷五十一，中華書局1975年版，第2161頁。
〔註2〕周紹良編：《唐代墓誌彙編》，上海古籍出版社1992年版，第319頁。
〔註3〕《唐代墓誌彙編》，第1015頁。
〔註4〕《舊唐書》卷四四，第1871頁。
〔註5〕《新唐書》卷四七，中華書局1975年版，第1230頁。

此即為一般供役之職的宮女。「宮人」一詞含義除上述之外，尚有一部分教坊樂妓也稱宮人，見下文。

「官奴婢」是宮人中因籍沒而入宮者的稱呼，有時也稱「宮婢」。

> 凡反逆相坐，沒其家為官奴婢……凡初配沒有伎藝者，從其能而配諸司；婦人工巧者入於掖庭；其餘無能，咸隸諸司農。〔註6〕

柳珵《上清傳》中記載：「竇公曰：『陸贄久欲傾奪吾權位……吾身死家破，汝定為宮婢。聖君若顧問，善為我辭焉。』……上清果隸為名掖庭。」〔註7〕

宮妓即宮廷歌舞妓，《開元天寶遺事》云：「念奴者，有姿色，善歌唱，未常一日離帝（玄宗）左右……每轉聲歌喉，則聲出於朝霞之上，雖鐘鼓笙竽嘈雜而莫能遏。宮妓中帝之鍾愛也。」〔註8〕又如《舊唐書・德宗本紀》：「戊午，上（德宗）御麟德殿，宴文武百僚，初奏《破陣樂》，遍奏《九部樂》，及宮中歌舞妓十數人列於庭。」〔註9〕所謂「宮中歌舞妓」即為宮妓。這類宮妓大致可分兩類，教坊樂妓和梨園樂妓，又因容貌、技藝、出身、地位等不同而分為數等：

1、內 人

《教坊記》曰：「妓女入宜春院，謂之『內人』，亦曰『前頭人』，常在上前頭也。其家猶在教坊，謂之『內人家』，四季給米。」〔註10〕宜春院內的記載，亦可徵見唐人詩文，如王建《宮詞》其六十五：「內人相續報花開，準擬君王便看來。逢著五弦琴繡袋，宜春院裏按歌回。」樂妓入宜春院者謂之內人，於教坊樂妓中地位最高，常得見君王，且樂技又較同儕為佳，是為最高等。

〔註6〕李林甫等撰：《唐六典》，中華書局1992年版，第193頁。
〔註7〕汪辟疆校錄：《唐人小說》，中華書局1987年版，第209～210頁。
〔註8〕王仁裕等：《開元天寶遺事十種》，上海古籍出版社1985年版，第75頁。
〔註9〕《舊唐書》卷一三，第387頁。
〔註10〕崔令欽、任半塘：《教坊記箋訂》，中華書局1962年版，第19頁。

2、宮　人

此處「宮人」與上述泛稱「宮人」有別。《教坊記》云：「樓下戲出隊，宜春院人少，即以雲韶添之。雲韶謂之『宮人』，蓋賤隸也。非直美惡貌殊，佩琚居然易辨——內人帶魚，宮人則否。」〔註11〕從宮人佩戴之物即可分出等級差別。此輩宮人地位較內人為次，且容貌技能上亦有所不及。

3、搊彈家

《教坊記》：「平人女以容色選入內，教習琵琶、五弦、箜篌、箏者，謂之『搊彈家』。」〔註12〕平人，即良家平民，搊彈家便是由民間良家婦女中挑選容姿較優者入內。其或雖精於樂器演奏，但舞技遠遜於內人，如同書所云：「開元十一年初，製《聖壽樂》。令諸女衣五方色衣，以歌舞之。宜春院女教一日，便堪上場，惟搊彈家彌月不成。」〔註13〕

4、雜婦女

《教坊記》：「凡樓下兩院進雜婦女。上（玄宗）必召內人稱妹入內，賜食，……於是內妓與兩院歌人更代上舞臺唱歌。內妓歌，則黃幡綽讚揚之；兩院人歌，則幡綽輒訾詬之。」〔註14〕

從上引史料來看，歌舞妓不僅分為數等，而且也有專門之人評價其技藝優劣，黃幡綽之讚揚內妓與漫言訾詬雜婦女，即是明證。

歷代宮人數目均很驚人，唐代亦不減前時，唐初李百藥曾上表唐太宗建議釋放宮人，其《請放宮人封事》云：「竊聞大安宮及掖庭內，無用宮人，動有數萬。」〔註15〕李氏所謂「數萬宮人」，僅指長安宮廷內的宮人而已，尚未包括洛陽宮殿內的宮人數目在內。至唐玄宗在

〔註11〕《教坊記箋訂》，第 34 頁。
〔註12〕《教坊記箋訂》，第 25 頁。
〔註13〕《教坊記箋訂》，第 28 頁。
〔註14〕《教坊記箋訂》，第 40 頁。
〔註15〕《全唐文》卷一四二，中華書局 1983 年版，第 1442 頁。

位時，宮人數目有增無減，據《舊唐書・宦官傳》記載：

> 開元、天寶中，長安大内、大明、興慶三宮，皇子十宅
> 院，皇孫百孫院，東都大内、上陽兩宮，大率宮女四萬人。

〔註16〕

《新唐書・宦官傳》亦云：「開元、天寶中，宮嬪大率至四萬。」
〔註17〕另《梅妃傳》所載：「長安大内、大明、興慶三宮，東都大
内、上陽兩宮，幾四萬人，（玄宗）自得妃，視如塵土。」〔註18〕
此雖爲小說家言，但所言宮人數目與史書暗合。唐代宮人數目如此
龐大，宋人洪邁曾慨歎唐代宮人之多甚於前代：

> 自漢以來，帝王妃妾之多，唯漢靈帝、吳歸命侯、晉武帝、
> 宋蒼梧王、齊東昏、陳後主。晉武至於萬人……《新唐史》
> 所敍，謂開元、天寶中，宮嬪大率至四萬。嘻，其甚矣！

〔註19〕

如此龐大的宮人群體，「離別之苦，頗感人心」，〔註20〕以致有朝臣
上疏建議釋放部分無用宮人，如（景龍四年）「宮人比來取百姓子
女入宮者，放還其家。」〔註21〕肅宗至德三年，「内出宮女三千人」。
〔註22〕但儘管如此，有放有選，唐代宮人數目一直未有大變。

二、宮人、樂妓入宮途徑

宮人、樂妓入宮主要有四種形式：聘召、進獻、採選、籍沒。

1、聘　召

宮人被聘召入宮，或因豔名，或因才德，傳聞至天子而特別徵召。
如唐太宗徐賢妃的入宮即是此例。《舊唐書・后妃傳》：

〔註16〕《舊唐書》卷一八四，第4754頁。
〔註17〕《新唐書》卷二百七，第5852頁。
〔註18〕無名氏：《梅妃傳》，《開元天寶遺事十種》，第153頁。
〔註19〕洪邁：《容齋隨筆》卷三，上海古籍出版社1978年版，第836頁。
〔註20〕李絳：《李相國論事集》，《叢書集成初編本》卷四，第27頁。
〔註21〕《舊唐書》卷七，第154頁。
〔註22〕《舊唐書》卷十，第251頁。

太宗賢妃徐氏，名惠，右散騎常侍堅之姑也。生五月而能言，四歲誦《論語》、《毛詩》，八歲好屬文。……遍涉經史，手不釋卷。太宗聞之，納爲才人。其所屬文，揮翰立成，詞華綺贍。俄拜婕妤，再遷充容。〔註23〕

武則天入宮也是天子聞名而聘召的，《新唐書·后妃傳》：「文德皇后崩，久之，太宗聞士彠女美，召爲才人，方十四。」〔註24〕甚至有女已有婚約，皇帝但聞其美名，也欲召進後宮，《新唐書·魏徵傳》：「鄭仁基息女美而才，皇后建請爲充華，典冊具。或言許聘矣。（魏）徵諫曰：「陛下處臺榭，則欲民有棟宇；食膏粱，則欲民有飽適；顧嬪御，則欲民有室家。今鄭已約昏，陛下取之，豈爲人父母意！」帝痛自咎，即詔停冊。」〔註25〕因魏徵力諫，皇帝雖未成功，但可見天子欲將天下美女攬盡的欲望。至於宮妓之被召聘入教坊者，可見《樂府雜錄》所記：「大曆中，有才人張紅紅者，本與其父歌於衢路丐食，過將韋青所居。青於街牖中聞其歌者。喉音寥亮，仍有美色，即納爲姬……尋達上（代宗）聽，翊日召入宜春院，寵澤隆異。」〔註26〕

2、進　獻

進獻可分兩類，一是別國向天子進獻，二是臣下貴戚向天子進獻。前者如《冊府元龜·帝王部》：「二十年五月高麗王藏及莫離支蓋金遣使來謝罪，並獻二美女。蓋金即蘇文也。帝（太宗）謂其使曰：『歸語爾主……吾若取其色而傷其心，我不爲也，並還之。』」〔註27〕此次進獻，天子雖未留人，但可見有其例。又如同書卷九七二記載：「十月迴紇使者僕固昌獻其國信四床，女口六人，葛祿口四人。」〔註28〕但進獻主要以臣下貴戚進獻爲主，如《舊唐書》所

〔註23〕《舊唐書》卷五十一，第 2167 頁。
〔註24〕《新唐書》卷七六，第 3471 頁。
〔註25〕《新唐書》卷九七，第 3869 頁。
〔註26〕段安節：《樂府雜錄》，《叢書集成初編本》，第 18〜19 頁。
〔註27〕王欽若等編：《冊府元龜》，中華書局 1988 年版，第 2025 頁。
〔註28〕《冊府元龜》，第 11418 頁。

記：

> 女學士、尚宮宋氏者，名若昭，貝州清陽人。父庭芬，世
> 爲儒學，至庭芬有詞藻。生五女，皆聰惠，庭芬始教以經
> 藝，既而課爲詩賦，年未及笄，皆能屬文。長曰若莘、次
> 曰若昭、若倫、若憲、若荀。若莘、若昭文尤淡麗，性復
> 貞素閒雅，不尚紛華之飾。嘗白父母，誓不從人，願以藝
> 學揚名顯親。若莘教誨四妹，有如嚴師。著《女論語》十
> 篇，……若昭注解，皆有理致。貞元四年，昭義節度使李
> 抱眞表薦以聞。德宗俱召入宮，試以詩賦，兼問經史中大
> 義，深加賞歎。德宗能詩，與侍臣唱和相屬，亦令若莘姊
> 妹應制。每進御，無不稱善。嘉其節概不群，不以宮妾遇
> 之，呼爲學士先生。〔註29〕

有時進獻只是暫借於宮中，並不在宮中作永久之用，如《舊唐書・昭
宗紀》所載：「乾寧元年春正月乙丑朔，上御武德殿受朝，宣制大赦，
改元乾寧。鳳翔李茂貞來朝，大陳兵衛，獻妓女三十人，宴之內殿，
數日還藩。」〔註30〕又《資治通鑑》記載元和元年監軍請獻劉闢二妾：
「闢有二妾，皆殊色，監軍請獻之，（高）崇文曰：『天子命我討平凶
豎，當以撫百姓爲先，遽獻婦人以求媚，豈天子之意邪！崇文義不爲
此。』乃以配將吏之無妻者。」〔註31〕貴戚如公主者也常有進獻美女
的舉動，如玄宗《出宮人詔》中所云：「往緣太平公主輒進人入宮，
朕以事須順從，未能拒抑。」〔註32〕又如《舊唐書・憲宗本紀》：「丙
午，昇平公主進女口十五人，上曰：「太上皇不受獻，朕何敢違！其
還郭氏。」〔註33〕有時，宮中也主動要求地方官員進獻，如《唐語林》
卷三云：

> 武宗數幸教坊作樂，優倡雜進。酒酣作技，諧謔如民間宴

〔註29〕《舊唐書》卷五十二，第 2198 頁。
〔註30〕《舊唐書》卷二十，第 750 頁。
〔註31〕《資治通鑑》卷二三七，中華書局 1956 年版，第 7636 頁。
〔註32〕《全唐文》卷二六，第 301 頁。
〔註33〕《舊唐書》卷一五，第 411 頁。

席，上甚悦。諫官奏疏，乃不復出。遂召優倡入，敕內人
習之。宦官請令揚州選擇妓女，詔揚州監軍取解酒令妓女
十人進入。〔註34〕

但宮廷主動要求官員進獻的只是少數，一般情況下，多是臣下為媚主
上，作為進身之階，而進獻美女，由於此風太盛，主上為表儉德，不
得不明令禁止進獻。如《舊唐書·敬宗本紀》：「（寶曆元年，八二五）
乙酉，詔公主、郡主並不得進女口。」〔註35〕懿宗時也有此情況：「諸
節進奉，宜有指揮。應諸親及公郡主等每年端午、及延慶、并妃嬪生
日，所進女口，自今已後，宜並停進。」〔註36〕

宮妓進獻也大致如此。《冊府元龜·外臣部》：「（開元）二十一
年二月骨咄王頡利發遣使獻馬並女樂。」〔註37〕又如《舊唐書·代
宗本紀》：「渤海使獻日本國舞女十一人。」〔註38〕《杜陽雜編》中
亦有別國向宮中獻舞女的記載：「寶曆二年，淛東國貢舞女二人，一
曰飛鸞，二曰輕鳳……每歌罷，上令內人藏之金屋寶帳。」〔註39〕
白居易《論於頔所進歌舞人事宜狀》也透露了此種進獻情況：「右臣
三五日來聞於時議云，前件所進者，並是於頔愛妾，被普寧公主闇
欲選進。今於頔所進，事非獲已者，臣未知此說虛之與實。」〔註40〕
此事看來雖有爭議，但進獻舞女當為事實。

與進獻宮人相同，此種進獻風氣之盛，也使天子不得不明令禁
止，或退還不納。「自此諸道，更不用進聲樂及女弟子。」〔註41〕「韓
全義子進女樂八人，（憲宗）召還之。」〔註42〕《冊府元龜·帝王部》

〔註34〕〔宋〕王讜：《唐語林》卷三，上海古籍出版社1978年版，第78頁。
〔註35〕《舊唐書》卷一七，第515頁。
〔註36〕〔宋〕宋敏求等：《唐大詔令集》卷八六，鼎文書局1978年再版，
　　　　第491頁。
〔註37〕《冊府元龜》卷九七一，第11409頁。
〔註38〕《舊唐書》卷一一，第310頁。
〔註39〕蘇鶚：《杜陽雜編》卷中，中華書局1987年版，第40頁。
〔註40〕《全唐文》卷六六七，第6783頁。
〔註41〕《唐大詔令集》，第494頁。
〔註42〕《舊唐書》卷一五，第418頁。

中亦有數條史料記載此種情況：

> （元和）六年四月以張茂昭妓樂女子四十七人歸之。
>
> （元和）十四年六月己酉韓弘進女樂十人，（憲宗）命還賜
> 之。癸丑又進女妓二十人，命放歸本道。
>
> 文宗以寶曆二年十一月即位，是月鳳翔府淮南進女樂二十
> 四人，放還本道。〔註43〕

然而，在進獻風氣大盛之下，明令禁止與數次召退並未使宮人數目有
大的改變。

3、採　選

採選主要指從民間選取良家女子入宮，是一傳統方法，歷代皆
有。《後漢書·皇后紀》：「漢法常因八月筭人，遣中大夫與掖庭丞及
相工，於洛陽鄉中閱視良家童女，年十三以上，二十已下，姿色端麗，
合法相者，載還後宮，擇視可否，乃用登御。」〔註44〕《隋書·裴蘊
傳》：「蘊揣知帝意，奏括天下周、秦、梁、陳樂家子弟，皆爲樂戶。
其六品已下，至於民庶，有善音樂及倡優百戲者，皆直太常。是後異
伎淫聲咸萃樂府，皆置博士弟子，遞相教傳，增益樂人至三萬餘。」
〔註45〕唐代亦然。唐太宗貞觀十三年朝臣上奏《請選良家女充後宮
議》：

> 臣等伏請今日以後，後宮及東宮內職員有闕者，皆選有才
> 行充之。若內無其人，則旁求於外，採擇良家，以禮聘納。
>
> 〔註46〕

由於良家女子是採選的一般對象，所以文人在作品中直接以「良家
子」稱呼宮人。「宮中良家子千數，無可悅目者。上（玄宗）心忽
忽不樂。」〔註47〕然而，一般情況下，採選雖以良家女爲主要對象，

〔註43〕《冊府元龜》，第 2026～2027 頁。

〔註44〕《後漢書》卷十，中華書局 1965 年版，第 400 頁。

〔註45〕《隋書》卷六七，中華書局 1973 年版，第 1575 頁。

〔註46〕《全唐文》卷九七五，第 3503 頁。

〔註47〕陳鴻：《長恨歌傳》，見於汪辟疆校錄《唐人小說》，上海古籍出版社

但有時也會良賤不分。「上（武宗）聞揚州倡女善爲酒令，敕淮南監軍選十七人獻之。監軍請節度使杜悰同選，且欲更擇良家美女，教而獻之。悰曰：『監軍自受敕，悰不敢預聞！』……上曰：『敕藩方選倡女入宮，豈天子所爲！杜悰不徇監軍意，得大臣體，眞宰相才也。朕甚愧之！』〔註48〕不管天子愧與不愧，採選倡女入宮乃實有其事。

由於採選對象主要是良家女子，所以宮中每有採選，社會上亦有滋擾。如開元二年，民間訛傳玄宗採擇女子入宮，一時「人頗喧嘩，聞於道路」，〔註49〕最後，玄宗不得不釋放無用宮人以關謠。元稹在《上陽白髮人》一詩中也有述及採選宮人造成的擾民情況：

> 天寶年中花鳥使，撩花狎鳥含春思。
> 滿懷墨詔求嬪御，走上高樓半酣醉。
> 醉酣直入卿士家，閨闈不得偷迴避。
> 良人顧妾心死別，小女呼爺血垂淚。
> 十中有一得更衣，永配深宮作宮婢。〔註50〕

良家女子入宮如此，樂妓入宮也有通過採選的。《教坊記》云「平人女以容色選入內者，教習琵琶、三弦、箜篌、箏等者，謂之『搊彈家』。」〔註51〕《唐會要·清樂》：「自唐虞迄三代，舞用國子，樂用瞽師，漢魏後皆以賤隸爲之，唯雅樂尙選良家子，國家每歲，閱司家戶容儀端正者，歸之太樂，與前代樂戶，總名音聲人，歷代滋多，至於萬數。」〔註52〕

4、籍　沒

籍沒是指在犯科的官宦之家中，將其家中「婦人工巧者入於掖

1978 年版，第 139 頁。
〔註48〕《資治通鑒》卷二四七，第 8001～8002 頁。
〔註49〕《出宮人詔》，《全唐文》卷二六，第 301 頁。
〔註50〕《全唐詩》卷四百十五，第 4615 頁。
〔註51〕《教坊記箋訂》，第 25 頁。
〔註52〕《唐會要》卷三三，中華書局 1955 年版，第 611 頁。

庭」。〔註 53〕不獨唐代如此，歷代皆然。《三國志・毛玠傳》云：「漢律：罪人妻子，沒爲奴婢。」〔註 54〕唐代此類情況也甚多，有時連宗室姬妾、女，以至出家女尼，亦不能幸免。宗室姬妾之籍沒入宮者，可見《舊唐書・王珪傳》：「太宗嘗閒居與（王）宴語，時有美人侍側，本盧江王瑗之姬，瑗敗籍沒入宮，太宗指示之曰：『盧江不道，賊殺其夫而納其室。暴虐之甚，何有不亡者乎！』」〔註 55〕又有宗室女子沒入掖庭，《新唐書・魏徵傳》：「御史中丞李孝本，宗室子，坐李訓事誅死，其二女沒入宮。」〔註 56〕此二女雖因魏徵進諫而獲免釋放，亦可見籍沒之法嚴格。至於僧尼籍沒爲宮人者，可見李志暕《大唐故興聖寺主尼法澄塔銘並序》：「法師諱法澄，字符所得……遂於上元二年出家……如意之歲，淫刑肆逞，誣及法師，將扶汝南，謀其義舉，坐入宮掖。」〔註 57〕甚有皇后、皇太后、太皇太后也曾是籍沒入宮的，如：

> 孝明鄭太后，潤州人也，本姓朱氏。李錡據浙西反，相者言於錡曰：「朱氏有奇相，當生天子。」錡取致於家。錡既死，後入掖庭，爲郭太后侍兒。憲宗皇帝愛而幸之，生宣宗皇帝，爲母天下十四年。懿宗即位，尊爲太皇太后。
>
> 〔註 58〕

自然像鄭太后如此幸運者恐怕還是極少數，多數籍沒入宮者一般爲樂妓、雜使之類，如蘇鶚《杜陽雜編》卷中記載，憲宗時淮西鎮叛將吳元濟兵敗，其家妓沒入掖庭即爲樂妓：「時有宮人沈阿翹，爲上舞《河滿子》。調聲風態，率皆宛暢。曲罷，上賜金臂環，即問其從來。阿翹曰：『妾本吳元濟之妓女，濟敗，妾得身爲宮人。』

〔註 53〕《唐六典》，第 193 頁。
〔註 54〕《三國志》卷一二，中華書局 1959 年版，第 378 頁。
〔註 55〕《舊唐書》卷七十，第 2528 頁。
〔註 56〕《新唐書》卷九七，第 3879 頁。
〔註 57〕《唐代墓誌彙編》，第 1362 頁。
〔註 58〕《東觀奏記》卷上，見《明皇雜錄》、《東觀奏記》合訂本，中華書局 1994 年版，第 85 頁。

上因令阿翹奏《涼州曲》，音韻清越，聽者無不淒然。上謂之天樂，乃選內人與阿翹為弟子焉。」〔註59〕如此官宦之家的樂妓入宮，若主人有冤情者，還會為主人伸冤。《唐語林》卷六記載，德宗時相國竇參寵妾名上清者，竇參敗後，充為宮婢，善於應對，長於煎茶，常在帝左右。一日德宗問起，上清陳述其主冤情，德宗驗之，果如其言，竇參得以昭雪。〔註60〕又可見於《唐國史補》：「李錡之擒也，侍婢一人隨之。錡夜則裂衿自書筦榷之功，言為張子良所賣，教侍婢曰：『結之衣帶……吾死，汝必入內，上必問汝，汝當以此進之。』」〔註61〕

至於婦人犯奸而沒入掖庭的情況，如《朝野僉載》所記：「周郎中裴珪妾趙氏，有美色，曾就張璟藏卜年命。藏曰：『夫人目長而漫視。準相書，豬視者淫。婦人目有四白，五夫守宅。夫人終以奸廢，宜慎之。』趙笑而去。後果與人奸，沒入掖庭。」〔註62〕此事雖涉神異，但考武后一朝，實有婦人犯奸，即配入掖庭之例。開元年間張廷珪曾上《論別宅婦女入宮第二表》：

> 檢貞觀、永徽故事，婦人犯私，並無入宮之例；準天授二年有勅，京師神都婦女犯奸，先決杖六十，配入掖庭；至太極修格，已從除削，唯決杖六十，仍依法科罪。今不依貞觀、永徽典故，又捨太極憲章，而依天授之法，臣愚竊謂未便，且法令者，與天下共之者也。〔註63〕

綜上，唐代後宮情況複雜，嬪妃眾多，一般宮女與歌舞妓無數，由之而產生的哀怨不斷，及種種悲慘命運，一旦為時人所知，詩人即採之入詩，化為文詞，或代之吐屈，或藉之自傷，亦很自然。在此情形下，宮怨詩興盛於唐，乃為水到渠成之事。

〔註59〕《杜陽雜編》，第45頁。

〔註60〕《唐語林》卷六，第202～203頁。

〔註61〕《唐國史補》卷中，上海古籍出版社1979年版，第40頁。

〔註62〕〔唐〕張鷟著：《隋唐嘉話·朝野僉載》卷一，中華書局1976年版，第1頁。

〔註63〕《全唐文》卷二六九，第2736頁。

第二節　唐代宮怨詩概說

本節旨在概述唐代宮怨詩的興盛狀況、情感特徵以及象徵意蘊，並粗略描述宮怨詩在唐代不同時期的發展軌迹，最後以歷代有代表性的唐詩選本為據，分析宮怨詩的選錄情況。

一、唐代宮怨詩的興盛與情感特徵

作為一種詩歌類型，宮怨詩雖較早起源於《詩經》，並在漢魏六朝得到發展，但先唐宮怨詩的數量並不多。唐前文人雖然也創作宮怨詩，但他們大多是偶爾為之，或模仿民歌以作練筆之用，或遣懷感興以作遊戲之玩，很少有人真正深入宮女的情感世界，更不用說以自身的情感體驗與宮女產生惺惺相惜之感。至唐代，宮怨詩共有 431 首，涉及作者 201 人，另有無名氏詩作 5 首。李白、王昌齡、劉長卿、戴叔倫、白居易、王建、劉禹錫、張籍、李賀、李商隱、杜牧、張祜等著名詩人都創作了一定數量的宮怨詩，且有不少膾炙人口的名篇佳作。文人不僅真正地關心宮人的情感世界，探討她們的生存境遇，對她們的命運表示同情，而且還在對宮人的吟詠中寄寓自身的情感，或感歎科場失意，或抒發遷謫之感，或表達盛衰之理，不僅使唐代宮怨詩的數量超越於前，更使宮怨詩的情感內蘊大大豐富。從選材上看，唐代宮怨詩主要集中在長門怨、長信怨、銅雀臺及王昭君等傳統歷史題材上。其中吟詠王昭君的有 52 首，吟詠長門事的有 43 首，吟詠長信事的有 43 首，吟詠銅雀臺事的有 36 首，這四種題材的宮怨詩共有 174 首，占宮怨詩總數的 38%。《宮詞》中也有一部分宮怨成分，王建《宮詞》中有 21 首宮怨詩，張祜有 7 首，王涯有 6 首，花蕊夫人有 6 首。中唐以後新出現的《宮人斜》、《退宮人》等也在宮怨詩中占一定的數量。在這些宮怨詩中，有男性代言之作，也有女性自抒其情之篇，有單篇隻首的短小作品，也有多首連綴的組詩，不拘一格，眾體兼備，在眾多的唐詩題材類型中，實成為引人注目的一類。

　　由於題材的特殊規定性，宮怨詩表現的是怨意，是宮人怨情的集中抒發，所以宮怨詩在整體上有一種無法抹去的幽怨色彩。宮人產生怨情的原因有四：一，喪失自由。女子一旦入宮，便與親人隔絕，失去自由，「宮門一入無由出，惟有宮鶯得見人。」跨進宮門，就意味著失去了人生最寶貴的自由，意味著從此淪為皇權的奴隸，也意味著從此便永絕人間歡樂。在後宮環境中，她們整天惶惑不安，處處謹慎，不敢多說一句話，不敢多走一步路，「含情欲說宮中事，鸚鵡前頭不敢言。」這絕不是虛誇，在禁宮的處境中，她們有時的確不如歡呼雀躍的鳥兒，連說話的自由都被剝奪了。失去自由，無疑是人生中最大的不幸。二，被讒遭妒。許多帶著夢想入宮的女子，她們的處境更加令人同情。她們夢想得寵，但「未容君王得見面，已被楊妃遙側目。」不知有多少宮人成了嬪妃妒嫉的犧牲品！有些宮人絲毫沒有機會，不為人注意，甚至成為其他人妒嫉的對象都是奢望，更別說得到君王的寵幸。這樣在宮中終其一生、無幸得見君王的女子又何止一人！三，寵幸不再。與從未受寵的宮人相比，即使得寵的宮人境遇也好不了多少，「得寵憂移失寵愁」，君恩是不可捉摸的，今日得寵，明日也許就會失寵，或遭受冷落，或有生命危險。「以色事人者，能得幾時好？」君恩無常的現實，注定宮中女子必然遭受被冷落的命運，注定要飽受心靈的煎熬。四，渴望自由。宮人們渴望恢復自由，渴望與親人團聚，渴望人間美好的愛情，渴望正常的夫妻生活，但是無情的現實，使這種願望是那麼的遙不可及，更增添了她們人生的悲劇意蘊，也更增添了宮怨詩的幽怨色彩。

　　總之，宮人們的追求和希望、辛酸和淚水、寂寞和絕望，她們眼含淚水卻不得不起舞的無奈，她們厭惡宮廷卻不得不忍受的痛苦，所有這些都在詩人筆下得到充分的展現。每一首宮怨詩就是一曲心靈的哀歌，一幕人生悲劇的縮影。與其它題材的詩歌相比，宮怨詩這種濃

鬱的感傷氣息，過於哀怨的情感表達，似乎與「盛唐氣象」不符，與唐詩的主流風貌相悖。其實「盛唐氣象」並不單指昂揚情感的抒發，建功立業的胸懷，也有低沉的心靈之音，傷感的悲怨之情。宮怨詩也是詩人關注現實的產物之一，同樣體現著唐代詩人開闊的胸襟，關注現實的態度，體現著他們積極向上的人生態度，同反映戰爭、描寫下層人民生活的詩歌一樣是對社會生活的真實反映，講述著時代的苦難。而且在宮怨詩中，詩人不僅代人抒情，其間也寄寓著他們自身的情感，反映著他們的生命哲學與人格特徵。

二、唐代宮怨詩的象徵意蘊與發展軌迹

從屈原始，中國詩歌就有了以男女關係比喻君臣遇合的傳統。一個文士未被君王重用，就如一個後宮佳麗沒被君王瞭解、看上，沒被君王寵幸一樣。到了後代，這種比喻逐漸被更多的文人引申為以男女關係來寄託一個男人對另一個男人的「知遇」。張籍的《節婦吟》可謂最突出的例子，宋代陳師道也曾作過《妾薄命》，題下自注「為曾南豐作」。張籍是以男女關係來拒絕藩鎮官員對自己的提拔賞識，表達對原屬主人的忠貞不渝；陳師道是自比「受寵的妾婦」來表達對知遇恩人的感激。這種士人自比女性的傳統，在中國文學中源遠流長，綿綿不絕。在這種傳統的背後，乃是中國文人的人生理想與政治依附。士人的理想就是「學而優則仕」，政治上的順達是他們的唯一目標，在他們的心理意識中，所有的知識、思想、文學與人格修養無一不是為了政治理想。而從現實的層面上來看，為生活所需，不為自耕自足的農民，便要在政治上謀個一官半職，否則不但人生理想無法實現，甚至最基本的生活也不能保障。而在唐代，科舉制度的實行，為大多數文人實現政治理想提供了途徑。但被錄取從而進入仕途的畢竟是少數，即使是進入官宦仕途之中，真正實現他們的終極目標也是相當困難。這樣，一個士子被垂青，正如後宮佳麗的某一個被君王寵幸一樣，而不被重用、未獲恩寵的

卻永遠是大多數。從這個角度說，宮怨詩正是這種情況的生動表達。換句話說，一個士人生命價值的實現，就恰如宮女的生命價值要來自於皇帝的賞愛一般。兩者生命價值的實現除了在力所能及的範圍內主動發揮外，就只有被動地等待他人的賞識與提拔。

既然以男女關係比喻君臣遇合，以宮怨題材表達自身的仕途坎坷，其中的怨情就要「不誹不亂」，要「怨而不怒，溫柔敦厚」。上述詩人潛在的心理意識，不僅影響著詩人的創作，而且也影響著歷代研究者對宮怨詩的評價。雖然大多數詩人在宮怨詩中表達出對宮人的同情，但他們更多地描述了一種男尊女卑的兩性關係，表現了宮人對君恩的依附、對君恩的依賴。這種依附、依賴其實也正是士人對君權崇仰、畏服、依賴的心理折射。在這種尊卑關係的描述之下，「怨而不怒，溫柔敦厚」就成為必須的創作原則，對君權的依賴就成為唐代宮怨詩的標準內容。除作者之外，讀者、評論者亦會按照這種觀點來理解宮怨詩，並以此作為鑒賞評價的標準。從唐至清，宮怨詩的評價一直沿用著「怨而不怒，溫柔敦厚」，又或「風人之旨」一類的評論術語。而唐代宮怨詩的主角──宮人，亦只好俯在君權的統治之下，以自怨自艾、嬌柔無力、抽咽飲泣的種種面目呈現於詩歌之中。

誠然，唐代宮怨詩有上述諸多的共性，但在初、盛、中、晚唐四個時期，又有著題材選擇與描寫技巧上的差別。初、盛唐是唐代宮怨詩發展的第一個時期，題材選擇多承襲前代，以樂府舊題居多。初唐詩人受到題材慣性的影響，宮怨詩多用來練筆之用，很少有自身情感的寄託。盛唐詩人在題材選擇方面變化依然不大，只是與初唐詩人相比，他們大多在詩中寄寓自身情感。在寫作手法上，初、盛唐詩人多寫意之作，措詞多含蓄，重意象塑造，虛構成分較多，代言體比重大。

中唐是唐代宮怨詩發展的第二個時期，變化較大，主要體現在題材選擇與表現手法上。一在題材上，反映現實題材的宮怨詩驟然

增多，有吟詠宮人死後去處的《宮人斜》，有描寫守陵宮人的《奉陵宮人》，有同情駐守行宮宮人的《古行宮》等；也有反映宮廷生活的大型組詩《宮詞》，宮詞雖內容廣泛，宮怨仍是其重要部分。其中王建的《宮詞》較爲突出，流傳甚廣，對當代及後世詩人影響較大。二在描寫手法上，中唐宮怨詩多白描手法，寫實成分增多，從代言轉向第三人稱的客觀敘述和描寫，以旁觀者的角度描寫後宮女子的生活。不再如盛唐那樣寫景寫情多虛泛概括，而是有著更多的具體性和眞切感，敘事成分增多，語言較爲通俗。中唐宮怨詩的這種嬗變與「安史之亂」後的社會有關。「安史之亂」後，唐王朝日益衰微，不少憂患意識強烈的詩人開始用醫家望脈的眼光審視這個千瘡百孔的社會，並試圖找出社會的病根，以詩歌作爲反映現實和醫治病患的手段。最顯著的例子要數白居易。他一面上書皇帝請求揀放宮人，以解決「上則虛給衣食，有供億糜費之煩；下則離隔親族，有離別怨曠之苦」〔註64〕的社會矛盾，一面寫出了著名的《上陽白髮人》。當然，中唐以後宮怨詩的這種嬗變可能也有其它原因，比如與進步文人要求廢除宦官專權有著聯繫。宦官專權，是唐王朝政治腐敗的重要內容。自玄宗時代的高力士始，宦官權力日重。安史亂後，宦官不僅干預朝政，且統軍征伐，甚至自行廢立皇帝，黜陟大臣。而這種情況或多或少與宮人眾多有關，正如顧炎武指出的：「玄宗時，宮嬪大率四萬。宦官黃衣以上三千員。是知宦官之盛，繇於宮嬪之多，而人主欲不近刑人，當以遠色爲本。」〔註65〕因此，進步文人抒寫「宮怨」，不再寄託自身的情感，而是隱約傳出他們希望君王能遠女色、退宦豎的內心衷曲。

　　晚唐宮怨詩與中唐相比，在題材選擇與內容主旨上無大的變化，藝術上卻頗爲不同，呈現出向盛唐宮怨詩的些許回歸。從整體上看，唐代宮怨詩的發展與唐詩主流風貌的發展相一致。

〔註64〕《白氏長慶集》卷四十一，四部叢刊本。
〔註65〕顧炎武：《日知錄》卷九，商務印書館民國 18〔1929〕，第 33 頁。

三、歷代唐詩選本中宮怨詩的選錄情況

有關歷代唐詩選本中宮怨詩的選錄情況以唐代、明代、清代三個時期為主。〔註 66〕

在唐代，各具特色的唐詩選本就選取了一定數量的宮怨詩，下面以頗具規模和對後世較有影響的《河嶽英靈集》、《御覽詩》、《又玄集》、《才調集》四個選本為依據，分析各個選本選取宮怨詩的情況。

在唐人的各種唐詩選本中，殷璠的《河嶽英靈集》專收盛唐詩，選取唐開元、天寶時期 24 位詩人的詩作 234 首，書前有序，詩人名下各有評語，是較具規模的一部唐詩選本，並以體現了新的詩歌理論和創作氣象而對後世產生了深遠影響。但在《河嶽英靈集》中，宮怨詩入選數量並不多，共有八首，其中崔國輔的《魏宮詞》（朝日點紅妝）、《怨詞》（妾有羅衣裳）、《長信草》（長信宮中草）均被入選。王維的《息夫人怨》（莫以今時寵）和《婕妤怨》（宮殿生秋草）也被入選。另外三首分別是王昌齡的《長信宮》（奉帚平明金殿開）、常建的《昭君墓》（漢宮豈不死）和祖詠的《古意二首》其二（夫差日淫放）。但這八首宮怨詩的入選卻顯示了非同尋常的意義。今人葉持躍曾根據 46 種歷代唐詩選本進行統計，以入選頻數及評價指數為依據，得出盛唐時代的優秀詩人有 16 人，著名詩人有 15 人。〔註 67〕《河嶽英靈集》中的常建、李白、王維、李頎、高適、岑參、崔顥、孟浩然、崔國輔、王昌齡、祖詠等 12 人均屬於優秀詩人，在這 12 位優秀詩人中，創作宮怨詩較多的常建、李白、王維、崔國輔、王昌齡、祖詠六人中，竟有 5 人的宮怨詩被選錄，而選錄的這八首宮怨詩在各個詩人的創作中，亦屬上乘之作，尤其是崔國輔的三首與王昌齡的《長信宮》，屢屢被稍後的選本所錄。可以說，唐代宮怨詩創作中的部分優秀之作在

〔註 66〕關於宮怨詩在宋元時期的選錄情況，惜其選本較少、影響不大，在此不作論述。

〔註 67〕葉持躍：《根據 46 種唐詩選本統計出的唐詩著名詩人》，寧波大學學報（人文科學版），1998 年第 6 期。

《河嶽英靈集》得到了展示，由此也體現了《河嶽英靈集》的開創意義。而稍後的《中興間氣集》竟未選錄一首宮怨詩。〔註68〕相比之下，《河嶽英靈集》在題材方面的兼顧還是值得肯定的。但《河嶽英靈集》在選錄宮怨詩方面也有不足之處，如李白、戴叔倫，二人的宮怨詩不論在數量上還是質量上都相當引人注意，但《河嶽英靈集》卻未選錄。與後世的選本相比，《河嶽英靈集》的這一缺陷尤為明顯。

成於中唐元和後期的《御覽詩》也是頗有影響的一部唐詩選本。原本一卷，共 30 人，收詩 310 首，現存 286 首。所存詩的數量與《河嶽英靈集》相差不多，收錄宮怨詩 13 首，所佔比例亦和《河嶽英靈集》相當。但分析一下總體情況，則可以看出《御覽詩》不同的審美情趣。在選題方面，《御覽詩》有感興之作 116 首，豔情之作 54 首，邊塞之作 52 首，酬贈送別之作 51 首，此外尚有歌功頌德之作 13 首。從選詩數量上來看，吟詠女性之作（亦包括宮怨詩）最多，從中可見時人對此類題材的喜愛，這也與當時的創作實際相吻合。而入選的宮怨詩與《河嶽英靈集》無一首重複，體現了《御覽詩》編選者獨特的審美觀。為《御覽詩》編選者所青睞的是下列詩人的宮怨詩：皇甫冉的《班婕妤》（由來詠團扇）、《班婕妤》（花枝出建章）、《秋怨》（長信多秋氣）以及劉皀的《長門怨》二首（蟬鬢慵梳倚帳門）、（雨滴長門秋夜長），另外不被《河嶽英靈集》所選的楊淩《明妃怨》（漢國明妃去不還），也被《御覽詩》編選者選中。而這三人的宮怨詩也被其後眾多的唐詩選本所選。可以說，《御覽詩》的選詩風格以輕豔為主，偏愛齊梁詩體，從宮怨詩的入選情況來看，體現了選家對這一類詩的重視。

《又玄集》是晚唐韋莊的唐詩選本，體現了其清麗的文學思想。

〔註68〕《中興間氣集》所收詩歌共 143 首，涉及詩人 26 人，其中收錄戴叔倫 7 首、皇甫冉 13 首、郎士元 12 首、劉長卿 9 首，這幾位均是創作宮怨詩較多的詩人，在此集中也是選錄數量較多的詩人，但其宮怨詩無一首入選。

　　由於此集的編選時限爲唐代，所以選錄的宮怨詩時間跨度較大，從盛唐到晚唐均有選錄，王昌齡的《長信宮秋詞》（奉帚平明金殿開）、楊凌的《明妃怨》（漢國明妃去不還）、劉皂的《長門怨》（淚滴長門秋夜長）、崔國輔的《怨詞》（妾有羅衣裳）等被選錄，而元稹的《連昌宮詞》、韋應物的《送宮人入道》（捨寵求仙畏色衰）、劉德仁的《悲老宮人》（白髮宮娃不解悲）、于武陵的《長信宮》（簟涼秋氣初）、杜荀鶴《春宮怨》（早被嬋娟誤）則是韋莊的首次發現，這些前人未選錄的宮怨詩經韋莊的選錄，在後世也多次被選錄。

　　在唐代，另一部較有規模的唐詩選本《才調集》，爲五代韋縠編選，共收錄唐詩 1000 首，可以說是現存規模最大的唐人選唐詩選本。此集選錄宮怨詩 31 首。除上述三個選本所常錄的王昌齡、崔國輔等詩人外，《才調集》較多地選錄了中、晚唐的宮怨詩。李商隱的《宮辭》（君恩如水向東流）、《深宮》（金殿銷香閉綺櫳）、梁瓊《昭君怨》（自古無和親）、《銅雀臺》（歌扇向陵開）首次被韋縠選錄。

　　由上分析可知，由於選本時代不同，選詩標準不同，審美觀念不同，造成上述四個選本選錄宮怨詩的情況不同。但在差異之中，也有共性存在。通過統計，至少被兩個選本所青睞的是下列詩人的宮怨詩：

詩　人	詩　　題	選　錄　次　數
崔國輔	怨詞（妾有羅衣裳）	4
	魏宮詞（朝日點紅妝）	3
李白	玉階怨（玉階生白露）	4
王昌齡	長信宮（奉帚平明金殿開）	3
劉皂	長門怨（雨滴梧桐秋夜長）	3
楊凌	明妃怨（漢國明妃去不還）	2
劉得仁	悲老宮人（白髮宮娃不解悲）	2
于武陵	長信宮（簟涼秋夜初）	2
杜荀鶴	春宮怨（早被嬋娟誤）	2
鮑君徽	惜花吟（枝上花）	2

　　由上表可以看出，最爲選家所欣賞的是崔國輔的宮怨詩，四個選本共選錄其 3 首詩，其中《怨詞》被選錄四次，《魏宮詞》被選錄三次。李白的《玉階怨》幾乎爲各個選本所青睞，入選四次。王昌齡的宮怨詩雖只選一首，卻被選錄了三次。其餘的詩人或有兩首宮怨詩入選，或以一首詩而被選錄數次。至明清兩代，選錄情況有所變化，一些詩人的宮怨詩被選詩者發掘出來，一些詩人的宮怨詩在新的審美情趣下消失不見，有些詩人仍保持著穩固的地位。

　　下面分析宮怨詩在明代的選錄情況。在明代，唐詩選本的大量出現，使唐詩學出現了一個繁榮期。在當時眾多的唐詩選本中，以高棅的《唐詩品彙》最具代表性，編選規模亦超越前代，影響也最大。此集凡九十卷，共選作者 620 人，詩 5769 首，分體編排。鑒於此集的代表性，唐代宮怨詩在明代的選錄情況即依此爲據。此集共收錄 127 首唐代宮怨詩，選錄較多、且受重視的是下列詩人的宮怨詩：

詩　人	詩　　　　題	總　數
李白	邯鄲才人嫁爲廝養卒婦（妾本崇臺女）、妾薄命（漢帝寵阿嬌）、上之回（三十六離宮）、怨歌行（十五入漢宮）、王昭君（漢家秦地月）、白頭吟（錦水東北流）、長信宮（月皎昭陽殿）、長門怨二首（其一天回北斗掛西樓）（其二桂殿長愁不記春）、玉階怨（玉階生白露）	10
王昌齡	西宮春怨（西宮夜靜百花香）、西宮秋怨（芙蓉不及美人妝）、長信秋詞三首（其一金井梧桐秋葉黃）（其二奉帚平明金殿開）（其三眞成薄命久尋思）、長信秋詞（高殿秋砧響夜闌）	6
劉長卿	王昭君歌（自矜嬌豔色）、銅雀臺（嬌愛更何日）、春草宮懷古（君王不可見）、上陽宮望幸（玉輦西巡久未還）、長門怨（何事長門閉）	5
崔道融	班婕妤（寵極辭同輦） 銅雀妓（歌咽新翻麴） 漢宮詞（獨詔胡衣出） 長門怨（長門春欲盡）	4

劉禹錫	團扇辭（團扇復團扇）、阿嬌怨（望見葳蕤舉翠華）、離宮怨（高堂別館連湘渚）	3
崔國輔	怨辭二首（其一妾有羅衣裳）、魏宮詞（朝日照紅妝）、長信草（長信宮中草）	3
王維	息夫人（莫以今時寵）、班婕妤二首（其一宮殿生秋草）（其二怪來妝閣閉）	2
戴叔倫	獨不見（前宮路非遠）、長門怨（自憶專房寵）	2
皇甫冉	婕妤怨（花枝出建章）、秋怨（長信多秋色）	2

　　由上可以看出，《唐詩品彙》的選錄特點有四：一、數量多的作者選錄也多，如李白，他共創作了 15 首宮怨詩，優秀之作也多，高棅選錄了其中 10 首。二、即使詩作數量少，然藝術水平高的宮怨詩人也多入選，如王昌齡，他共創作了 7 首宮怨詩，數量並不多，《唐詩品彙》就選了 6 首，這是對王昌齡宮怨詩藝術成就的肯定，也是符合實際情況的。三、承繼前代，如崔國輔、王維、皇甫冉三人，他們的宮怨詩在唐代受到歡迎，在明代同樣受到高棅的青睞。四、高棅的獨到發現，如戴叔倫、劉禹錫、崔道融三人，他們的宮怨詩在唐代幾乎沒有選家關注，這裏卻各自選錄了兩首。另外，李邕的《銅雀妓》（西陵望何及）、齊澣的《長門怨》（縈縈孤思逼）、陳子昂的《感遇》其十五（荒哉穆天子）等初唐詩人的宮怨詩也首次被高棅選錄。中唐以後，孟遲的《長信宮》（君恩已盡欲何歸）、《宮人斜》（雲慘煙愁苑路斜）、段成式的《折楊柳枝詞》（枝枝交影鎖長門）、司馬禮的《宮怨》（柳色參差掩畫樓）、劉駕的《長門怨》（御泉長繞鳳凰樓）、章碣的《東都望幸》（懶修珠翠上高臺）、韓偓的《宮詞》（繡屏斜立正銷魂）、（宮門常閉舞衣閑）也被選入。總之，《唐詩品彙》對宮怨詩的大量入選，表明了高棅對這些詩的重視。

　　清代的唐詩選本以沈德潛的《唐詩別裁集》和《唐詩三百首》影響最大。由於受到選錄規模的限制，兩者所選的宮怨詩數量並不多，《唐詩別裁集》僅 27 首，《唐詩三百首》僅 14 首。但選錄了一些代表作家的優秀作品。如《唐詩別裁集》選錄了常建的《昭君墓》、李

白的《妾薄命》、劉長卿的《銅雀臺》（嬌愛更何日）、白居易的《上陽白髮人》、元稹的《連昌宮詞》、鮑君徽的《惜花吟》等，被前代選本所青睞的杜荀鶴的《春宮怨》、崔國輔的《魏宮詞》、《怨詞》、王維的《息夫人》、崔道融的《班婕妤》、王昌齡的《長信秋詞》（奉帚平明金殿開）、《西宮春怨》等也被沈德潛所選。《唐詩三百首》所選錄的宮怨詩有：杜荀鶴的《春宮怨》（早被嬋娟誤）、李商隱的《宮詞》（十二樓中盡曉妝）、張祜的《宮詞》（故國三千里）、李白的《玉階怨》、王昌齡的《春宮曲》（昨夜風開露井桃）、劉方平的《春怨》（紗窗日落漸黃昏）、顧況的《宮詞》（玉樓天半起笙歌）、劉禹錫的《春詞》（新妝宜面下朱樓）、白居易的《後宮詞》（淚濕羅巾夢不成）、張祜的《贈內人》（禁門宮樹月痕過）、朱慶餘的《宮詞》（寂寂花時閉院門）、杜牧的《秋夕》（銀燭秋光冷畫屏）、王昌齡的《長信怨》（奉帚平明金殿開）等。可以看出，相比之下，《唐詩別裁集》的選錄更具有代表性，對詩人宮怨詩代表作的選擇更接近於事實。

綜上所析，被以上選本所青睞的宮怨詩人有：王昌齡、李白、崔國輔、崔道融、常建、白居易、杜荀鶴、鮑君徽、戴叔倫、劉長卿等人，最受歡迎的宮怨詩有《長信怨》（奉帚平明金殿開）、《魏宮詞》（朝日照紅妝）、《怨詞》（妾有羅衣裳）、《玉階怨》、《銅雀臺》（嬌愛更何日）、《息夫人》（莫以今時寵）、《班婕妤》（寵極辭同輦）、《昭君墓》。當然，宮怨詩在上述不同時期的選錄情況只代表了選家的個人觀點，具有偶然性，也不能說明選家對此一題材的自覺認同。但上述幾個選本流傳甚廣、影響較大，其選中的宮怨詩被廣大讀者認識、閱讀、欣賞，其影響不可忽視。又由於編選者各自的審美情趣不同，上述的宮怨詩只是唐代優秀宮怨詩中的一部分，並不能全面反映宮怨詩的創作情況，如王建、張祜、王涯等人的宮怨詩所選較少，這也許是因為他們的《宮詞》創作數量多，而且影響也較大，相對於數量較少的宮怨詩來說，《宮詞》中不含宮怨的部分受到重視。另外創作宮怨詩較多的李商隱、杜牧、李咸用、元稹等人，他們的宮怨詩在後世也

不受重視。李商隱、杜牧的宮怨詩不被後人看重,大概是因為宮怨詩在其整體創作中水平不太高的緣故,不足以與其代表詩作相抗衡,所以未能入選。而李咸用、元稹的宮怨詩創作並沒有代表唐詩的標誌性風貌,所以也被冷落。

第三章 唐代宮怨詩創作主體的考察

　　唐代宮怨詩以作者身份看，大致可以分爲兩類：女性詩人的自我抒發與男性詩人的代言之作。女性詩人包括有名號的后妃、和親的公主、普通的宮女三類，其詩歌中哀怨的內容不同而藝術風格相近。代言之作構成了唐代宮怨詩的主要部分，也是唐宮怨詩最具文學色彩和文化價值的部分，內容上可分爲宮人之怨、政治失意之怨、外嫁之怨等三類。但不管是男性代言，還是女性自我抒發，都呈現出明顯的女性色彩的情感基調和抒情話語模式。清人田同在《西圃詞話》卷一中提到了「男子作閨音」。本章把這種「男子作閨音」的現象稱之爲「男發女聲」，並探討了這種「男發女聲」的文化來源與心理機制。

第一節　女詩人：女性話語的自發者

　　唐代女詩人爲數不多，女詩人中存有宮怨詩的更是少數，但如果缺失了她們的聲音，唐代詩壇則會失去幾分光彩。這些女詩人自寫的宮怨詩可以說是女性話語的自發者，以我手寫我心，眞實地透露了她們的心聲。

一、后　妃

　　初唐時期的武則天、上官昭容、徐賢妃、江妃、鮑君徽、蕭妃可以說是整個唐代宮怨女詩人的代表人物。武則天對唐代政治、經濟、文化等方面的影響早已有學者詳細論述，她對唐代文學發展的貢獻也是近年來學界研究的熱點之一。她給人的印象也許是得寵的后妃與掌權的皇帝，多不會想到她也會有哀怨的兒女情思，但她的《如意娘》的確表現了這種兒女情懷。

　　　　看朱成碧思紛紛，憔悴支離爲憶君。

　　　　不信比來長下淚，開箱驗取石榴裙。

詩是情緒的藝術外化。這首《如意娘》極寫相思愁苦之感，短短四句，傳達出多層次多方位的複雜情緒。首句「看朱成碧思紛紛」，明寫抒情主人公相思過度，以致魂不守舍，恍惚迷離中竟將紅色看成綠色。梁王僧孺詩「誰知心眼亂，看朱忽成碧」〔註 1〕也許是此句所本。正是心亂眼花使這位癡情女子五色不辨。「朱」、「碧」兩種反差極大的顏色，構成了強烈的感情的冷暖對照。眼前的一片寒冷碧綠觸目傷懷，引起思慮萬千。「憔悴支離爲憶君」一句直抒胸臆。從外表寫入內心，盡言思婦的瘦弱不支與心力交瘁。至此，這兩行詩反覆寫的是淒切，是寂寞，是深深地哀怨。情緒的流向較爲單一。接下來，作者筆鋒一轉，打破一二句的和弦，以全新的節奏和韻律再現詩的主題：「不信比來長下淚，開箱驗取石榴裙」，如果你不相信我近來因思念你而流淚，那就開箱看看我石榴裙上的斑斑淚痕吧！執著、決然、不掩飾，不造作，抒情主人公的獨特形象躍然紙上，李白的《長相思》：「不信妾斷腸，歸來看取明鏡前」與此句構思相似。這兩句是全詩的高潮，它豐富了詩歌的情緒構成。「不信」句訴說著「斷腸」的相思，也隱含著相思的無可奈何，相思的難以喻說。但詩人最終找到了相思的可寄託之物——石榴裙。石榴裙是女性的裝束，更是血淚的象徵。這個一往情深的思婦，出神的

─────────────────────

〔註 1〕　《夜愁示諸賓詩》，《先秦漢魏晉南北朝詩》，第 1766 頁。

想像著她的意中人，以為意中人會從衣裙的斑斑淚痕中體會她的刻骨思念之情，來回報她的忠誠。於此，痛苦、惆悵淡化了，她獲得了精神上暫時的舒展和自由，她的等待不是無望的。你分明感覺到她的一絲快慰和滿足。「開箱」一句用想像和虛擬的動作，生動地展示了思婦的完整形象，也昭示了情緒的豐富可能，勾勒出一條有起伏、有落差、若隱若現的情感曲線。

　　這首《如意娘》尺幅之中曲折有致，較好地融合南北朝樂府風格於一體，明朗又含蓄，絢麗又清新。雖然有稱「大凡后之詩文，皆元萬頃、崔融輩為之。」〔註2〕但本文認為此詩極有可能是武則天親為。一則因為武則天才智非凡，各類著作甚豐，有《垂拱集》百卷，《金輪集》六卷，存詩四十六首。她曾撰《織錦迴文記》云：「朕聽政之暇，留心墳典，散帙之次，偶見斯圖。因述若蘭之才，復美連波之悔過，遂製此記，聊以示將來也。如意元年五月一日，大周天冊金輪皇帝御製。」〔註3〕其文對蘇惠的故事作了詳細而生動的敘述，從中可見她有一定的文學修養，創作此詩也是極有可能的。二則因為詩中流露出的淒切、寂廖之感與她居感業寺的心境非常契合。武則天曾在太宗去世之後，被逐往感業寺，其間與高宗發生戀情，並生下長子李弘，時年才二十九歲。在寺廟戀愛並生子，應該是困難重重，而高宗此時又不能光明正大的在其身邊和無微不至的照顧她，武則天心中想必一定充滿了對高宗極其複雜的感情，她通過詩作來表達她當時的心情以換取高宗未來的忠誠，也是合情合理的。而且，這首詩與一般的男女相思之作不同，詩中體現了她明顯的目的，要把滴滿淚花的裙子藏起來，等到對方能見的那一天，一定證明給他看自己的這番思念之情，希望因此可以打動君心，獲得他的恩寵與喜愛。整首詩充滿了積極主動的精神，體現了武則天的個性。和其它時期的詩作風格不同而人物形象略似。如《早春夜宴》：「送酒惟須滿，流杯不用稀。」〔註4〕其

〔註2〕王仲鏞：《唐詩紀事校箋》，巴蜀書社1989版，第44頁。
〔註3〕《全唐文》卷九七，第1006頁。
〔註4〕《全唐詩》卷五，第57頁。

女中豪傑的風度若見。《石淙》：「萬仞高巖藏日色，千尋幽澗浴雲衣。」〔註5〕其視野開闊，胸懷寬廣，顯示了不同常人的心境。

上官昭容是初唐武則天時的女官，《新唐書·后妃傳上》稱其「天性韶警，善文章。年十四，武后召見，有所製作，若素構」。〔註6〕中宗朝舉行詩歌活動，她也常為皇帝、皇后、公主們代作。她死後，「玄宗令收其詩筆，撰成文集二十卷，令張說為之序。」〔註7〕序云：「則天久視之後，中宗景龍之際，十數年間，六合清謐，內峻圖書之府，外闢修文之館。搜英獵俊，野無遺才。右職以精學為先，大臣以無文為恥。每豫遊宮觀，行幸河山，白雲起而帝歌，翠華飛而臣賦。雅頌之盛，與三代同風，豈惟聖后之好文，亦云奧主之協贊者也。」〔註8〕更有人把她與漢代的班婕妤相提並論。呂溫《上官昭容書樓歌》：「漢家婕妤唐昭容，工詩能賦千載同。自言才藝是天真，不服丈夫勝婦人。歌闌舞罷閒無事，縱态優遊弄文字。」〔註9〕她的《彩書怨》體現了其兒女情思。

葉下洞庭初，思君萬里餘。露濃香被冷，月落錦屏虛。

欲奏江南曲，貪封薊北書。書中無別意，惟悵久離居。

秋風漸起，天氣轉涼，而詩中主人公依然是孤單一人。她所思念的對象遠在萬里之外，晚上的濃濃寒露似乎打濕了香被，月光靜靜地灑在屏風上。夜已深，她依然未有睡意，披衣欲奏一首江南曲，以緩思念之苦；或許因為心緒太亂而彈奏不成，只好俯身寫封書信，訴說一下這離別的苦楚。若不是詩人的特殊身份，此詩與一般的閨怨詩無別。也許詩人正是通過閨怨的形式抒發一己之情。詩的首句點題，後接以景聯，三聯寫詩中人物的活動，最後一聯是對詩歌主題的進一步昇華。這已是較為成熟的唐詩呈現格式。

〔註5〕《全唐詩》卷五，第58頁。
〔註6〕《新唐書》卷七六，第3485頁。
〔註7〕《舊唐書》卷五一，第2175頁。
〔註8〕張說：《唐昭容上官氏文集序》，《張燕公集》卷一六，上海古籍出版社1992年版，第122頁。
〔註9〕《全唐詩》卷三百七十一，第4171頁。

　　徐賢妃是太宗寵妃之一，史載其事曰：「上都崇勝寺，有徐妃妝殿。太宗召妃久不至，怒之，因進詩曰：「朝來臨鏡臺，妝罷且徘徊。千金始一笑，一召詎能來。」〔註10〕可見其才思敏捷，膽識過人。她的《長門怨》以傳統的宮怨題材來抒寫自身的怨情：

　　　　舊愛柏梁臺，新寵昭陽殿。守分辭芳輦，含情泣團扇。
　　　　一朝歌舞榮，夙昔詩書賤。頹恩誠已矣，覆水難重薦。

詩的首句以對舉形式寫出班婕妤的失寵與趙飛燕的得寵，次聯專寫班氏的安分守己與不幸失寵，三聯再次以一個對舉句式寫出得寵、失寵兩者的不同命運，末聯又一次對班氏的失寵進行哀歎。整體上看，全詩通過對班婕妤與趙飛燕今昔命運的對比，表達了對班氏的深切同情：雖滿腹詩書終不如歌舞勝人，詩人的無奈與遺憾盡在這一舊一新、一榮一賤之間。

　　江妃，新舊唐書無傳，《全唐詩》載其一首《謝賜珍珠》：「桂葉雙眉久不描，殘妝和淚污紅綃。長門盡日無梳洗，何必珍珠慰寂寥。」似是對親歷事件的描寫，從詩意推斷來看，此詩應寫於失寵之後，詩中充滿了對君主的怨意。鮑君徽是另一位有才華的嬪妃，《全唐詩》載其詩兩首，其一《惜花吟》以歌行的體式抒發宮中的兒女情思：「枝上花，花下人，可憐顏色俱青春。昨日看花花灼灼，今朝看花花欲落。不如盡此花下歡，莫待春風總吹卻。鶯歌蝶舞韶光長，紅爐煮茗松花香。妝成罷吟恣遊後，獨把芳枝歸洞房。」全詩以花喻人，以花的飄落喻女性的青春易逝，表達了對青春的無限珍惜，字裏行間也攜帶著淡淡的孤獨之意，一個「獨」字是為詩眼，透露了主人公的寂寞與孤獨。「凡寫宮怨者，皆言獨處含愁。」〔註11〕她另存一首《東亭茶宴》也是對宮中生活的描寫，最後一句「更憐團扇起清風」似乎也暗含了班婕妤的前朝舊事，表現其自身的處境。

〔註10〕《唐語林》卷四，第 149 頁。
〔註11〕俞陛云：《詩境淺說續編》，萬里書店 1960 年版，第 115 頁。

二、和親公主

　　宮怨詩是抒寫宮廷中女子悲怨的詩歌，某些和親公主的一生也充滿了悲劇意味，那麼，這些公主們詠歎自身的詩歌也可稱為宮怨詩。加之漢代王昭君一事的廣泛影響，以及有關其人其事的詩歌的大量湧現，一部分有關和親公主的詩歌中也充滿了宮怨內涵。唐代和親的公主眾多，據《唐會要》統計，唐代和親的公主有宏化、文成、金城、寧國、永樂、燕郡、固安、東安、交河、和義、靜安、宜芳、崇徽、咸安、太和等十五人，〔註12〕實際上可能還不止此數。當然，和親的公主並不全是皇帝的女兒，有時須對此保密，說漏了嘴可能會得到處罰。這大概因為，若吐蕃求的是帝之愛女，皇帝卻不忍割愛，乃用偷梁換柱之法以瞞天過海。少數民族當權者對此也不十分計較。《資治通鑒》卷二一二記載，開元十三年三月，「上遣中書直省袁振攝鴻臚卿，諭旨於突厥，小殺與闕特勒、暾欲谷環坐帳中，置酒，謂振曰：『吐蕃，狗種，奚、契丹，本突厥也，皆得尚主。突厥前後求婚獨不許，何也？且吾亦知入番公主皆非天子女，今豈問真偽！但屢請不獲，愧見諸蕃耳。』振許為之奏請。小殺乃使其大臣阿史德頡利發入貢，因扈從東巡。」〔註13〕其實，和親乃是不得已的權宜之計。《新唐書‧諸帝公主傳》載：「太平公主，則天皇后所生，后愛之傾諸女。榮國夫人死，后丐主為道士，以幸冥福。儀鳳中，吐蕃請主下嫁，后不欲棄之夷，乃真築宮，如方士熏戒，以拒和親事。」〔註14〕從中亦可看出唐代某些統治者對和親的真實態度。唐代歷史上影響巨大而深遠的和親莫過於唐太宗時期文成公主的吐蕃之嫁，這次和親的積極影響非常明顯，中宗曾對此作出積極的評價。同時又將金城公主嫁給了吐蕃贊普。他在《金城公主降吐蕃制》中說：

　　　　彼吐蕃僻在西服，皇運之始，早申朝貢。太宗文武聖皇帝，

〔註12〕《唐會要》卷六《和蕃公主》，第 75 頁。
〔註13〕《資治通鑒》卷二一二，第 6764～6765 頁。
〔註14〕《新唐書》卷八三，第 3647 頁。

德侔覆載，情深億兆，思偃兵甲，遂通姻好。數十年間，
一方清淨。自文成公主化往，其國因多變革，我之邊隅，
亟興師旅；彼之蕃落，頗聞凋弊。頃者贊普及祖母可敦酋
長先決要披誠款，積有歲時，思託舊親，請崇新好。金城
公主，朕之少女，長之宮闈，言適遠方，豈不鍾念！但朕
為人父母，志恤黎元，始允誠祈，更敦和好，則邊土寧晏，
兵役休息，遂割深恩，為國大計，聿膺嘉禮，降彼吐蕃贊
普，即以今月二十七日，朕親自送於郊外。〔註15〕

這次史籍有載的和親事件，在當時與後世都產生了極大的影響。而對
於和親的公主個人來講，大部分被嫁的公主則在異地默默過完屬於她
們的人生，只有少數有才情的公主方留下了她們外嫁的心情，宜芬公
主是其代表，她的《虛池驛題屏風》具有典型性。首聯點明遠嫁異域，
頷聯描寫送別場面，頸聯敘述異域生活：邊塞的惡劣環境摧毀了嬌嫩
的容顏，而心中永遠揮之不去的是對家國的思念。尾聯所抒發的這種
感情帶有普遍性，這在唐代許多詠王昭君詩裏均有體現。當然，和親
公主中有詩才而且能留下詩歌的畢竟是少數，唐代吟詠和親事件的詩
歌更多的是男性文人的代言之作，這些詩歌不僅抒發了對外嫁公主的
同情，最重要的是寄寓了文人自身的生命情感。這將在男詩人部分中
詳細論述。

三、普通宮女

　　唐代後宮中普通的宮女人數最多，她們地位極其低下，命運也最
遭人同情。正是由於她們的存在，才使唐代文人的視野轉向這一特殊
群體，啟發了唐人的情思才智；也正是由於這些宮女們的生活境遇，
唐人才創造出許多優秀的宮怨詩，不僅表達了詩人對宮女們的同情，
也寄寓自身的情感，使詩人的情感找到了另一個渲洩口。唐代後宮眾
多宮女們的命運正是由男性文人們展現出來的，但是也有少數有膽識
的宮女敢於表達自身的情感與願望，給唐代詩壇留下了一段段佳話。

〔註15〕《唐大詔令集》卷四二，第279頁。

《全唐詩》中所存普通宮女的宮怨詩全都佚名，爲數不多，共有六首，分別爲武后宮人的《離別難》、開元宮人的《袍中詩》、天寶宮人的《題洛苑梧葉上》、德宗宮人的《題花葉詩》、宣宗宮人的《題紅葉》、僖宗宮人的《金鎖詩》等，而且在每一首詩的後面，都有一段動人的愛情故事。

　　唐孟棨《本事詩》所載士兵於戰袍中得詩的故事，即爲其例。〔註16〕也許這位宮女在爲邊防軍士做棉袍時，一時之間，感慨萬端，想到自己在後宮深苑之中，親人疏離，青春虛度，紅顏漸老，孤獨與寂寞常年伴隨，連平常人家的夫妻生活也是可望而不可及，不禁想到來生，但願能覓得知心人，一起共渡，於是隨手寫下了這首詩，繫於袍中，不曾想最終真的得以嫁人，過上平常人家的生活。不管這則故事的眞假如何，但故事背後蘊含的情感是有事實基礎的。後宮之中，多少怨女，多少血淚，她們大多數不曾謀得君王一面，孤獨至死，她們何嘗不想過上平常人家的生活呢？「今生已過也，重結後生緣」實在是道出了後宮千千萬萬宮女的心聲。無獨有偶，《唐詩紀事》亦載：「僖宗自內出袍千領，賜塞外吏士。神策軍馬眞，於袍中得金鎖一枚，詩一首云：玉燭製袍夜，金刀呵手裁。鎖寄千里客，鎖心終不開。眞就市貨鎖，爲人所告，主將得其詩，奏聞。僖宗令赴闕，以宮人妻眞。後僖宗幸蜀，眞晝夜不解衣，前後捍禦。」〔註17〕兩則故事大同小異，均是宮人製袍，於袍中藏詩，後結爲姻緣。也許本爲一事，後者只是前者在後代的流傳演變而已。兩則故事看似不同，實則反映了宮人相同的心理。這兩位宮女爲了彌補今生被囚深宮，錯過愛情的遺憾，不惜違反宮規，大膽袒露求偶的熱望，與不知身處何地、身爲何人的士兵約定來生情緣，這既是一種愛的追求，也是一種愛的無奈，詩歌的字裏行間隱藏著她們深深的悲哀。相類似的、更爲文壇傳頌不息的是「紅葉題詩」

〔註16〕原文見第一章第一節「宮怨詩界說」中所引。
〔註17〕《唐詩紀事校箋》，第 2024 頁。

的故事。「紅葉題詩」故事可謂源遠流長，自晚唐五代到宋、元、明，出現了一系列以紅葉題詩爲題材的故事，而最早記載此種故事的是晚唐范攄的《雲溪友議》和孟棨的《本事詩》。《雲溪友議》卷下《題紅怨》云：

> 明皇代，以楊妃、虢國寵盛，宮娥皆願衰悴，不備宮掖。嘗書落葉，御水而流云：「舊寵悲秋扇，新恩寄早春。聊題一片葉，將寄接流人。」顧況著作，聞而和之。既達宸聰，遣出禁出者不少，或有五使之號焉。和曰：「愁見鶯啼柳絮飛，上陽宮女斷腸時。君恩不禁東流水，葉上題詩寄與誰？」盧渥舍人應舉之歲，偶臨御溝，見一紅葉，命僕塞來。葉上乃有一絕句，置於巾箱，或呈於同志。及宣宗既省宮人，初下詔，許從百官司吏，獨不許貢舉人。後亦一任范陽，獲其退宮，睹紅葉而籲怨久之，曰：「當時偶題隨流，不謂郎君收藏巾篋。」驗其書，無不訝焉。詩曰：「水流何太急，深宮盡日閒。殷勤謝紅葉，好去到人間。」〔註18〕

此則故事明顯分爲兩段，前一段的主角爲宮人、顧況，宮人做詩抒懷，顧況和之，未見有姻緣之果。後一段的主角爲宮人、盧渥，宮人題詩，盧渥收藏，後結爲夫妻。前半段故事與孟棨《本事詩》所載大致相同，〔註19〕主角同爲宮人與顧況，只是葉上所載怨詩，字句稍有不同。這二者是出於偶然的不謀而合，還是有所傳承？從二者諸多的共同點來看，不謀而合的判斷顯然不能成立。但哪一則故事才是最早的呢？從作者的生活年代看，兩者均屬晚唐人，因資料的缺乏，很難斷定誰早誰晚。但孟棨《本事詩》多記載唐代詩人的本事，時間跨度大，上至初唐，下至晚唐均有記載。范攄《雲溪友議》多記載唐宣宗、唐懿宗朝事。而且從「紅葉題詩」故事本身來看，《雲溪友議》更爲豐富、更爲曲折，更戲劇化，當晚於故事初創時期的《本事詩》。但不管怎樣，「紅葉題詩」這一傳承性的故事

〔註18〕范攄：《雲溪友議》，古典文學出版社1957年版，第69頁。
〔註19〕原文見第一章第一節「宮怨詩界說」中所引。

表明廣大宮女的命運引起了許多進步文人的同情，在這些故事中，宮人自寫的宮怨詩表現了她們的處境與心情。「一入深宮裏」、「舊寵悲秋扇」和「水流何太急」這幾首宮人自寫的宮怨詩，都表達了宮人的苦悶生活和幽怨心情。相比較而言，以後一首爲工。詩的前兩句借責問御溝流水慨歎青春易逝。責問流水太急，暗寓流年似水、光陰易逝、青春虛度之恨，訴說深宮太閒，暗寓歲月難遣、閒愁似海、度日如年之苦。以流水之急與深宮之閒對比，不明寫怨情，而怨情自見。後兩句表達深切而又充滿哀怨的幻想。深深地感謝這片隨波而去的紅葉，把我這隱藏在內心裏渴求自由和幸福的願望，傳送到人間去吧。託物寄情，曲折傳意，長年不得見人的宮女多麼渴望自由，過一般男女的幸福生活，表達了一個久與人間隔離、渴望回到人間的宮女殷切的祝告。這首詩是出自宮人手筆的宮怨詩，運筆委婉含蓄，言簡意長，表達感情空靈蘊藉，反映了宮女對自由幸福生活的憧憬以及衝破樊籠的強烈意願，讓讀者從宮人之口聽到了宮人的心聲，與男詩人的宮怨詩相比，這是女詩人在內容上的獨特之處。

第二節　男詩人：女性話語的深化者

在四百三十一首唐代宮怨詩中，屬於女詩人作品者僅有二十七首，占總數的 6.3%，比例相當小。絕大部分宮怨詩則出自男性之手，這些男性詩人的宮怨詩內容豐富，寄寓複雜，其代言體的形式並未與宮人自寫的宮怨詩有阻隔之感，反而深化了女性的話語特徵，促使了女性主體的確立，強化了女性的社會性別角色，是唐代宮怨詩中最有文化價值與文學價值的部分。

一、宮人之怨

在宮怨詩中，絕大多數是詩人代宮人抒情，表達詩人對廣大宮女們的同情與關心，體現唐人對這一特殊女性群體的人文關懷。那

些無明顯寓意的或者是詩題有「代」字的均可視為這一類宮怨詩。
如曹鄴的《代班姬》：「寵極多妒容，乘車上金階。欻然趙飛燕，不
語到日西。手把菖蒲花，君王喚不來。常嫌鬢蟬重，乞人白玉釵。
君心無定波，咫尺流不回。後宮門不掩，每夜黃鳥啼。買得千金賦，
花顏已如灰。」受寵的嬪妃由於遭到妒忌而失寵，表達了君心不定、
恩寵不再的悲哀，最後用長門買賦的典故表明嬪妃一生的悲劇。初
唐和盛唐這一類的宮怨詩多是籠統地對這一群體的抒寫。至中唐，
這類無寄託的宮怨詩更多是對具體可感的宮人們的同情與關心，如
對入道宮人們的描寫：「捨寵求仙畏色衰，辭天素面立天墀。金丹擬
駐千年貌，寶鏡休勻八字眉。公主與收珠翠後，君王看戴角冠時。
從來宮女皆相妒，說著瑤臺總淚垂。」〔註20〕對舊宮人的描寫：「歌
舞梁州女，歸時白髮生。全家沒蕃地，無處問鄉程。宮錦不傳樣，
御香空記名。一身難自說，愁逐路人行。」〔註21〕對老宮人的描寫：
「白髮宮娃不解悲，滿頭猶自插花枝。曾緣玉貌君王寵，準擬人看
似舊時。」〔註22〕對放出後宮宮女的描寫：「開元皇帝掌中憐，流落
人間二十年。長說承天門上宴，百官樓下拾金錢。」「歌喉漸退出宮
闈，泣話伶官上許歸。猶說入時歡聖壽，內人初著五方衣。」〔註23〕
而最令人注意的是元稹和白居易對上陽宮人的描寫。元詩曰：「天寶
年中花鳥使，撩花狎鳥含春思。滿懷墨詔求嬪御，走上高樓半酣醉。
醉酣直入卿士家，閨闥不得偷迴避。良人顧妾心死別，小女呼爺血
垂淚。十中有一得更衣，永配深宮作宮婢。御馬南奔胡馬蹙，宮女
三千合宮棄。宮門一閉不復開，上陽花草青苔地。月夜閒聞洛水聲，
秋池暗度風荷氣。日日長看提眾門，終身不見門前事。近年又送數
人來，自言興慶南宮至。我悲此曲將徹骨，更想深冤復酸鼻。此輩
賤嬪何足言，帝子天孫古稱貴。諸王在閣四十年，七宅六宮門戶閟。

〔註20〕韋應物：《送宮人入道》，《全唐詩》卷一百九十五，第 2010 頁。
〔註21〕張籍：《舊宮人》，《全唐詩》卷三百八十四，第 4324 頁。
〔註22〕劉得仁：《悲老宮人》，《全唐詩》卷五百四十五，第 6303 頁。
〔註23〕張祜：《退宮人二首》，《全唐詩》卷五百十一，第 5840 頁。

隋煬枝條襲封邑，肅宗血胤無官位。王無妃媵主無壻，陽亢陰淫結
災累。何如快壅順眾流，女遣從夫男作吏。」〔註24〕此詩選取上陽
宮女這一具體的人物群進行描寫。首先從花鳥使寫起，敘述花鳥使
強求良家女入宮，次寫入宮宮女的命運與生活，最後表達詩人希望
宮女能有「女遣從夫男作吏」的人生結局。全詩敘事較強，是對當
時社會現象的真實反映。相較元詩，白詩更生動形象，更具藝術感
染力：

> 上陽人，紅顏暗老白髮新。綠衣監使守宮門，一閉上陽多
> 少春。玄宗末年初選入，入時十六今六十。同時採擇百餘
> 人，零落年深殘此身。憶昔吞悲別親族，扶入車中不教哭。
> 皆云入內便承恩，臉似芙蓉胸似玉。未容君王得見面，已
> 被楊妃遙側目。妒令潛配上陽宮，一生遂向空房宿。宿空
> 房，秋夜長，夜長無寐天不明，耿耿殘燈背壁影，蕭蕭暗
> 雨打窗聲。春日遲，日遲獨坐天難暮。宮鶯百囀愁厭聞。
> 梁燕雙棲老休妒。鶯歸燕去長悄然，春往秋來不記年。唯
> 向深宮望明月，東西四五百回圓。今日宮中年最老，大家
> 遙賜尚書號。小頭鞋履窄衣裳，青黛點眉眉細長。外人不
> 見見應笑，天寶末年時世妝。上陽人，苦最多，少亦苦，
> 老亦苦，少苦老苦兩如何。君不見昔時呂向美人賦。又不
> 見今日上陽白髮歌。

白詩主要敘述上陽白髮人「一閉上陽多少春」的悲劇。爲了突出幽
閉歲月之長，全詩採用倒敘手法，起筆敘述上陽人老境蒼涼的形象，
採用了多層次、多角度的描寫方法。一是從年月的視角來寫：「入時
十六今六十」，「十」與「六」兩字的顛倒，有其極大的時間容量，
這位宮女竟在宮中呆了漫長的四十五年。詩中不但計之以年，還計
之以月。沈德潛《唐詩別裁集》說：「只『惟向深宮望明月，東西四
五百回圓』二語，已見宮人之苦，而楊妃之嫉妒專寵，足以致亂矣。」
〔註25〕二是從容顏的視角來寫。入宮時「臉似芙蓉胸似玉」，多麼豐

〔註24〕元稹：《上陽白髮人》，《全唐詩》卷四百十九，第 4615 頁。
〔註25〕沈德潛：《唐詩別裁集》，上海古籍出版社 1979 年版，第 257 頁。

滿而美麗，但時光的流逝使她們「紅顏暗老白髮新」，這是青春活力不在的人生悲劇。三是從衣著打扮的視角來寫。經過了四十五年，這位上陽白髮人仍是當初天寶末年流行的打扮，仍然是「小頭鞋履窄衣裳，青黛點眉眉細長。」時妝，被稱爲時間的藝術，它的特點是隨著似箭的光陰而迅速變換。四十五年後，宮外早已流行衣裳寬大而畫眉闊短的妝扮，但她依然如故，必然會遭來「外人不見見應笑」，而這又是長期幽閉、與外界隔絕的結果。四是從日常生活來寫。「宿空房，秋夜長，夜長無寐天不明，耿耿殘燈背壁影，蕭蕭暗雨打窗聲。春日遲，日遲獨坐天難暮。宮鶯百囀愁厭聞。梁燕雙棲老休妒。鶯歸燕去長悄然，春往秋來不記年。」春秋變換，而生活無變，年年孤獨，百無聊賴，這又是長年幽閉深宮的眞實寫照。通過這一連串的生動刻畫，「上陽人，苦最多」就不再是一句空洞的議論，而是更能引起人們的共鳴，引起統治者的注意，以此期望能達到諷諫的目的，能使統治者釋放這些長年幽閉的宮女們。這與詩人一貫的詩歌觀和政治主張是一致的。在文學上，白居易主張「文章合爲時而著，歌詩合爲事而作」，他認爲要使作品取得「懲勸善惡的社會效果，詩歌創作就必須著誠去僞」，強調「風雅美刺」精神。在政治上，他反對苛捐賦稅，同情婦女並關心其命運。這首《上陽白髮人》寫於元和四年，而正是在這一年，他向君王奉上了著名的《請揀放後宮內人》的奏章。可見，詩人的政治行爲、詩歌主張與創作實踐是契合無間的。元稹、白居易正是中唐詩人中關心社會現實、同情婦女，關注廣大宮女命運的代表。

至晚唐則有對守陵宮人的描寫，如杜牧《奉陵宮人》：「相如死後無詞客，延壽亡來絕畫工。玉顏不是黃金少，淚滴秋山入壽宮。」另外，那些題爲《古宮怨》、《古意》、《古興》、《漢宮詞》、《魏宮詞》的宮怨詩均無明顯的寄託，主要表達詩人對宮人的同情之心，亦屬於此類。可以說，唐人之筆無處不在，無處不寫，他們對宮人的描寫涉及到方方面面，表現了他們對這一特殊群體的人文關懷。不過，

雖同是對宮人的同情與關心，但在唐代各個時期又稍有不同，初盛唐的文人更多的是對舊題材的因襲，或者只是屬於練筆的範疇，在他們內心深處，真正從內心裏為宮女的命運著想的，恐怕並不多。至中唐，後宮問題日益突出，文人更加關心現實、力懲社會弊病，加上前朝今代不斷地揀放宮女，使得對這一題材的抒寫更具現實性，更具可感性，如元稹、白居易對上陽宮人的描寫，乃是據實際情況有感而發，與史之記載並無大的差別，可補史之缺漏。

二、政治失意之怨

表達政治失意的宮怨詩是指詩人以宮怨之題暗寓人生失意，以明寫宮人失寵而寄託一己仕途坎坷。明人朱之蕃說：「唐人作宮詞，或賦事，或抒怨，或寓諷刺，或其人早負才華，不得於君，流落無聊，託以自況。」〔註26〕清人張謙宜也認為：「絕句之有宮體，大約皆文人憂怨，託之於女子。」〔註27〕而唐人的政治失意無非有科場不利、仕途沉浮與不幸遭貶。

表達科場不利者如章碣的《東都望幸》：

懶修珠翠上高臺，眉月連娟恨不開。

縱使東巡也無益，君王自領美人來。

這首詩表面上是寫宮怨，說居住東都洛陽的宮女們懶得梳妝打扮，她們那雙像初月一樣美的彎眉，也因為怨恨而緊鎖著。她們為什麼這樣神情黯然、滿懷怨恨呢？原來她們知道，即使皇帝從長安東巡到洛陽來，也是要領著他的美人來的，她們也不會有受寵的機會。也就是說，她們盼望臨幸的願望是要落空的。從字面上看，這首詩寫的是宮怨，是東都宮女對君王的怨恨；實際上，這是一首隱喻詩，它的主旨不是宮怨，而是士怨，即準備應試的舉子對主考官的怨恨。《唐摭言》卷九記載：「邵安石，連州人也。高湘侍郎南遷歸闕，途

〔註26〕《詩法要標》卷二，轉引自徐有富《唐代婦女生活與詩》，中華書局 2005 年版，第 175 頁。

〔註27〕《緗齋詩談》，《清詩話續編》，第 807 頁。

次連江，安石以所業投獻遇知，遂挈至輦下。湘主文，安石擢第。詩人章碣，賦《東都臨幸》刺詩曰：『懶修珠翠上高臺，眉月連娟恨不開；縱使東巡也無益，君王自領美人來。』」〔註28〕同書卷十記云：「乾符中，高侍郎湘自長沙攜邵安石至京及第，（章）碣賦《東都望幸》以刺之。」〔註29〕可見，有史料爲證，章碣的這首《東都臨幸》的確是以宮女之怨來抒寫士子之怨的。

仕途坎坷、沉浮不定者如李商隱，其《宮辭》云：「君恩如水向東流，得寵憂移失寵愁。莫向尊前奏花落，涼風只在殿西頭。」程夢星《李義山詩集箋注》評云：「詩語水易東流，風偏西殿，花開花落，莫保紅顏，寵盛寵衰，等閒得失，此女子之憂愁也。雖然，女子辭家而適人，人臣出身而事主，寧二致哉！蓋亦自寓之詞也。」〔註30〕又俞陛雲《詩境淺說續編》：「推其第二句移寵之意，士大夫之患得患失，因之喪志辱身者多矣，豈獨宮人之回皇卻顧耶！」〔註31〕李商隱這種仕宦心態又可見於《槿花》一詩：

> 風露淒淒秋景繁，可憐榮落在朝昏。
> 未央宮裏三千女，但保紅顏莫保恩。

劉學鍇、余恕誠認爲「榮落在朝昏」一句，乃就會昌舊臣而發，〔註32〕此亦歎爲人臣之不易也。《宮辭》諷得寵者，《槿花》歎失寵者，一諷一歎，皆就君恩之無常、仕途之沉浮不定而來，這正是飽受仕途坎坷之苦的李商隱的喟然感歎。再者如薛能，其《吳姬十首》其三：「其三滴滴春霖透荔枝，筆題箋動手中垂。天陰不得君王召，嚬著青蛾作小詩。」清人張震云：「余觀薛能《吳姬》詞凡八首，

〔註28〕〔五代〕王定保：《唐摭言》卷九，古典文學出版社 1957 年版，第95～96 頁。

〔註29〕《唐摭言》卷十，第 113 頁。

〔註30〕李商隱撰、朱鶴齡生箋注、程夢星刪補：《李義山詩集箋注》卷上，清乾隆八年東柯草堂刊，第 92 頁。

〔註31〕《詩境淺說續編》，第 132 頁。

〔註32〕劉學鍇、余恕誠：《李商隱詩歌集解》，中華書局 2004 年版，第 1605頁。

皆以女自喻，古詩多有此體，如《妾薄命》之類是也。蓋能早負才名，自謂當作文字官，及爲將，常怏怏不平，因賦詩以見意。此詩乃矜其少日才望盛，而其不平之意，隱然見於言外。」〔註33〕再如杜荀鶴者，其《春宮怨》：

> 早被嬋娟誤，欲妝臨鏡慵。承恩不在貌，教妾若爲容。
> 風暖鳥聲碎，日高花影重。年年越溪女，相憶採芙蓉。

方回《瀛奎律髓》卷三十一指出：「譬之事君而不遇者，初亦恃才，而卒爲才所誤；愈欲自衒，而愈不見知。蓋寵不在貌則難乎其容矣，女爲悅己者容是也。風景如此，不思從平生貧賤之交可乎？」〔註34〕清人黃生也說：「此感士不遇之作也。才人恃文，不肯徼倖；苟得而幸獲者，皆不才之人。是反爲才所誤，故爲憤而自悔之詞，借入宮之女爲喻，反不若溪中女伴，採蓮自適，亦喻不求聞達之士，無名場得失之累也。」〔註35〕

　　逐人之怨者如白居易《陵園妾》，詩題小注云：「一作託幽閉，喻被讒遭黜也。」這首詩寫於長安，詩人雖然尚無被謫之痛，但他可能是目睹了官場的黑暗，也耳聞了陵園妾的悲慘生活，將兩者自然聯繫起來而作此詩的。陳寅恪先生說：「此篇實以幽閉之宮女喻鼠逐之朝臣。取與《上陽白髮人》一篇比較，其詞語雖或相同，其旨意則全有別。蓋樂天新樂府以一吟悲一事爲通則，宜此篇專指遭黜之臣，而不與上陽白髮人憫怨曠之旨重複也。」〔註36〕隨後他又據詩末「遙想六宮奉至尊，宣徽雪夜浴堂春。雨露之恩不及者，猶聞不啻三千人。三千人，我爾君恩何厚薄。願令輪轉直陵園，三歲一來均苦樂」字句推斷，宣徽殿即在浴堂殿之東，而浴堂殿則常爲召見翰林學士之所。「是此所謂六宮三千人者，乃指任職京邑之近

〔註33〕〔元〕楊士弘：《唐音》，四庫全書本。
〔註34〕〔元〕方回編：《瀛奎律髓》，上海古籍出版社1993年版，第413頁。
〔註35〕《唐詩評》卷一，黃山書社1995年版，第119頁。
〔註36〕陳寅恪：《元白詩箋證稿》，三聯書店2001年版，第274頁。

要與閒散官吏也。」〔註37〕最後認為，樂天此篇所寄慨者乃永貞元年遭逐之八司馬也。「惟八司馬最爲憲宗所惡，樂天不敢明以豐陵爲言。復借被讒遭黜之意，以變易其辭，遂不易爲後人覺察耳。」〔註38〕陳氏推論合乎情理。再如杜審言《妾薄命》：「草綠長門閉掩，苔青永巷幽。寵移新愛奪，泣下故情留。啼鳥驚殘夢，飛花攬獨愁。自憐春色罷，團扇復迎秋。」孫濤說：「唐人流放，每託意於宮闈。此詩亦是流峰州時所作。」〔註39〕

　　有時，詩人雖無失意之懷，但也在宮怨詩中表達自己的政治觀點，如初唐詩人陳子昂《感遇詩》三十八首，均「感激頓挫，微顯闡幽」，〔註40〕言外有意是這些詩的特點。其二十六：「荒哉穆天子，好與白雲期。宮女多怨曠，層城閉蛾眉。日耽瑤池樂，豈傷桃李時。青苔空萎絕，白髮生羅帷。」詩中用的是穆天子與西王母的典故。詩人站在濟世的角度，批判了周穆王的沉迷於求仙問道，嘲諷了那種「好與白雲期」不切實際的處世之道。二、三、四聯更是諷喻了唐高宗爲武昭儀所媚惑，造成了多少後宮妃嬪「青苔空萎絕，白髮生羅帷」的人生悲劇。在此詩中，穆天子的故事起了比興作用，在詠史的外表下，成爲對當時政治的諷喻詩。

　　對於這種以宮怨寄託失意情懷的現象，近人黃永玉做了更深入的分析：「宮詞雖專指宮女們失寵的心理狀態，其實也是婦女們普遍沒有安全感的代表。在古代，非僅宮女仰仗皇帝個人的好惡，就是士大夫也常常自比妾婦，仰仗君子的愛顧，官位不亨達，託宮詞以寄怨的也很多，所以宮詞實在也觸及了古代讀書人普遍的一個心結。好詩總會在某種涵義上具有普遍性，有才無運與紅顏薄命相

〔註37〕《元白詩箋證稿》，第 275 頁。

〔註38〕《元白詩箋證稿》，第 277 頁。

〔註39〕孫濤：《全唐詩話續編》卷上，丁福保輯《清詩話》，上海古籍出版社 1978 年版，第 652 頁。

〔註40〕盧藏用：《陳伯玉文集序》，見《陳伯玉集》，《四部叢刊初編》本，第 3 頁。

似，因而「紅顏未老恩先斷」與「出師未捷身先死」一樣，會令普
天下有情男女爲之一慟！」〔註41〕

三、外嫁之怨

男性詩人宮怨詩中的外嫁之怨主要來源於兩種題材，一是對歷
史題材的因襲，二是來自於時事。

對歷史題材的抒寫主要是對漢代王昭君事迹的詠歎。昭君事首
出《漢書·元帝紀》：「竟寧元年春正月，匈奴呼韓邪單于來朝。詔
曰：『匈奴郅支單于背叛禮義，既伏其辜，呼韓邪單于不忘恩德，
鄉慕禮義，復修朝賀之禮，願保塞傳之無窮，邊垂常無兵革之事。
其改元爲竟寧，賜單于待詔掖庭王檣爲閼氏。』」〔註42〕《漢書·
匈奴傳》亦云：「單于自言漢氏以自親。元帝以後宮良家子王檣字
昭君賜單于。」〔註43〕另有《西京雜記》卷二記載：「元帝後宮既
多，不得常見，乃使畫工圖形，按圖召幸之，諸宮人皆賂畫工，多
者十萬，少者亦不減五萬。獨王檣不肯，遂不得見。匈奴入朝，求
美人爲閼氏，於是上按圖，以昭君行。及去，召見，貌爲後宮第一，
善應對，舉止閒雅。帝悔之，而名籍已定，帝重信於外國，故不復
更人，乃窮按其事，畫工皆棄市，籍其家，資皆鉅萬。畫工有杜陵
毛延壽，爲人形，醜好老少，必得其眞。安陵陳敞，新豐劉白、龔
寬，並工爲牛馬飛鳥眾勢，人形好醜，不逮延壽。下杜陽望，亦善
畫，尤善布色。樊育亦善布色。同日棄市。京師畫工，於是差稀。」
〔註44〕《世說新語·賢媛》亦載此事，與《西京雜記》情節相似，
只是較爲簡潔。由於《西京雜記》和《世說新語》的巨大影響，上

〔註41〕《第一功名只賞詩》，見《讀書與賞詩》，洪範書店 1997 年版，第 3
　　　 ～4 頁。
〔註42〕《漢書》卷九，第 297 頁。
〔註43〕《漢書》卷九四，第 3803 頁。
〔註44〕程章燦譯：《西京雜記全譯》，貴州人民出版社 1993 年版，第 44～45
　　　 頁。

述故事得以廣泛流傳。《後漢書·南匈奴傳》所載，又增加了王昭君因貌美被賞識而主動要求出塞的情節：「昭君字嬙，南郡人也。初，元帝時，以良家子選入掖庭，時呼韓邪來朝。帝敕以宮女五人賜之。昭君入宮數歲，不得見御，積悲怨，乃請掖庭令求行。呼韓邪臨辭大會，帝召五女以示之。昭君豐容靚飾，光明漢宮，顧景裴回，竦動左右。帝見大驚，意欲留之，而難於失信，遂與匈奴。及呼韓邪死，其前瘀氏子代立，欲妻之，昭君上書求歸，成帝敕令從胡俗，遂復爲后單于閼氏焉。」〔註45〕《樂府古題要解》引《琴操》云：「昭君恨帝始不見遇，乃作怨思之歌。」〔註46〕後人認爲昭君所作的怨思之歌即爲《昭君怨》。

漢代以後，王昭君美貌多才，不肯行賄，幽閉深宮，未獲恩寵，以至遠嫁單于的形象，引起了後世多少失意文人的共鳴。在他們看來，和親便是遠離政治文化中心，遠離故國，遠離可以讓他們施展才華的中原文化之地，與貶謫雖有名義上的不同，但在精神心理上卻有相通之處。至唐代，昭君事豐富的文化內蘊，給文人寄遇自身感情給予了極大的開拓空間。如李白的《于闐採花》：「于闐採花人，自言花相似。明妃一朝西入胡，胡中美女多羞死。乃知漢地多名姝，胡中無花可方比。丹青能令醜者妍，無鹽翻在深宮裏。自古妒蛾眉，胡沙埋皓齒。」清人王琦指出：「太白則借明妃陷虜，傷君子不逢明時，爲讒妒所蔽，賢不肖易置無可辨，蓋亦以自寓意焉。」〔註47〕清代《御選唐宋詩醇》卷三亦云：「沉淪不偶之士如明妃者，自古不乏。若林甫當國而云野無遺賢，則賢不肖之易置者眾矣。即白之受讒於張垍，所謂入宮見妒，固其宜矣。結語峭甚，可謂歎絕。」〔註48〕周曇《毛延壽》一詩則明白道出其中原委：「不拔金釵賂漢臣，徒嗟玉豔委胡

〔註45〕《後漢書》卷八九，第 2491 頁。
〔註46〕《歷代詩話續編》，第 41 頁。
〔註47〕《李太白全集》卷四，中華書局 1977 年版，第 230 頁。
〔註48〕《御選唐宋詩醇》，四庫全書本。

塵。能知貨賄移妍醜，豈獨丹青畫美人。」但這種有明顯寄託的詩歌畢竟是少數，大多數詠昭君事的詩歌表達的還是對昭君遠嫁的同情，如杜甫的《詠懷古迹五首》其三：

> 群山萬壑赴荊門，生長明妃尚有村。
> 一去紫臺連朔漠，獨留青冢向黃昏。
> 畫圖省識春風面，環珮空歸月夜魂。
> 千載琵琶作胡語，分明怨恨曲中論。

在唐代，表達外嫁之怨的宮怨詩除了王昭君題材外，還有對時事的吟詠。唐代公主和親者甚多，他們也成為唐代文人的詩歌題材。如唐中宗時金城公主和親，中宗送至郊外，並命朝中大臣賦詩，留下了數量不少的同題賦詩之作。《唐詩紀事》卷一二《周利用》云：「金城公主和蕃，中宗送至馬嵬，群臣賦詩。帝令御史大夫鄭惟忠及利用護送入蕃，學士賦詩以餞，徐彥伯為之序云。」〔註49〕《全唐詩》中，崔日用、崔湜、李嶠、閻朝隱、韋元旦、唐遠悊、李适、劉憲、蘇頲、徐彥伯、張說、薛稷、馬懷素、沈佺期、武平一、趙彥昭等均有此題。這一系列的應製詩，大多表達了對金城公主的同情。如閻朝隱的《奉和送金城公主適西蕃應制》：「甥舅重親地，君臣厚義鄉。還將貴公主，嫁與褥氈王。鹵簿山河暗，琵琶道路長。回瞻父母國，日出在東方。」思鄉念親、孤獨無依是和親公主的心理感受。王建《太和公主和蕃》：「塞黑雲黃欲渡河，風沙迷眼雪相和。琵琶淚濕行聲小，斷得人腸不在多。」幾十年後，太和公主渡過了艱難曲折的外嫁歲月後，終於回到了故國，李頻《太和公主還宮》詩的後四句：「禁林半老曾攀樹，宮女多非舊識人。重上鳳樓追故事，幾多愁思向青春。」表達了對外嫁公主青春消逝的同情。李山甫《陰地關崇徽公主手迹》：「一拓纖痕更不收，翠微蒼蘚幾經秋。誰陳帝子和蕃策，我是男兒為國羞。寒雨洗來香已盡，澹煙籠著恨長流。可憐汾水知人意，旁與吞聲未忍休。」人事代謝，往來古今，幾多

〔註49〕《唐詩紀事校箋》，第 326 頁。

感慨全在這短短幾句詩中。

　　唐人詠歎這種外嫁之怨又與前人有所不同，他們除了寄寓仕途失意、表達對和親公主的同情之外，還在其中表達他們對政治的關懷，對和親政策的態度，對國家命運的思考。有的贊成和親，如張仲素的《王昭君》：「仙娥今下嫁，驕子自同和，劍戟歸田盡，牛羊繞塞多。」汪遵《王昭君》：「漢家天子鎮寰瀛，塞北羌胡未罷兵。猛將謀臣徒自貴，蛾眉一笑塞塵清。」〔註50〕有的持反對意見，如東方勗《昭君怨三首》其一：「漢道初全盛，朝廷足武臣。何須薄命妾，辛苦遠和親。」對和親政策持懷疑態度。李山甫《代崇徽公主意》：「金釵墜地鬢堆雲，自別朝陽帝豈聞？遺妾一身安社稷，不知何處用將軍？」再如李中的《王昭君》：「蛾眉翻自累，萬里陷窮邊。滴淚胡風起，寬心漢月圓。飛塵長翳日，白草自連天。誰貢和親策，千秋污簡編。」詩人認為和親政策在歷史上是不光彩的一頁。有的詩人竟以此在詩歌中反對和親而博得了詩名，《雲溪友議》卷下《和戎諷》記載：

　　憲宗朝，北狄頻寇邊，大臣奏議，古者和親有五利，而無千金之費。帝曰：比聞有士子能為詩，而姓名稍僻，是誰？宰相對以包子虛、冷朝陽，皆非也。帝遂吟曰：山上青松陌上塵，雲泥豈合得相親。世路盡嫌良馬瘦，唯君不棄臥龍貧。千金未必能移性，一諾從來許殺身。莫道書生無感激，寸心還是報恩人。侍臣對曰：此是戎昱詩也。京兆尹李鑾，擬以女嫁昱，令其改姓，昱故辭焉。帝悅，曰：朕又記得《詠史》一篇云：漢家清史內，計拙是和親。社稷依明主，安危託婦人。豈能將玉貌，便欲靜胡塵。地下千年骨，誰為輔佐臣？帝笑曰：魏絳之功，何其懦也。大臣遂息和戎之論矣。〔註51〕

唐人除了在昭君詩中表達對和親政策的意見外，也探討了昭君悲劇的

〔註50〕《萬首唐人絕句》卷四十二，文學古籍刊行社 1955 年版，第 1331頁。
〔註51〕《雲溪友議》，第 55 頁。

原因所在。有詩人認為是和親政策造成的，如李中；有人認為是畫師造成的，崔國輔《王昭君》：「一回望月一回悲，望月月移人不移。何時得見漢朝使，為妾傳書斬畫師。」還有人認為是皇帝造成的，王渙《惆悵詩十二首》之十二：「夢裏分明入漢宮，覺來燈背錦屏空。紫臺月落關山遠，腸斷君恩信畫工。」白居易《昭君怨》：「見疏從道迷畫圖，知屈那教配虜庭？自是君恩薄如紙，不須一向恨丹青。」當然，也有詩人反其意而作之，如王叡《解昭君怨》：「莫怨工人醜畫身，莫嫌明主遣和親。當時若不嫁胡虜，只是宮中一舞人。」

　　概言之，唐代男性詩人的宮怨詩在內容上可分上述幾類，而在形式上，大多數男性詩人的宮怨詩皆採用了代言體，均以女性口吻出之，這裏暫且稱為「男發女聲」。這種「男發女聲」的心理機制可以說有兩重。從一方面說，看到后妃、宮女、公主的不幸遭遇，引起詩人的同情，是他們為之代言的動機，那麼詩人在代言時，也會力求進入代言者的內心世界，盡量做到口吻、情感基調與代言者相契合；從另一方面說，宮人們的不幸有時會成為失志臣下的一面明鏡，使其從中看到自己在政治生涯中的不幸，不幸的政治生涯，亦由此而可以作為宮女之所以「思」、所以「怨」的注腳。二者相參互映，遂形成代言者情感上的糾結複雜。由於男性詩人在代言時滲入了自己的情感體驗，加上較高的文學素養，所以在某種意義上，他們更能貼近被代言者的情感世界，在表達被代言者的種種體驗時，更能淋漓盡致、曲盡其妙。雙重的心理機制，使男性詩人的代言之作更能表達女性的內心世界而絲毫沒有阻隔之感。因此可以說，男性詩人是女性話語的深化者。另外，男性詩人的代言之作不僅真實地反映了女性自身的情感經驗，還在營塑宮怨美學典型的同時，促導了古代女性主體的確立與強化。而女性主體一旦確立，便自然融入既有文學、文化傳統之中，對女性產生一定的規範力量。因而，女性在表達自己的內心世界時，她所要面對的，除卻父權體系下的社會生活與政教傳統外，更有那些來自文學典律、詩學成規的形象力量，她們會不自覺地認同男性代言而

形成的虛擬形象。這樣一來，男性詩人的代言之作與女性詩人的自抒其情之作將具有更多的相似性。

至於爲何會出現這種「男發女聲」的現象，筆者以爲，除了詩歌表達的需要外，與中國文學史上以男女之情寫君臣之義的傳統也有淵源。最早使用這種傳統手法的乃是楚人屈原。他在盡人皆知的名篇《離騷》中已開此先河：「怨靈修之浩蕩兮，終不察夫民心。眾女嫉余之蛾眉兮，謠諑謂余以善淫。」在這裏，屈原把自己比做楚懷王的一位癡心而美貌的妃嬪，因爲楚懷王放蕩不羈，又聽信別的女子的讒言，不理解自己的忠心，從而疏遠自己，使自己憂心忡忡。屈原政治上被排擠、受迫害的苦悶在這裏已演化爲妃嬪失寵的惆悵和哀怨。他這種託男女之情寫君臣之義的抒情範式又爲後世文人開啓了一條新途徑。此風一開，其影響是極其深遠的，後世文人很難不受薰染。這種以男女之情寫君臣之義的抒情範式在宮怨詩中得到了充分的展示，即以失寵嬪妃以喻仕途失意。凡此種種，均可稱爲「男發女聲」。其次，這種「男發女聲」更爲深層的原因，可能與儒家女性化的思想與詩教理論的影響有著密切的關係。儒家思想的本質是女性化的，這一點已成爲不少學者的共識。有學者甚至從字源學的角度對「儒」字進行深入的研究，得出如許結論：「儒」即遠古的「柔」字，「柔」即「和柔」之意，而女性化的「和柔」正是儒家思想的本質特徵，儒家之所以名「儒」，「此與法家以法名家、道家以道名家相同，皆以其思想特徵而名家也。」〔註52〕與此相應，儒家提倡的詩教理論——溫柔敦厚，也明顯與男性的陽剛之氣相反，而恰恰是對女性品格的極好表述，也就是說，「溫柔敦厚」實際上是一種女性化的文化倫理觀。儒家以女性化的思想與詩教理論來規範詩詞創作，無疑等同於對男性文人實行去陽手術，從精神上閹割他們的陽根，滅絕他們的陽剛之氣，使他們處於一種女性化心理狀態之中而渾然不覺。當然，儒者本身也是男性，

〔註52〕楊寶忠、任文京：《「儒」源索隱》，《孔子研究》，1989 年第 1 期。

爲何要倡導女性化思想與詩教理論，本身也是一個值得探討的問題。對此，文化人類學者葉舒憲先生的解釋也許不無啓發性，他認爲：「詩」爲會意字，其本義是「寺人之言」，寺人曾經是我國歷史上最早的詩人；而寺人本身是中性人即被閹割的男人，也就是歷史上的宦官，他們在遠古時曾擔任祭祀主持，屬於那個時代的知識人，掌握著文化權利，他們說的話因此是「有法度之言」，成爲讀書人傚仿的對象，作爲變性之人，寺人提出「溫柔敦厚」的女性化文化倫理觀，就是自然而然的事了；而在孔子之前，儒與寺人爲一源而分流者，在一定意義上甚至可以說儒源於寺，二者早期的身份是交叉而難以分離的，寺人「溫柔敦厚」的女性化倫理觀因而也就成爲了儒家的文化倫理觀。〔註53〕如此一來，在漫長的中國封建時代，儒家思想差不多始終佔據著主導地位，薰染既久且深，文人們接受女性化的文化倫理觀，從而創作出眾多的「男發女聲」的宮怨詩，實是不足爲奇。

〔註53〕葉舒憲：《詩言志──尹寺文化與中國詩的起源》，見《詩經的文化學闡釋》，湖北人民出版社1994年版。

第四章　唐代宮怨詩的發展態勢

　　本章梳理了唐代宮怨詩的發展脈絡，可分初盛唐、中唐、晚唐三個階段。初盛唐是唐代宮怨詩發展的第一個時期，初唐詩人的宮怨詩在題材選擇、內容主旨與藝術表現上多承襲前代。盛唐詩人的宮怨詩在題材上沒有太大的變化，但在內容與藝術表現上有較大的發展。中唐是唐代宮怨詩發展的第二個時期，中唐詩人不僅在選材上有所創新，敘述手法亦有變化。晚唐宮怨詩與中唐相比，在題材選擇上無大的變化，但藝術上卻頗爲不同，呈現出向盛唐宮怨詩回歸的趨勢。從整體上看，唐代宮怨詩的發展與唐詩主流風貌的發展相一致。

第一節　宮怨詩發展的第一個高潮──宮怨詩在初、盛唐的發展

　　初、盛唐宮怨詩題材較爲狹窄，多集中在樂府舊題上，如《王昭君》、《長門怨》、《長信怨》、《銅雀臺》等，且多寫意之作，措詞多含蓄，重意象塑造，虛構成分多，代言體比重大。沈佺期、喬知之、王昌齡、李白、崔國輔是這一階段的代表作家。沈佺期與喬知之的宮怨詩主要是對前代的繼承，詩作中有部分特點指向盛唐；王昌齡、李白、崔國輔代表著有唐一代宮怨詩的創作成就。

一、沈佺期與喬知之

初唐時期，女性自抒其情之作占一定的比重，則天皇后、徐賢妃、上官昭容、江妃、宜芬公主、鮑君徽各存有宮怨詩，總體上數量雖不算多，但從創作主體上看，遠遠超過了盛唐、中唐、晚唐的女性作家，而且這類女詩人的自抒其情之作大都自命題目，抒寫自身所感所思。男性作家的作品主要是對前代的繼承，代表作品有沈佺期的《銅雀妓》、《長門怨》、《王昭君》、喬知之的《折楊柳》、《銅雀妓》等。

沈佺期長期生活在宮廷裏，在初唐詩人中，他的宮怨詩數量較多，而且寫得也較好。如《古歌》：「落葉流風向玉臺，夜寒秋思洞房開。水晶簾外金波下，雲母窗前銀漢回。玉階陰陰苔蘚色，君王履綦難再得。璿閨窈窕秋夜長，繡戶徘徊秋月光。燕姬彩帳芙蓉色，秦女金爐蘭麝香。北斗七星橫夜半，清歌一曲斷君腸。」這是一首唱給所有宮女的歌，採取歌行體式。首先是物候、氛圍的烘託：長風卷著落葉襲向亭臺，夜來天寒，「秋思」隨著洞房被吹開而擴散開來。這裏不點明抒情人物，只交待地點，創設類似「空山不見人，但聞人語響」的境界。其次，攝取簾外窗前的景觀──月光傾瀉，銀河旋轉。明示時間的流逝、歲月的推移，暗寓「愁人知夜長」之理、「紅顏暗老白髮新」之意。再次，揭示「秋思」的根源──階前如茵的苔蘚上，未留下君王的足跡。然後，點出宮女的處所，描寫其所感所見，又一次預示她們「零落年深殘此身」式的悲劇結局。接著，掂出人物，旁及她們的生活用具。暗示其命運等同於「修薄具而自設，君曾不肯乎幸臨」的陳阿嬌。至此，提到的物象大到玉臺，小到麝香，無不顯示著皇宮的氣派，也無不暗示著宮女物質與精神生活的失調。最後，描寫景物、人物的活動及效果，表明宮女夜長無寐，內心寂寞，希望得到君王的寵愛。全詩情致曲盡，入人肝脾；筆調從容，潛氣內轉；意象空靈，餘韻悠揚。本來是傾訴宮女怨情的，然而，大半篇幅描寫景物、環境，整章不露一個「怨」

字，「不著一字，盡得風流。」可以看出，此詩明顯受到漢代司馬相如《長門賦》的影響，在詩中不明寫「怨情」而專營氣氛的烘託，這顯然是《長門賦》的筆法。再者，詩中所提到的物象大都是《長門賦》的物象，如「流風」，《長門賦》中為「疾風」；「玉臺」，《長門賦》中為「蘭臺」；「履綦」，《長門賦》中為「車音」；「銀漢」，《長門賦》中為「眾星」等等，這正是初唐詩人在宮怨詩的創作上因襲前代的痕迹。但畢竟時代不同，詩人在抒寫同一題材時，也會有新的創造。沈佺期的《長門怨》、《銅雀妓》就體現了初唐時期格律詩的雛形。

　　不論是在古人眼裏還是今人心中，提起沈佺期人們總會想到近體詩的成熟定型，他常常與宋之問並稱，而這一稱號主要標誌著近體律詩的形成。獨狐及的《唐故左補闕安定皇甫公集序》云：「五言詩之源，……歷千餘歲，至沈詹事、宋考功，始裁成六律，彰施五色，使言之而中倫，歌之而成聲，緣情綺靡之功，至是乃備，雖去雅浸遠，其麗有過於古者，亦猶路鼗出於土鼓，篆籀生於鳥迹也。」〔註1〕元稹《唐故工部員外郎杜君墓係銘》云：「唐興，學官大振，歷時之文，能者互出，而沈宋之流，研練精切，穩順聲勢，謂之為律詩。由是而後，文變之體極焉。」〔註2〕《新唐書》卷二百二《宋之問傳》隱括眾說：「魏建安後汔江左，詩律屢變，至沈約、庾信，以音韻相婉附，屬對精密。及之問、沈佺期，又加靡麗，回忌聲病，約句準篇，如錦繡成文。學者宗之，號曰『沈宋』。」〔註3〕至此以後，在後人的接受觀念中，「沈宋」就是近體詩的代名詞。今人學者曾統計出初唐時期從「文章四友」到「沈宋」詩歌的合律情況，在沈佺期 101 首詩歌中，合律者占 90 餘首，〔註4〕但歷代及今人的各種選本中所選沈詩總是他

〔註1〕《全唐文》卷三八三，第 3940 頁。
〔註2〕《全唐文》卷六五四，第 6649 頁。
〔註3〕《新唐書》卷二百二，第 5748 頁。
〔註4〕矗永華：《初唐宮廷詩風流變考論》，第 256 頁。

的《獨不見》、《雜詩三首》等。誠然，這幾首詩的確代表了沈佺期的創作成就，但論到詩的合律情況，他的《銅雀妓》、《長門怨》等宮怨詩也是這方面的範例。下面以《銅雀妓》嘗試論之。以銅雀妓爲題材的宮怨詩最早出現於齊代，到初唐沈佺期時共有六首，我們選取四首爲論：

> 總帷飄井干，樽酒若平生。鬱鬱西陵樹，詎聞歌吹聲。
> 芳襟染淚迹，嬋娟空復情。玉座猶寂寞，況乃妾身輕。
>
> （〔齊〕謝朓《同謝諮議詠銅爵臺》）〔註5〕
>
> 秋風木葉落，蕭瑟管絃清。望陵歌對酒，向帳舞空城。
> 寂寂簷宇曠，飄飄帷幔輕。曲終相顧起，日暮松柏聲。
>
> （〔梁〕何遜《銅雀妓》）〔註6〕
>
> 淒涼銅雀晚，搖落墓田通。雲慘當歌日，松吟欲舞風。
> 人疏瑤席冷，曲罷總帷空。可惜年將淚，俱盡望陵中。
>
> （〔陳〕張正見《銅雀臺》）〔註7〕
>
> 高臺秋色晚，直望已淒然。況復歸風便，松聲入斷弦。
> 淚逐梁塵下，心隨團扇捐。誰堪三五夜，空對月光圓。
>
> （〔陳〕荀仲舉《銅雀臺》）〔註8〕
>
> 昔年分鼎地，今日望陵臺。一旦雄圖盡，千秋遺令開。
> 綺羅君不見，歌舞妾空來。恩共漳河水，東流無重回。
>
> （沈佺期《銅雀妓》）

上述五首詩歌均是古體樂府，但又有不同之處。謝詩完全遵循古體樂府的寫法；何詩除第三聯合律外，其餘也完全是古體詩的寫法，最後一句乃爲三平調，更是古體詩的典型特徵；張詩也是古體樂府的寫法；可此種題材的詩歌在荀仲舉手裏大變，古體詩在荀詩中已有律詩的面貌。以律詩的平仄規律檢驗荀詩，竟無一處失對失黏的現象。在

〔註5〕 《先秦漢魏晉南北朝詩》，第 1418 頁。
〔註6〕 《樂府詩集》卷三十一，第 367 頁。
〔註7〕 《樂府詩集》卷三十一，第 365 頁。
〔註8〕 《樂府詩集》卷三十一，第 366 頁。

沈詩裏，除最後一句失律外，其餘也全合乎黏對規則。而且這種情況
在他的《長門怨》中也是如此：

> 月皎風冷冷，長門次掖庭。玉階聞墜葉，羅幌見飛螢。
>
> 清露凝珠綴，流塵下翠屏。妾心君未察，愁歎劇繁星。

此詩除第二句失對、首聯與頷聯失黏外，其餘均合乎黏對規範。這說
明，以常人不太注意的宮怨詩入手，也能看出沈佺期在格律詩方面的
貢獻。但從另一個角度講，以銅雀妓爲題的古體樂府除在格律上有所
變化外，在主題命意、結構形式乃至遣詞造句上均無大的變化，以長
門爲題的宮怨詩與此相似。也就是說，沈佺期對初唐宮怨詩的貢獻就
在於他一貫擅長的平仄格律方面，而不是體現在主題命意、結構形式
以及遣詞造句上。

　　初唐另一位較爲出色的宮怨詩人是喬知之，其生卒年不詳，同州
馮翊（今陝西省大荔縣）人。與弟侃、備並以文辭知名，知之尤稱俊
才。則天時累除右補闕，遷左司郎中。因其美婢綠珠爲武承嗣所奪，
作詩通情，致綠珠感憤自殺。遂被武承嗣所害。此事《朝野僉載》有
載：「周補闕喬知之有婢碧玉，姝豔能歌舞，有文華。知之時幸，爲
之不婚。僞魏王武承嗣暫借教姬人妝梳，納之，更不放還知之。知之
乃作《綠珠怨》以寄之，其詞曰：『石家金谷重新聲，明珠十斛買娉
婷。此日可憐偏自許，此時歌舞得人情。君家閨閣不曾觀，好將歌舞
借人看。意氣雄豪非分理，驕矜勢力橫相干。辭君去君終不忍，徒勞
掩袂傷鉛粉。百年離恨在高樓，一代容顏爲君盡。』碧玉讀詩，飲淚
不食。三日，投井而死。承嗣撩出屍，於裙帶上得詩，大怒，乃諷羅
織人告之。遂斬知之於南市，破家籍沒。」〔註9〕有論者言，《綠珠怨》
不是一般的情愛詩。在詩的背後，有其極複雜的政治背景。當時武后
專政，詩人陳子昂、喬知之等對武氏外戚集團的擅權專制極爲不滿，
因而引起了武氏兄弟的仇恨，並萌發殺機，蓄意謀害喬知之和陳子
昂，於是尋找機會，借綠珠教舞，並不返還，占爲己有。喬知之不忍

〔註9〕 〔唐〕張鷟著：《朝野僉載》，三秦出版社 2004 年版，第 57 頁。

屈辱，以詩表達對綠珠的眷戀和對武氏外戚集團的不滿。而在綠珠死後，武承嗣反咬一口，說喬知之寫淫詞挑逗他家婢女，將喬知之判成死罪；繼而迫害陳子昂，藉口陳是喬的好友，將他逮捕入獄。後陳子昂被釋放，閒居故鄉，但武承嗣還是指令縣令，再次把他投進監獄迫害致死。喬知之的這首詩，就從側面反映了這——尖銳的政治鬥爭。不管此論是否合乎史實，但至少可以看出，喬知之乃為有情之人，而且他所生活的時代是一個政治背景極為複雜的年代，這是詩人常以女性口吻做詩，並在其中寄寓自身感情的時代背景。《全唐詩》現存其三首宮怨詩：《長信宮中樹》、《銅雀妓》和《折楊柳》，《銅雀妓》在藝術與格律方面均不出色，其《折楊柳》倒值得注意：

> 可憐濯濯春楊柳，攀折將來就纖手。
> 妾容與此同盛衰，何必君恩獨能久。

喬知之此詩在以下三個方面值得注意：

1、以舊題樂府寫新詞——宮怨

《折楊柳》為漢樂府古曲，屬橫吹曲辭，起源很早。據《晉書·樂志》記載：「李延年因胡曲更造新聲二十八解，乘輿以為武樂，後漢以給邊，魏晉以來不復具存，世用者有《黃鵠》、《隴頭》、《出關》、《入關》、《出塞》、《入塞》、《折楊柳》、《黃覃子》、《赤子揚》、《望行人》十曲。」〔註 10〕可見，《折揚柳》最初與邊陲戰事有關。宋代郭茂倩《樂府詩集》收錄北朝樂府民歌《折楊柳枝歌》，歌詞有「阿婆不嫁女，那得孫兒抱」，「阿婆許嫁女，今年無消息」等，內容是自傷老大，擔心青春磋砣，究其旨乃為描寫愛情。至於錢鍾書先生所說的折楊柳有送別與寄遠的職能，〔註 11〕乃是齊梁以後《折楊柳》在內容主旨上所發生的變化。《樂府詩集》所選《折楊柳》共 23 首，詩旨不出男女愛情、相思離別之意，獨喬知之此首略有不同。它與古曲辭稍有聯繫的地方是不出男女情愛的範疇，但不同的是它描寫的是君王與

〔註10〕《晉書》卷二三，第 715 頁。
〔註11〕錢鍾書：《談藝錄》，中華書局 1984 年版，第 278 頁。

嬪妃的愛情。以此漢樂府古辭寫宮怨主題，在歷來的《折楊柳》曲辭中可謂獨一無二，這種變化可以看作是中唐元白等人宮怨詩自創新題的先聲。

2、以物喻人的手法

以物喻人的寫作技巧在詩歌中本不足為奇，在宮怨閨情詩作中常以花喻人，以花的嬌豔芬芳比喻人的容貌豔麗，這也是一般詩歌常用的手法，但在後來的宮怨詩中，人與花同樣美或人比花更美卻發展為人不如花（物），這種寫作技巧的變化其實正顯示出宮怨詩對人物心理刻畫的發展軌迹。喬知之此詩正是以楊柳的嬌嫩光鮮映襯嬪妃的容貌豔麗與正值青春。後兩句的寓意更為明顯，直接發出感歎：容貌與柳條一樣正值青春年華，隱含著「花開堪折直須折，莫待花落空折枝」的希冀。這正是以物喻人寫作手法的第一個階段。

3、七言四句的形式

在《樂府詩集》所收的 23 首《折楊柳》詩中，只有喬知之此首與翁綬一首採用了七言形式，翁詩是七言八句，喬詩是七言四句，反觀初唐時期宮怨詩的主要形式乃為五言，七言四句的絕句體式極其少見，它或許對盛唐王昌齡的七絕宮怨詩產生了影響，亦未可知。

另外，吳少微的《怨歌行》、沈佺期的《古歌》、《古意》採用歌行體式，把對歷史的哲學思考溶入到對歷史宮怨人物的形象刻畫之中，盛衰變化、福禍相依、循環輪迴、人生的幻滅感等，是初唐詩人在宮怨之外寄寓的情感內涵。總的來說，初唐詩人因襲前代，或為練筆之用，或為遊戲之作，其宮怨詩作中較少有自身情感的寄託，並在選材、立意、遣詞造句上，與六朝相比，亦未有太大的發展。這種情況到了盛唐發生了變化，盛唐詩人不僅在宮怨詩中寄託一己之情，而且呈現出對人物心理的細膩刻畫以及高超的絕句技巧。

二、崔國輔、王昌齡與李白

盛唐時期，隨著唐詩的高度繁榮，宮怨詩也得到了很大的發

展，達到了第一個高潮，不僅作家眾多，作品林立，在藝術上也更為嫻熟。崔國輔是歷代最受歡迎的宮怨詩作家之一，其五言四句的詩體形式被譽為「崔國輔體」，對後世產生了影響；王昌齡的七言絕句代表了宮怨詩絕句的高度成熟；李白是創作宮怨詩最多的作家，其成就也高。

崔國輔在當時頗享盛譽，曾與王昌齡、王之渙等詩人酬唱，名動於時。白居易《故滁州刺史贈刑部尚書滎陽鄭公墓誌銘》中說：「公（鄭昈）尤善五言詩，與王昌齡、王之渙、崔國輔輩聯唱疊和，名動一時。」〔註12〕當時的著名詩人孟浩然、李白等也都與崔氏交誼甚深，這可以從孟浩然《宿永嘉江寄山陰崔少府國輔》、李白《送崔度還吳》等詩中得到印證。他對杜甫則有知遇之恩。天寶十五載，杜甫獻《三大禮賦》以求進身，玄宗詔試文章，崔與於休烈以集賢學士為試官，對杜甫深加讚賞。杜甫《奉留贈集賢院崔、於二學士》詩中說：「欲整還鄉旆，長懷禁掖垣。謬稱三賦在，難述二公恩。」〔註13〕可見，崔國輔在當時的詩壇、政壇中起著很重要的作用。他現存四十一首詩，數量最多的是樂府詩，其五言絕句有 23 首，幾乎全為樂府詩題。僅《樂府詩集》就收錄了十八首之多。這些樂府詩多寫兒女情思，深得南朝民歌遺意。故殷璠《河嶽英靈集》評曰：「婉變清楚，深宜諷味；樂府數章，古人不及也。」〔註14〕高棅《唐詩品彙》於五絕一體，以崔國輔與李白、王維、孟浩然並稱「正宗」。胡應麟亦稱：「唐五言絕，太白、右丞為最，崔國輔、孟浩然、儲光羲、王昌齡、裴迪、崔顥次之。」〔註15〕在這些樂府詩中，被歷代詩評家所欣賞的宮怨詩有《怨詩二首》、《魏宮詞》、《長信宮中草》、《王昭君》、《妾薄命》等，其特點是五言四句，在短短二十個字裏，有的寫得通俗明白，活潑明朗；有的寫得含蓄雋永，寓意深遠。

〔註12〕《白居易集》卷四二，第 922 頁。
〔註13〕《全唐詩》，第 2042 頁。
〔註14〕《唐人選唐詩十種》，上海古籍出版社 1958 年版，第 92 頁。
〔註15〕〔明〕胡應麟：《詩藪》內編卷六，第 120 頁。

　　《怨詩二首》其一：「妾有羅衣裳，秦王在時作。爲舞春風多，秋來不堪著。」以「衣」爲典型意象，句句惜衣，實是句句惜人，以衣之「秋來不堪著」喻宮女見棄，正如同班婕妤的團扇被棄一樣。

　　《魏宮詞》：「朝日點紅妝，擬上銅雀臺。畫眉猶未竟，魏帝使人催。」據劉義慶《世說新語·賢媛第十九》載：「魏武帝崩，文帝悉取武帝宮人自侍，及帝病困，卞后出看疾，太后入戶，見直侍並是昔日所愛幸者。太后問：『何時來邪？』云：『正伏魄時過。』因不復前而歎曰：『狗鼠不食汝余，死故應爾。』至山陵，亦竟不臨。」〔註16〕崔氏此詩正是對這一歷史事件的再現，巧妙的是，詩中採用了避重就輕的寫法，只寫「妝者妝」，「催者催」的一個場面，便隱約含蓄地諷刺了統治者的荒淫好色和道德淪喪，揭露了宮闈內幕的醜惡現實，婉而多諷的筆調裏包含著尖銳的現實寄託。清人吳喬在《圍爐詩話》中說：「唐人詩中用意有在一、二字中，不說破不覺，說破則其意煥然。如崔國輔《魏宮詞》云云，稱『帝』者，曹丕也。下一『帝』字，其母『狗彘不食其餘』之語自見，嚴於斧鉞矣。」〔註17〕清人沈德潛《唐詩別裁集》評云：「『魏帝』指曹丕，見父死而彰穢德也。卞后顯言之，此詩婉言之。」〔註18〕言下之意是說，此詩以婉曲的筆法揭露統治階級的宮闈秘聞，顯得含而不露。近人高步瀛《唐宋詩舉要》以爲：「此詩，劉海峰（劉大櫆）以刺曹丕，然丕已腐骨，又安足刺敘其殆意感武才人之事，不能明言，而姑託於丕乎敘」〔註19〕高氏以爲崔國輔此詩乃是譏刺時事，較吳氏與沈氏更進一層。

　　《長信宮中草》：「長信宮中草，年年秋處生。故侵珠履迹，不使玉階行。」該詩寫漢成帝時班婕妤失寵入長信宮苦度歲月一事。梁劉孝綽《詠長信宮中草》有「全由履迹少，並欲上階行」等句，此詩則

〔註16〕徐震堮：《世說新語校箋》，第364頁。
〔註17〕《清詩話續編》，第498頁。
〔註18〕《唐詩別裁集》，第609頁。
〔註19〕高步瀛：《唐宋詩舉要》，中華書局1959年版，第761頁。

反用其意，謂長信宮中的春草有意埋沒履迹，使人不得尋求昔日皇上行幸的路徑，這就在意思上翻進一層。正如劉永濟先生所說，「此因珠履不來而怨及無情之草，用意深婉。」〔註20〕「無情之草」在這裏已變成了「多情之物」，並構成詩中具有深刻內涵的審美意象。

《王昭君》其二：「一回望月一回悲，望月月移人不移。何時得見漢朝使，為妾傳書斬畫師。」此詩被譽為「語奇意新」，〔註21〕確乎如此。它一改前朝昭君詩那種悲婉愁絕的格調，一變為剛烈憤激的強音。詩中的王昭君為改變自己不公平的命運尋使者傳書報仇，以懲除真正的元兇。這種嫉惡如仇的性格刻畫，在以前的昭君詩中難以找到。而作者在詩中所表現出來的膽識，也是可貴的。在遣詞用語方面，詩前二句採用同字複疊的形式來進行情感的強化，刻畫了佇立凝思、望月悲歎的昭君愁容，這就為以下兩句直抒胸臆起到很好的鋪墊作用。從上述分析可以看出，殷璠在《河嶽英靈集》中對崔國輔的評價確為中的之論。

可以說，正是由於上述宮怨詩，崔國輔才能在盛唐詩壇上與王昌齡、王之渙等著名詩人相隨唱和，佔有一席之地。後人甚至把他這種帶有南朝民歌遺意的五言絕句稱為「崔國輔體」。晚唐詩人韓偓就有《效崔國輔體》四首。可見他在唐人五言絕句中的確獨標一格，並對後人產生了影響。

盛唐宮怨詩的另一代表人物──王昌齡，今留存七首宮怨詩，數量雖不算多，但他的宮怨詩全採用七言絕句的形式，以明麗的語言塑造深邃的意境，不僅提高了七絕這一抒情短章的表現力，也大大豐富了宮怨詩的內涵。

王昌齡在其時代詩名甚高，有「詩家夫子」、「七絕聖手」之稱。當時著名的詩評家殷璠就十分推賞王昌齡，他在《河嶽英靈集》序中云：「若王維、昌齡、儲光羲等 24 人，皆河嶽英靈也。此集便以河嶽

〔註20〕劉永濟：《唐人絕句精華》，人民文學出版社 1981 年版，第 17 頁。
〔註21〕劉開揚：《唐詩通論》，四川人民出版社 1983 年版，第 121 頁。

英靈爲號。」〔註22〕可見殷璠對王昌齡十分推重，視爲當時詩人的代表，並在集中選錄王昌齡詩 16 首，爲所有詩人之冠，數量比王維、李白、高適還多。不僅在唐代，後世學者對他也極其推重。如清人吳喬《圍爐詩話》卷二云：「王龍標七絕，如八股之王濟之也。起承轉合之法，自此而定，是爲唐體，後人無不宗之。」〔註23〕近人沈祖棻云：「王昌齡在當時有『詩夫子』之號⋯⋯，專就七言絕句來說，則當之無愧。他在中國詩歌史上是出現得最早的以七言絕名家的詩人之一。」〔註24〕可見，王昌齡的詩名主要來自於他的七言絕句，而他的宮怨詩正是以七言絕句的形式寫就的，換言之，在很大程度上，正是其宮怨詩成就了他如此高的詩名。如晚唐人薛用弱的《集異記》中記述了王昌齡的詩歌在當時的傳播情況。開元中，詩人王昌齡、高適、王之渙齊名。某日，三人共飲於旗亭，並欲以伶女所唱詩歌分出詩名高下：

> 俄而一伶拊節而唱曰：「寒雨連江夜入吳，平明送客楚山孤。洛陽親友如相問，一片冰心在玉壺。」昌齡則引手畫壁曰：「一絕句。」尋又一伶謳之曰：「開篋淚沾臆，見君前日書。夜臺何寂寞，猶是子雲居。」適則引手畫壁曰：「一絕句。」尋又一伶謳曰：「奉帚平明金殿開，強將團扇共徘徊。玉顏不及寒鴉色，猶帶昭陽日影來。」昌齡則又引手畫壁曰：「二絕句。」⋯⋯〔註25〕

伶女所唱王昌齡詩歌兩首，其中之一即爲宮怨詩，可見，王昌齡的宮怨詩在當時就爲名伶歌妓廣爲傳唱，影響甚廣。從宮怨詩的發展來看，王昌齡對唐代宮怨詩的貢獻在於以下數端。

　　首先，以七言絕句的形式寫宮怨。自班婕妤《怨歌行》後，宮怨

〔註22〕傅璇琮編：《唐人選唐詩新編》，陝西人民出版社 1996 年版，第 107 頁。
〔註23〕《清詩話續編》，第 531 頁。
〔註24〕沈祖棻：《唐人七言絕句淺釋·引言》，上海古籍出版社 1981 年版，第 25 頁。
〔註25〕薛用弱：《集異記》，四庫全書本。

詩一直是古體居多，近體較少；五言居多，七言較少，尤其是七言絕
句的宮怨詩，從六朝至王昌齡時也不過寥寥數首，而王昌齡的宮怨詩
全用七言絕句寫成，顯然，王昌齡找到了最適合表達宮怨閨情的詩體
形式。以古體與近體來說，閨情宮怨更適合用近體來表達。美國學者
李珍華先生曾指出，「古體詩與近體詩的審美特性不同。一般說來，
古體詩尤其是五言古體的詩意需要靠整聯來表達。一聯中的上下句共
同構成完整的意義單位。而近體詩則往往同一聯中的單句可以獨立。
因此貫通十字的古體詩的聯語偏於動態的流貫。而五字一頓的近體詩
的聯語偏於靜態的細味。故古詩比較適合於敘事和表達充沛、激昂的
感情。而近體詩則長於抒情和表達婉轉纏綿的感情。」〔註26〕從字數
來看，五言與七言相較，因七言比五言多出兩個音節，這在音調上顯
得更加低徊婉轉、細緻纏綿，正如三拍的舞步比二拍的舞步更優美婉
轉、連綿起伏一樣。這種節奏正與要表現的女性絲絲情意、綿綿恨意
相合。而七言之中，七言古詩一直是古雅內容的載體，若用來表現閨
情宮怨似顯得不倫不類；七言律詩又過於嚴謹，對於表達女性的生活
片斷或一時心境，也不適宜。七言絕句雖字數較少，卻具有曼聲歌唱、
餘韻悠然的特色，這正可以讓女性的幽怨，經這種特具餘韻的表達形
式緩慢地滲透出來。王昌齡的七首宮怨詩無不達到了上述效果。更爲
重要的是，王昌齡不僅用七言絕句的形式創作宮怨詩，而且第一次以
組詩的形式來寫宮怨，他的《長信秋詞五首》從不同的時間、地點展
示了嬪妃生活的多個畫面。《西宮春怨》、《西宮秋怨》雖不似《長信
秋詞五首》那樣標明爲組詩，但在內容上來說，兩首詩是不可分割的
有機整體。這在整個宮怨詩發展史上是前所未有的，對中唐時期以七
言絕句爲主的宮詞組詩有著深刻的影響。

其次，對詩中人物細膩的心理刻畫成爲中唐宮詞描寫的先聲。殷
璠說王昌齡的詩「驚耳駭目」，辛文房引殷璠語說王的詩「奇句俊格，

〔註26〕李珍華：《河嶽英靈集研究》，中華書局1992年版，第62頁。

驚耳駭目」、「縝密而思清」，《舊唐書・王昌齡傳》說王的詩「緒微而思清」，《新唐書・王昌齡傳》說王的詩「緒密而思清」。「緒微」、「緒密」、「縝密」皆指表現細膩，抒寫入微。這種特點在其宮怨詩中表現得尤爲突出，主要指側重於選取生活細節，細緻深入地表現人物的內心活動，具有以小見大、言簡意深的特色。如《西宮秋怨》：「芙蓉不及美人妝，水殿風來珠翠香。誰分含啼掩秋扇，空懸明月待君王。」「芙蓉不及美人妝」，芙蓉之美，不如失寵嬪妃之美；芙蓉之香，不如失寵嬪妃自身之香，如此明豔而又馨香，卻遭到無情帝王的遺棄。秋月當空，秋扇將捐，滿懷幽恨，期待著帝王的迴心轉意。突出美人之美正是爲了突出美人之怨，心理刻劃巧妙細膩。又如《西宮春怨》：「西宮夜靜百花香，欲卷珠簾春恨長。斜倚雲和深見月，朦朧樹色隱昭陽。」「欲卷珠簾」一句，正寫人物的心理活動，想要卷起珠簾而又懶得卷，這種慵懶的情態，反映出她的百無聊賴。「春恨長」，表面上是怨恨春天的難耐、時間的煎熬，實際上是對自己因失寵而過著孤獨凄冷生活的怨恨，對自己悲苦命運的怨恨；「長」，是指時間之長度，又指情感之深度。從「夜靜花香」到「欲卷珠簾」，恰寫出人物從深夜到黎明的心理過程，也襯出主人公的盼望、期待、煎熬和最後失望的情思發展過程。王昌齡的宮怨詩所設置的場景主要是夜景，對以色事君的宮女來講，萬籟俱寂、萬物暫息的時刻更易激起內心的欲望、衝動，在夜色中打發幽怨，便更加意味深長。除上述兩首外，《長信秋詞五首》中有四首細緻深入地描繪了夜晚的景象。在這種深夜的背景中，又以女子的情態、動作來深入揭示女子的心理波動。如第一首，以宮女臥聽漏聲暗示其一夜無眠的境況；第二首寫女子深夜張望，便隱藏了無盡的憂傷和期盼；第四首「眞成薄命久尋思」，「久尋思」表明她內心的痛苦是那般沉重；她苦苦思索，始終不明白自己爲什麼會遭受這種被拋棄的命運。「夢見君王覺後疑」，白天的沉靜細思，到夜裏仍不能平靜，恍惚之間彷彿又見到了君王。清醒之後才發覺只是夢一場而已，一「疑」字活畫出女子聯想的神態。此時西宮傳來的夜飲

喧囂，再一次證明了她見棄的事實，在無可奈何之中，她又沉浸於對往事的回憶，「分明複道」的歷歷景狀如在目前。全詩的成功之處在於並未明寫哀怨之情，而是通過「久尋思」、「夢見」、「後疑」、「分明復道」等一系列的心理活動，展示出主人公內心的巨大悲哀。這種對人物心理的深層挖掘，通過細節描寫展現人物的情感世界，在中唐王建等人的宮詞中蔚爲大觀。顯然，王昌齡宮怨詩的此種藝術手法對中唐宮詞產生了影響。

第三，營造深邃的意境。七言絕句本就篇幅短小，容量有限，不能著意鋪排，不可多用典實，不宜多發議論，不應安排對句，違背了上述「四不」，則其詩必無欣賞價值。從另一方面來看，作七言絕句，構思要深，布局要嚴，遣詞要婉，明白流麗的語言要含有深邃的內容，以引起讀者的無限遐想，古人亦認爲七絕的上乘之作應如是：「以語近情遙，含吐不露爲主。隻眼前景口頭語，而有弦外音味外味，使人神遠。」〔註27〕而王昌齡的宮怨詩正達到了上述要求。他常常運用精巧的構思、環境的烘託、典型的意象等手法來營造深邃的意境，使其宮怨詩具有較高的藝術魅力。如《西宮春怨》，此詩藝術構思的特點，是一、二句與三、四句在時間、情思和意境上的反複疊唱。首句「西宮」點出主人公的居處；「夜靜」，寫時間，點出主人公夜深不寐，寂寞孤獨；「百花香」，渲染環境氣氛，同時點出春意正濃，百花盛開，但百花之開正是在夜深人寂之時，寫環境，正帶出人的情境和心理：身處西宮，夜深不寐，百花盛開，春意正濃，溫馨清香。環境的溫馨和人的孤寂清冷形成鮮明的對照。二句「欲卷珠簾」，晨起，珠簾待卷，想要卷起珠簾而又懶得卷，這種俯懶的情態，反映出她的百無聊賴。「春恨長」，點出一夜無眠的原因，點出主人公情思的內容，也是一夜煎熬的總結。三句「斜倚雲和」，寫主人公的情態。「斜倚」，寫其彈奏雲和之後

〔註27〕沈德潛：《說詩晬語》，丁福保輯《清詩話》下冊，第542～543頁。

的沉思，彈奏雲和本來用以抒發愁思，可是越想借它抒情散心，越加重了愁思，最後只有對月傷心。「深見月」，一寫望月增愁，一寫夜深不寐。而「斜倚」、「見月」，又承「春恨長」來，從動態上寫其「春恨長」的愁思之深。四句「朦朧樹色」，點黎明，由「深見月」到「朦朧樹色」，極寫從夜到明的活動過程，又是一夜無眠；「隱昭陽」，昭陽宮，漢趙昭儀（趙合德）所居，宮在東方。古人常以日喻君。昭陽，在這裏有雙關意：昭陽，清晨朝陽；昭陽宮，得寵者所居之處，又指君王。以曲筆寫衷情，樹叢遮擋了朝陽，君王被阻擋在遠處，故而不得前來，正點出主人公「春恨長」之所由。花香，春恨，昭陽，表面上明寫春景、春情、春恨，實際上暗暗帶出失寵宮女對得寵者的怨恨，對封建君王的怨恨，對自己不幸命運的怨恨。此詩從外在結構上看，一、二句和三、四句是兩個詩情結構的重疊，一、二句寫從夜到明的情思；三、四句也是寫從夜到明的情思，這種在時間、情思和意境上的重複疊唱，正寫出宮女的愁苦怨恨之深長。從詩的內在結構上看，它是隔句相承，一、三句相承，二、四句相承。可謂構思精巧。而環境的烘託、典型意象的運用也為此詩增色不少。又如《長信秋詞五首》其四：「真成薄命久尋思，夢見君王覺後疑。火照西宮知夜飲，分明複道奉恩時。」這首詩除了上述所分析的心理描寫外，亦構思委曲，文情跌宕多姿。一、二句由久思而入夢，因夢而生疑，迴環往復，寫出主人公的癡情。三、四句不寫自己現在的處境，反寫他人現在的處境，不寫自己今日之處境，反寫自己昔日之處境，這是對比手法，也是反襯手法：以他人之得寵對比己之失寵，又是以他人之得寵反襯己之失寵；以自己昔日之得寵對比他人今日之得寵，又是以自己昔日之得寵反襯自己今日之失寵。詩正是在這兩個對比與反襯中收結，曲折跌蕩，沉痛哀婉，細緻入微。上述王昌齡注重營造詩歌意境的創作實踐與其詩歌理論是分不開的。王昌齡首創意境論，主張詩有三境：物境、情

境與意境。他講究詩歌創作的「入作」（發端）和「落句」（結尾），強調意境的創造，注重藝術構思，講究發端和收尾，提高詩歌的概括力量，使它具有言有盡而意無窮的藝術效果，這幾首宮怨詩正其詩歌理論的最好實踐。

綜上所論，王昌齡的宮怨詩，其語言明麗，音調悠揚，筆調淒迷，意境微茫。既有悠遠深邃的意境美，又有隱曲婉轉的含蓄美；既有超渺澄明的清空美，又有疏朗明快的自然美。優美與壯美同具、陰柔與陽剛並存，體現了鮮明而豐富的美感特質。這不僅標示了宮怨詩在盛唐發展的高峰，也代表了唐詩七絕發展的高度。

盛唐時期另一位不可忽視的宮怨詩人——李白，今留存 16 首宮怨詩，是初盛唐時期創作宮怨詩數量最多的作家，五言、七言、雜言，古體、近體、樂府、古絕等在他筆下各具風貌。七絕者如《長門怨二首》：

> 天回北斗掛西樓，金屋無人螢火流。
> 月光欲到長門殿，別作深宮一段愁。（其一）
>
> 桂殿長愁不記春，黃金四屋起秋塵。
> 夜懸明鏡青天上，獨照長門宮裏人。（其二）

這兩首詩表達的是同一主題，分開來看，各自獨立，合起來講，又珠聯璧合。第一首全篇寫景，未見人物，而景中之情，充滿字間；怨女形象，呼之欲出。全詩僅四句，猶如一組特寫鏡頭：深秋季節，寂靜午夜，西樓懸掛北斗七星，曾光耀一時的金屋，現已無人居住，任憑螢火飛流。一輪夜月，將出未出之間，似到長門，一窺究竟。這種環境描寫，於唐人同類詩中隨處可見，意境往往有相似之處，如喬備的《長門怨》：「墜露清金閣，流螢點玉除」；張修之的《長門怨》：「玉階草露積，金屋網塵生」等等。這些無疑來自於司馬相如的《長門賦》：「懸明月以自照兮，徂清夜於洞房」，「眾雞鳴而愁予兮，起視月之精光。觀眾星之行列兮，畢昴出於東方。望中庭之藹藹兮，若季秋之降霜。」只是一為詩，簡練含蓄；一為賦，具體詳

細，卻有異曲同工之妙。而李白的這一首，在同類詩中又爲佼佼者。前兩句寫出了無限淒涼之感。後兩句則用擬人手法，賦予月亮以人的情感心理。本是愁人見月生愁，或是月光照到愁人，偏說是月光欲到長門，它的到來，是爲愁人解憂，還是平添憂愁？「別作深宮一段愁」！言外之意，令人浮想聯翩：深深宮廷，猶如愁的海洋，月光到來，遍地生愁，到長門殿，只是「別作」一段愁而已。或是：深宮之中，本是幾家歡樂幾家愁，樂者自喜，愁者自苦。眞爲通筆空靈，設想奇特。第二首，先寫景物，次敘人物，著重抒情，緣情寫景；以我觀物，物我交融。第一首以愁作結，第二首則以愁發端。「桂殿長愁不記春」，「長愁」一詞，似指長期憂愁，又含有愁思綿長之意；「不記春」，可解爲：長期憂愁，年年月月，月月年年，幾度春秋，已無法獲知，可見愁之深長。也可解爲：憂愁充滿嬪妃心思，即使春回大地，萬物更新，也激不起她對春的感覺，可見愁之深邃。的確可謂一字千金，一句多解，一句之中，前後契合無間！「黃金四屋」即爲「金屋」，與第一首中的金屋含義相同，只不過上首中的金屋，螢火流竄，此首中的金屋，塵埃輕掩，字句不同而意義相聯，因爲「金屋無人」，所以「黃金四屋」生塵；因是「螢火流」的季節，所以「起秋塵」。寫出了失寵後，昔日住所冷落淒清，一如人之遠離塵世、孤獨寂寞。後兩句亦呼應第一首。第一首寫月光欲到長門，是將到未到；這裏則是青天之上，明月高懸，長門宮中，遍佈月華，宮中之人，孤苦伶仃。一個「獨」字，含義豐富，不僅指宮中之人的孤獨無伴，也似遣責明月的不諳世事：「我」本愁苦之人，人生失落，絕望至極，本想在這寂寂的深宮中度完餘生，「你」卻偏偏照見「我」的無奈與愁苦。

可見，李白的七絕與王昌齡的七絕同樣有含蓄蘊藉的意境之美，相比之下，又稍有不同。在結構安排上，李白順暢而王氏曲折；意象運用上，李白疏朗明淨而王氏密麗低婉；語言運用上，李白言簡意豐，語淺情深，而王氏擅用比興，言近旨遠；情感表達上，李

白即景抒情，以情韻見長，而王氏諳於寄託，藉委曲顯勝，表現出別樣的風致。但李白除七絕外，又有五言古詩、五絕等。五言古詩者如《妾薄命》：

漢帝重阿嬌，貯之黃金屋。咳唾落九天，隨風生珠玉。
寵極愛還歇，妒深情卻疏。長門一步地，不肯暫回車。
雨落不上天，水覆難再收。君意與妾意，各自東西流。
昔日芙蓉花，今成斷根草。以色事人者，能得幾時好？

《妾薄命》是樂府古題之一，與《長門怨》專詠宮怨有所不同，也有以此題寫一般女子的，如盧綸的《妾薄命》等。李白這首《妾薄命》與《長門怨》兩首相同，吟詠陳皇后情事。不同的是，《長門怨》專寫失寵後的處境，不涉得寵時的情形。而《妾薄命》描寫較細，通過對陳皇后由得寵到失寵的描寫，揭示了後宮女子以色事人、色衰愛馳的悲劇命運。詩的前四句，以誇張手法描寫陳皇后的受寵：咳唾九天，隨風生玉，炙手可熱，不可一世。但物極必反，寵極愛歇，她由嫉妒而失寵，幽閉長門，從此與宮中的歡樂之地，咫尺天涯，輦車經過，卻不肯暫停。此情此景，猶如雨滴下落，覆水難收，用形象的比喻，極言再次獲寵的渺茫。這種比喻，在其另一首宮怨詩《白頭吟》中也有運用：「東流不作西歸水」、「覆水再收豈滿杯」，兩處旨趣相似。接下來的四句，「君意與妾意，各自東西流。昔日芙蓉花，今成斷根草」，再次申說得寵與失寵後的反差。如果說詩的前四句用欲抑先揚手法，以反襯失寵後的冷落，接下來的四句是失寵後的境況，那麼這四句則是一一對比，言下之意，更令人難以承受。結尾兩句「以色事人者，能得幾時好」，為此篇之警策，揭示出陳皇后悲劇的根源，不僅是對「以色事人者」的諷刺，也是對以色得寵者的警告。不去說理，勝似說理，不去議論，勝於議論，頗得理趣。此首詩，語言自然質樸，氣韻天成，比喻貼切，對比鮮明，受古樂府與民歌影響較大。

五絕者如《玉階怨》：「玉階生白露，夜久侵羅襪。卻下水晶簾，

玲瓏望秋月。」《玉階怨》亦屬樂府古題，與《長門怨》一樣，是專寫宮怨的樂曲。此詩雖短小精悍，意蘊卻極其豐富；語言明白如話，內涵卻無限幽深。「玉階生白露，夜久侵羅襪」兩句，寫宮人無言獨立階砌，以致羅襪浸濕，一個「侵」字，可見夜色無聲，宮人無言；羅襪侵濕，以見夜色之濃，佇待之久，怨情之深。「玉階」，見宮人的居住環境，「羅襪」，見人的身份、儀態。不直寫宮人，而宮人形象已若隱若現。夜深露重，羅襪侵寒，雖未提到人，但似乎已聽見了人的幽怨低訴。「羅襪」二字似是實寫，實用曹子建《洛神賦》中「凌波微步，羅襪生塵」的意境。夜深，怨深，不禁幽獨之苦，失望之情油然而生。既然已無希望，於是由簾外而入簾內，無奈之中，放下門簾。但放下門簾之後，簾內更覺冷清，此時又心有不甘，於是向簾外張望，只見一輪明月，空掛蒼穹，似月憐人，似人憐月，雖無希望，好在有月相伴，若人不伴月，則又有何物可以伴人？與前兩首《長門怨》相比，同是宮怨，同是寫月，情感傾向如此不同，皆因抒情的需要，也是詩人高妙之處。「玲瓏」二字，意蘊雙重，既可指玲瓏之月，也可指人的望月動作，玲瓏有致，寫出人的儀態萬方。與齊代謝朓的同題之作相比，越發見出李白此詩的空靈蘊藉，藝術風格與前三首略有不同。

　　除上述四首之外，李白尚有《長信怨》、《秦女卷衣》、《上之回》等宮怨詩作，怨女形象包括嬪妃、宮女、女官、歌舞妓等，即是說，凡宮怨詩中的女性形象，李白均有涉及。在藝術上，無論是嬪妃形象的塑造，還是體制與語言的運用，都很典型，在李白的全部詩作中，也屬上乘之作。

　　綜上，崔國輔的五絕、王昌齡、李白的七絕、李白的樂府等，加之劉方平、崔顥、王維、皇甫冉等詩人的宮怨詩，共同構建了盛唐宮怨詩壇的精彩面貌，形成了唐代宮怨詩創作的第一個高峰，並在不同方面對後世產生了影響。

第二節　宮怨詩發展的第二個高潮——宮怨詩在中唐的發展

中唐是中國詩歌發展史上的關捩點，迄今已是不爭之論。中唐詩人的求新求變一直是學者們研究的重點所在。宮怨詩發展至中唐，不論是在內容上還是在形式上，都發生了較大的變化。中唐詩人不僅開闢出前人未涉足的領域，出現了《送宮人入道》、《宮人斜》之類的新題材，即使在常見的吟詠題材上也出現了前所未有的內容。宮怨詩不再是直抒哀傷悲怨，而是在對宮廷生活與佚事的描繪之中體現宮怨意蘊。其中最引人注目的就是宮詞的出現。宮詞雖內容廣泛，但宮怨仍是其中較為重要的部分。

一、題材的拓展——元稹與白居易

中唐宮怨詩的發展首先表現在題材的拓展上。

新題樂府的出現，是中唐詩歌的發展方向之一。這種新樂府的主要功能是諷刺時事，這在元白的詩歌理論中闡述得十分清楚。白居易《與元九書》談到詩歌的作用時說：「始知文章合為時而著，歌詩合為事而作。」〔註28〕又在《新樂府序》中表示：「其辭質而徑，欲見之者易諭也。其言直而切，欲聞之者深誡也。……總而言之，為君、為臣、為民、為物、為事而作，不為文而作也。」並特做《新樂府·採詩官》，云：「採詩官，採詩聽歌導人言。言者無罪聞者誡，下流上通上下泰。周滅秦興至隋氏，十代採詩官不置。郊廟登歌贊君美，樂府豔詞悅君意。若求興論規刺言，萬句千章無一字。……夕郎所賀皆德音，春官每奏唯祥瑞。……貪吏害民無所忌，奸臣蔽君無所畏。君不見，厲王胡亥之末年，群臣有利君無利！君兮君兮願聽此，欲開壅蔽達人情，先向歌詩求諷刺。」〔註29〕元稹《和李校

〔註28〕朱金城：《白居易集箋校》卷四十五，上海古籍出版社 1988 年版，第 2792 頁。

〔註29〕《白居易集箋校》卷六十五，第 3550～3551 頁。

書新題樂府十二首並序》亦云：「余友李公垂貺余《樂府新題》二十首，雅有所謂，不虛爲文。余取其病時之尤急者，列而和之，蓋十二而已。昔三代之盛也，士議而庶人謗。又曰：世理則詞直，世忌則詞隱。余遭理世而君盛聖，故直其詞以示後，使夫後之人，謂今日爲不忌之時焉。」〔註30〕在元白看來，新樂府詩就是要起到一種輿論監督的作用。所謂「雅有所謂，不虛爲文」，就是要有興寄，不僅要對當時的種種弊政、醜惡世態展開廣泛的諷刺，而且還要反對樂府豔詞。相比之下，盛唐人的風雅觀是較爲寬容的，並沒有嚴厲排斥那些純粹娛樂的歌詩，李白在宮廷作《清平樂》、《宮中行樂辭》，當時傳爲美談。但在元白看來，李白那些詩是屬於典型的「嘲風雪，弄花草」的「樂府豔詞」。如果「才麗」之外，又加以「興諷」的，那麼就值得肯定。正如他們自己所作的《上陽白髮人》、《陵園妾》等一樣。

新題樂府要達到「補察時政」的目的，就要在詩中描摹時事，揭露現實生活中醜惡的現象。《上陽白髮人》等詩也的確做到了這一點。元詩近於史的記載，記述了花鳥使強搶民女入宮的史實，描寫了民女入宮後的種種不幸遭遇與痛苦。白居易的《上陽白髮人》與元詩相比更具「才麗」：「上陽人，紅顏暗老白髮新。綠衣監使守宮門，一閉上陽多少春。玄宗末年初選入，入時十六今六十。」作者以簡潔明麗的語言描述了上陽白髮人這一群體形象，反映了眾多老於上陽宮宮人的不幸。世人都以爲這些當初「臉似芙蓉胸如玉」的女子一定是享盡了君王的恩寵，哪裏知道她們終老一生竟從未與君王謀面。詩中對上陽宮女有著一個看似平常、讀來卻令人倍感心酸的細節描寫——「小頭鞋履窄衣裳，青黛點眉眉細長。外人不見見應笑，天寶末年時世妝」。由於與外界完全隔絕，這些女子仍照著進宮前外面所時興的樣子來打扮自己：描著細長的眉，穿著襟袖窄小

〔註30〕《元稹集》，中華書局 1982 版，第 277～278 頁。

的衣裙。她們哪裏知道，幾十年裏已時過境遷，這種裝束早已是過時的打扮了。全詩雖清詞麗句，但無一虛構誇張之語，幾乎全部是對真實社會現象的寫照。原詩前還有一段小序：「天寶五載以後，楊貴妃專寵，後宮人無復進幸矣。六宮有美色者，輒置別所，上陽是其一也；貞元中尚存焉。」從這段小序也可以看到《上陽白髮人》具有高度的紀實性。因此，與初盛唐的《長門怨》、《長信怨》、《銅雀臺》等舊題樂府相比，元白的《上陽白髮人》實現了以下轉變：一、從對歷史人物的吟詠轉到對現實人物的描寫；二、從對個體的描寫轉到對群體的描寫；三、白描手法的運用，使詩歌更具有真實感；四、以第三人稱的全知視角來抒寫宮中女性的悲哀。由於上述幾個方面的轉變，無疑使中唐的宮怨詩更具有感染力，更能引起人們的同情與統治者的注意，從而實現詩人的寫作目的。

　　與《上陽白髮人》相類的還有《春題華陽觀》：「帝子吹簫逐鳳皇，空留仙洞號華陽。落花何處堪惆悵，頭白宮人掃影堂。」題注有「觀即華陽公主故宅，有舊內人存焉。」華陽觀是華陽公主的舊宅，曾有眾多宮人在此觀中侍候、陪伴華陽公主，如今公主不在，而宮人依然存於觀中，無處可去，也不得放之歸鄉。客觀的描寫當中就顯示出對舊宮人的同情與對現實的深刻揭露。《陵園妾》是另一首對現實進行深刻剖析的宮怨詩。詩的開頭與《上陽白髮人》一樣，總寫陵園妾悲苦的一生。「陵園妾，顏色如花命如葉。命如葉薄將奈何，一奉寢宮年月多。」與上陽宮人同樣，陵園妾們也因妒讒而被逐出宮門，囚於陵中，「三朝不識君王面」。詩中最後寫到：「雨露之恩不及者，猶聞不啻三千人。三千人，我爾君恩何厚薄。願令輪轉直陵園，三歲一來均苦樂。」表達了宮人們的不解，為什麼會有君恩的厚薄？應該由宮人們輪流來值班才是。這種傻傻的願望背後透露了宮人們的純真，也隱約指出了宮人不幸的根源乃在於帝王對民女的大量佔有。

　　當然，元白除了新樂府外，也有舊題樂府，如元稹的《苦樂相倚曲》：「古來苦樂之相倚，近於掌上之十指。君心半夜猜恨生，荆棘滿懷天未明。漢成眼瞥飛燕時，可憐班女恩已衰。未有因由相決絕，猶得半年伴暖熱。轉將深意諭旁人，緝綴瑕疵遣潛說。一朝詔下辭金屋，班姬自痛何倉卒。」更有含蓄婉轉的絕句，如《行宮》：「寥落古行宮，宮花寂寞紅。白頭宮女在，閒坐說玄宗。」沈德潛評曰：「說玄宗，不說玄宗長短，佳絕。只四語，已抵一篇《長恨歌》矣。」﹝註31﹞白居易也創作了數首絕句，如他的《後宮詞》：「淚濕羅巾夢不成，夜深前殿按歌聲。紅顏未老恩先斷，斜倚薰籠坐到明。」詩人以層層深入的筆法寫出宮人愛情的不幸。詩中主人公由希望轉到失望·由失望轉到苦望，由苦望轉到最後的絕望……千回百轉，傾注了詩人對不幸宮人無限深切的同情。他的另一首《後宮詞》更是後人傳頌的名篇，短短四句，內容豐富，與新樂府《陵園妾》有異曲同工之妙，與盛唐詩人的寫法並無二致，與王昌齡等人的宮怨詩相比，毫不遜色。但從整個宮怨詩發展的歷程來看，白居易在詩史上的地位還是他以新樂府形式創作的宮怨詩。

　　元白此類樂府詩體現了他們對女性命運的關注，體現了對受害最深的宮人的同情與關懷，人性人道與淑世情懷原本就是中唐詩歌的主流，元白的宮怨詩正體現了這一點。尤其是白居易，他對宮人命運的同情與關注成為他詩歌的一大主題，如他在《七德舞》中也寫道「怨女三千放出宮，死囚四百來歸獄。」元白大量創作此類詩歌，一些詩歌又被宮人廣為傳唱，因此在當時產生了較為廣泛的影響，元稹甚至以此而被譽為「元才子」。《舊唐書》卷一六六《元稹傳》載：「穆宗皇帝在東宮，有妃嬪左右嘗誦稹歌詩以為樂曲者，知稹所為，宮中呼為元才子。荆南監軍崔潭峻甚禮接稹，不以椽吏遇之，常徵其詩什諷誦之。長慶初，潭峻歸朝，出稹《連昌宮辭》等百餘篇奏御，穆宗大悅，問稹安在，對曰：『今為南宮散騎郎。』」即

〔註31〕《唐詩別裁集》卷十九，第 103 頁。

日轉祠部郎中、知制誥。」〔註32〕元稹的《連昌宮辭》雖重在表達盛衰興亡之感，但也有對宮人痛苦的描繪。總之，與初盛唐詩人相比，元白創作宮怨詩不僅僅是寄託一己之情，他們還涉及到以前的宮怨詩人所沒有達到的領域，上陽宮女的虛度青春，守陵宮人的孤老寂寞等等，使宮怨詩的描寫對象從歷史人物轉到現實人物，從對個別人物的抒寫轉到對群體人物的描摹，表達了對宮人的真正同情與關心，這正是中唐宮怨詩的發展特點之一。

元白的宮怨詩在當時流傳甚廣，對其他詩人也產生了較大影響。元稹《酬樂天餘思不盡加爲六韻之作》自注云：「後輩好僞予詩，傳流諸處。自到會稽，已有人寫宮詞百篇及雜詩兩卷，皆云是予所撰。及手勘驗，無一篇是者。」〔註33〕他在《上令狐相公詩啓》又云：「江湘間多有新進小生，不知天下文有宗主，妄相仿傚，而又從而失之，遂至於支離褊淺之詞。」〔註34〕可見，此一時期，除了元白的新樂府外，很多詩人也創作宮詞，如鮑溶、戎昱等詩人就採用新樂府的形式創作了一些宮怨詩，也爲中唐宮怨詩壇增色不少。如鮑溶的《章華宮人》：「煙渚南鴻呼曉群，章華宮娥怨行雲。十二巫峰仰天綠，金車何處邀雲宿。小腰媵墮三千人，宮衣水碧顏青春。豈無一人似神女，忍使黛蛾常不伸。黛蛾不伸猶自可，春朝諸處門常鎖。」張籍《離宮怨》：「高堂別館連湘渚，長向春光開萬戶。荊王去去不復來，宮中美人自歌舞。」等。

中唐一些題爲《宮人斜》、《舊宮人》、《送宮人入道》的宮怨詩，也體現了詩人對宮怨題材的開拓。宮人斜是埋葬宮女的地方。明人方以智對此作過考證：

> 野狐落即宮人斜。《春明退朝錄》：「唐內人墓，謂宮人斜。」
> 無功曰：「唐以前已有之，隋煬帝葬宮人有玉鈎斜，在江都治西。」智按《青藤路史》云：「唐宮人葬處名野狐落。」

〔註32〕《舊唐書·元稹傳》卷一六六，第 4333 頁。
〔註33〕《元稹集》，第 247～248 頁。
〔註34〕《全唐文》，第 6641 頁。

蓋地之偏斜者皆呼斜，如襃谷斜，谷以斜名。樂府有狹斜。

宮人葬處，其地亦名斜，故因謂之。〔註35〕

宮人斜就是宮人的墓地，可見，中唐詩人不僅關心宮人的生前，也關注著宮人的身後。竇鞏、王建、權德輿、雍裕之等詩人創作了此類宮怨詩，其中以王建的最爲出色：「未央牆西青草路，宮人斜裏紅妝墓。一邊載出一邊來，更衣不減尋常數。」宮人們不斷的死亡又不斷的補充，整個宮廷就是一座墳墓，年輕美麗的宮女源源不斷的通過這樣一條陰森的渠道走向死亡。她們生前無法與親人團聚，死後亦不能歸葬故土。《舊宮人》是對前朝宮人或老宮人的吟詠。如張籍的《舊宮人》，詩中的宮人有幸得以返鄉，但家在何處？「無處問鄉程」。《送宮人入道》則是對出家宮人的吟詠。戴叔倫、韋應物、王建、于鵠、張籍、殷堯藩等詩人作有此題的宮怨詩，以韋詩最具有代表性：「捨寵求仙畏色衰，辭天素面立天墀。……從來宮女皆相妒，說著瑤臺總淚垂。」描寫一位宮人當女道士的情形：出家乃是因爲怕年老色衰、孤獨至死，又不堪忍受宮內相妒，遂捨寵素面入道，入道之後，說起宮內的相妒情形，仍然淚雨紛紛。此類題材的宮怨詩反映了宮女的另一人生悲劇。中唐時還有以《閨情》爲題寫作宮怨的，如戎昱《閨情》：「側聽宮官說，知君寵尙存。未能開笑顏，先欲換愁魂。寶鏡窺妝影，紅衫裛淚痕。昭陽今再入，寧取恨長門。」以閨情爲題實寫宮怨，這在整個唐代也爲數不多。

　　新樂府形式的宮怨詩和題爲《宮人斜》、《舊宮人》等題材的宮怨詩，都反映了中唐宮怨詩在題材方面的開拓，與專詠歷史人物的盛唐宮怨詩相比，揭露現實的廣度與深度更進一層。

二、宮詞的興起——王建與張祐

　　中唐宮怨詩發展的另一個方向是宮詞的興起。

　　綜觀宮詞在歷代的發展，與宮怨詩相比，二者雖都以宮闈爲中

〔註35〕方以智：《通雅》卷三八，中國書店 1990 年版，第 465 頁。

心，但宮怨的題材選擇與情感傾向較爲狹窄，宮詞則旁及一代的典章制度、掌故軼聞、風俗物產、里巷園林，題材選擇與取象視野較爲廣闊。宮詞在宋及以後的發展，更被視爲反映一代興亡的史詩。例如清宮詞，不僅有總括整個清朝宮廷歷史的吳士監的《清宮詞》，也有描述某些歷史事件的作品如高樹的《金鑾鎖記》，有反映慈禧、光緒逃亡在外的《長安宮詞》（胡延）和《汴京宮詞》（顏緝祜）等。但唐代的宮詞不乏宮怨的成份，甚至占較大篇幅。盛唐詩人崔國輔首以《魏宮詞》爲題抒寫後宮生活，至此以後，綿延不絕。中唐有李益《漢宮詞》、劉禹錫《魏宮詞》、白居易《後宮詞》、徐凝《漢宮曲》、施肩吾《帝宮詞》、張祜《吳宮曲》；晚唐則有羅隱《宮詞》、高蟾《宮詞》、韓偓《宮詞》、崔道融《漢宮詞》等等，不一而足，均可視爲此類。中唐直接以《宮詞》爲題的詩人有王建、顧況、戴叔倫、李益、殷堯藩、張祜、朱慶餘等，規模宏大、影響最大的當數王建與張祜的《宮詞》。

王建《宮詞一百首》以七言組詩的形式描寫宮內生活。以七言絕句並以組詩的形式創作宮怨始於盛唐的王昌齡，其《長信秋詞五首》是盛唐宮怨詩的代表作之一，以歷史題材抒寫宮人哀怨。但王建《宮詞》除在形式上與其相同外，在內容上卻差別較大。王建《宮詞》是對當時宮內生活的全面描述，它與以《漢宮詞》、《魏宮詞》爲題的宮詞抒寫過去的歷史生活不同，它是對正在發生的宮內生活或對剛剛過去的宮內生活進行描述。也與安史之亂後，一些詩人追憶開元天寶的生活與繁盛而創作的《連昌宮》、《元日仗》、《邠王小管》、《太眞香囊子》等宮詞也不同。但如果沒有安史之亂後記述開元天寶遺事篇章的風起雲湧，也很難想像會有王建《宮詞》的出現。當然，王建《宮詞一百首》並非全是宮怨，而是對宮內生活較爲全面的描述，不僅對帝王生活作了多角度、多側面的展示，還將宮女生活百態予以全景式地展現，以寫實手法從另一個角度喚起讀者的濃厚興趣，滿足人們的好奇心。從宮怨的角度來說，王建從不同層面細緻地描繪了宮人邀寵時

的各逞機心、得寵時的短暫風光、失寵時的冷落哀傷，其妙處「自在委曲深摯處，別有頓挫」。〔註36〕有直接描寫宮人哀怨的：

> 欲迎天子看花去，下得金階卻悔行。
> 恐見失恩人舊院，回來憶著五弦聲。
>
> 自誇歌舞勝諸人，恨未承恩出內頻。
> 連夜宮中修別院，地衣簾額一時新。
>
> 未承恩澤一家愁，乍到宮中憶外頭。
> 求守管絃聲款逐，側商調裏唱伊州。
>
> 教遍宮娥唱遍詞，暗中頭白沒人知。
> 樓中日日歌聲好，不問從初學阿誰。
>
> 步行送入長門裏，不許來辭舊院花。
> 只恐他時身到此，乞恩求赦放還家。

這些直接描寫宮人之怨的詩句以心理刻畫見長，其一是寫得寵宮人欲陪伴聖上，路上經過失寵同伴的院落而心理發生微妙變化；其二是描寫未得寵時的心理，只說宮中別院修建，宮人羨慕與失落的心理顯露無餘。

有間接描寫宮人哀怨的：

> 私縫黃帔舍釵梳，欲得金仙觀裏居。
> 近被君王知識字，收來案上檢文書。
>
> 往來舊院不堪修，近敕宣徽別起樓。
> 聞有美人新進入，六宮未見一時愁
>
> 窗窗戶戶院相當，總有珠簾玳瑁床。
> 雖道君王不來宿，帳中長是炷牙香。
>
> 聖人生日明朝是，私地教人屬內監。
> 自寫金花紅牓子，前頭先進鳳凰衫。
>
> 宛轉黃金白柄長，青荷葉子畫鴛鴦。
> 把來不是呈新樣，欲進微風到御床。

〔註36〕翁方綱：《石洲詩話》卷二，《清詩話續編》，第 1390 頁。

行中第一爭先舞，博士旁邊亦被欺。
忽覺管絃偷破拍，急翻羅袖不教知。

因吃櫻桃病放歸，三年著破舊羅衣。
內中侍從來還去，結得頭花上貴妃。

樹頭樹底覓殘紅，一片西飛一片東。
自是桃花貪結子，錯教人恨五更風。

「私縫黃帔舍釵梳」寫宮人長期得不到賞識，深感失望，決定出家，實是寫怨。所以清人賀貽孫分析到：「怨之深者必渾，無論宮詞宮怨，俱以深渾爲妙，且宮詞亦何妨帶怨。如王建云：『私縫黃帔舍釵梳』……此非宮詞中宮怨乎？然急讀不覺其怨，惟詠諷數過，方從言外得之。此眞深於怨者。」〔註37〕「往來舊院不堪修」寫宮人惟恐新人爭寵的微妙心理；「窗窗戶戶院相當」寫宮人寢宮的環境舒適，但君王並不來宿，其實也是一種悲哀，重寫環境的安逸，潛在的心理乃是得不到君王寵愛的自我安慰。「聖人生日明朝是」寫宮人爭寵時的機心；「宛轉黃金白柄長」寫希望獲寵的心理；「行中第一爭先舞」寫宮人互相排擠時的行動；「因吃櫻桃病放歸」寫病後的情況；「樹頭樹底覓殘紅」寫宮女悲歎青春逝去和愛情被禁錮的感歎。諸如種種，與盛唐詩人相比，王建對宮人心理的挖掘更深更細，對宮人描寫的範圍更廣。在語言上，明快中見委曲，流利中寓頓挫，幾近口語，念來琅琅上口，具有民歌風味。

　　另外，王建《宮詞一百首》與盛唐詩人虛擬化的創作方式不同，大多數是以現實宮廷生活爲創作材料，描寫眞實存在的人，紀錄發生過的事，即使是瑣事的記載，也不是無中生有的杜撰。這一切都借助於他眞實可靠的消息來源，內官王守澄飲宴之餘對宮中趣事的閒話是王建宮詞最初的素材。《雲溪友議》卷下《瑯琊忤》云：「王建校書爲渭南尉，……先値內官王樞密，盡宗人之分，然彼我不均，復懷輕謗之色。忽因過飲，語及桓、靈信任中官，多遭黨錮之罪，而起興廢之

〔註37〕賀貽孫：《詩筏》，《清詩話續編》，第 176 頁。

事。樞密深憾其譏，詰曰：『吾弟所有《宮詞》，天下皆誦于口，禁掖深邃，何以知之？』建不能對。……為詩以讓之，乃脫其禍也。建詩曰云云。」〔註38〕後宮深邃，王建何以得知宮人生活？王樞密藉此向王建發難，其潛在臺詞是：你因宮詞而詩名大盛，實宮詞之材料來源於我，不僅不念及我之恩情還諷刺我，是為何故？《唐才子傳·王建傳》說得更明白：「（建）工為樂府歌行，格幽思遠。二公（與張籍合稱）之體，同變時流。建性耽酒，放浪無拘。宮詞特妙前古。建初與樞密使王守澄有宗人之分，守澄以弟呼之，談間故多知禁掖事，作《宮詞》百篇。」〔註39〕可見，王建宮詞的創作來源並不是歷史事件或歷史人物，而是從與內官的閒談中得知的真實情況，是那個時代剛剛發生過或正在發生的事件，而不再是對歷史事件的再造，不再是對後宮生活的揣想，而是在真實事件的基礎上稍加想像，創造出不失真實而又生動具體的宮廷生活。雖不能說王建在像凸面鏡一樣複製生活，再現生活，但可以說，他以豐富多彩的宮中生活為題材，按照宮中人事本來的樣子寫景圖物，記事抒情，以具體的「這一個」為顯現形態，創造出較為真實可信的宮詞。專就宮怨詩來說，與以往相比，王建的這種選材特點有著自己特有的風貌。他以長於抒情的七絕形式，容納所聞之事，即是說他將聽到的真實事件巧妙地融合於七絕四句詩中，讓絕句成為宮中瑣碎之事的載體，這種寫作程序必然使宮詞突破盛唐絕句寓情於景、情景交融的寫作慣例，而使這種短篇小製的詩歌題材攜上諸多敘述作品的特質。這一點正與元白帶有敘述性質的樂府宮怨詩有異曲同工之妙，也是中唐宮怨詩發展的特點之一。

當然，王建在選取後宮之事時，也有自己的原則。宮廷之事冗雜繁多，上至皇帝登基改號，政令通行禁止，下至典章制度，嬪妃爭寵，王建宮詞並不是每事必錄，而是以趣為宗，也就是以世俗的審美趣味作為標準來篩選宮廷之詞，自然使宮詞與一般文學侍從的宮廷詞顯出

〔註38〕《雲溪友議》，第67頁。
〔註39〕傅璇琮主編：《唐才子傳校箋》卷四，中華書局1989年版，第159～160頁。

迥然不同的風格。元和、長慶年間時局動盪，曇花一現的政變、官員的榮辱升沉、宦官的驕橫跋扈皆爲世人矚目，因世人皆知王建全不取，而津津樂道於史筆所不屑記載的瑣碎之事，特別是後宮宮人的生活圖景，這一取材原則正符合了普通百姓的獵奇心理。人類天生具有對新鮮事物的渴求、對陳舊事物厭惡的基本傾向。美國社會心理學家麥獨孤在《社會心理學導論》中闡述其著名的「本能論」時，曾將求知本能和好奇情緒列爲人類的主要本能和基本情緒之一；〔註40〕其後的另一位社會心理學威廉・托馬斯在論述人的願望時，也認爲「對新鮮經驗的欲望」乃是人的四大基本願望之首。〔註41〕後宮皇帝、嬪妃的生活對大多數人來說，是令人好奇而又新鮮的領域，對這個陌生的領域進行描寫，無疑會具有較強的吸引力，王建對此領域進行全面細緻的描繪，正迎合了一般大眾的這種心理。從這個方面說，讀者對詩人的創作存在一定的影響。詩人的這種詩作流傳到社會上，必然會吸引大量讀者，並產生一定的社會轟動，這無疑會增加詩人的知名度，《雲溪友議》卷下《瑯琊忤》中云「天下皆誦于口」並不爲過。這種社會效應無疑也會反饋給詩人，從而使詩人修正以後的創作，並對其他詩人產生一定的影響。在當時以創作宮詞而享有較高詩名的詩人並不獨王建一人，張祜也是其中之一。〔註42〕

　　「張祜，字承吉，清河人。以宮詞得名。」〔註43〕皮日休《論白居易薦徐凝屈張祜》亦云：「祜元和中作宮體詩，詞曲豔發，當時輕薄之流重其才，和謀得譽。」〔註44〕張祜今存宮詞38首，按其內容可分三類：李楊故事、宮中慶典及宮宴宮樂、宮怨。數量最多、藝術也較高的是李楊故事與宮怨詩。其中寫李楊故事的宮詞有18首

〔註40〕威廉・麥獨孤著、俞國良等譯：《社會心理學導論》，浙江教育出版社1997年版，第5頁。

〔註41〕威廉・托馬斯：《不適應的少女》，山東人民出版社1988年版，第3頁。

〔註42〕張祜，一般視作晚唐人，但因其宮詞多創作於元和中，故此處將其作爲中唐人與王建並置討論。

〔註43〕《全唐詩》卷五一一，第1288頁。

〔註44〕《全唐文》卷七百九十七，第8359頁。

之多，主要是以歷史的眼光總結盛衰之由，詩人創作此類宮詞的動機是希望當時君主能以史為鑒，勿重蹈覆轍，同時也隱含了對開元盛世的嚮往，試圖找出重現開元盛世的答案。許學夷在《詩源辯體》中說：「張祜，字承吉。元和中作宮體七言絕三十餘首，多道天寶宮中事，入錄者較王建工麗稍遜，而寬裕勝之。其外數篇，聲調亦高。」〔註45〕其實，張祜的詩名主要來自於他名為《宮詞》的宮怨詩。

　　張祜宮怨詩從體式上來說，有絕句、律詩、舊樂府，在藝術手法上主要沿襲初盛唐的寫法，風格淒婉，偏於含蓄不露。如《退宮人二首》，述說了老宮人的命運，描寫了她們被辭退後的心理活動。《贈內人》通過描寫宮人的幾個生活細節，寫出了她們空虛無聊、悲苦憂戚的內心世界。內人看見撲焰的飛蛾便想到自己的命運，其自身命運的悲慘就委婉地傳達出來，這也暗含了詩人的滿腔同情。而且，這並非個別現象，在封建宮禁制度下是非常普遍的，所以其中也或多或少地包含了詩人對宮禁制度和帝王無情的譴責。所有這些都是通過選取「剔開紅焰」這一典型的細節動作來表現的。可見，詩人十分善於選擇有豐富內涵的意象來達到言簡意豐的藝術效果。與同時期王建的宮詞風格有幾分相似。相對盛唐「玉顏不及寒鴉色，猶帶昭陽日影來」、「自恨身輕不如燕，春來還繞御簾飛」等，張祜的宮怨詩顯得更加細膩曲折。再如著名的《宮詞二首》其一：「故國三千里，深宮二十年。一聲何滿子，雙淚落君前。」短短的二十字中，把宮女的思鄉之情、對深宮生活的厭倦、對自己命運的傷感，非常含蓄而真切地表達出來。首二句是對宮女一生悲慘命運的高度概括，「故國三千里」，言其家鄉遙遠，「深宮二十年」，點明幽閉日久，兩句對照，寫盡宮女青春虛度、有家難歸的痛苦與絕望。後兩句用典。何滿子，既是歌曲名，也是人名。元稹《何滿子歌》云：「何

〔註45〕〔明〕許學夷著、杜維沫校點：《詩源辯體》卷二十九，人民文學出版社 1987 年版，第 282 頁。

滿能歌能宛轉，天寶年中世稱罕。嬰刑繫在囹圄間，水調哀音歌憤懣。梨園弟子奏玄宗，一唱承恩羈網緩。便將《何滿》為曲名，御府親題樂府纂。」〔註 46〕至此之後，以此為題，或宮女賦歌編舞，或文人寫詩作賦，一度成為當時流行題材。宋人王灼《碧雞漫志》引《盧氏雜說》云：「甘露事後，文宗便殿觀牡丹，誦舒元輿牡丹賦，歎息泣下，命樂適情。宮人沈翹翹舞何滿子詞云：『浮雲蔽白日。』上曰：『汝知書耶？』乃賜金臂環。」〔註 47〕張祜此首即為同類，所不同的是，張氏此首更為概括凝煉，描繪出一個淒切哀婉的場面：心底幽怨太深，再加上哀調苦詞的觸動，在本該是帝王作樂的場合開口便聲淚俱下。這首詩可謂是語淺意深，言約意豐。馬位《秋窗隨筆》評曰：「得言外之旨，諸人用『淚』字，莫及也。」〔註 48〕足可賅白居易《上陽白髮人》洋洋數百言。張祜又有《孟才人歎》一首：「偶因歌態詠嬌嚬，傳唱宮中二十春。卻為一聲河滿子，下泉須弔舊才人。」《碧雞漫志》記敘了此詩產生的背景：

> 武宗疾篤，孟才人以歌笙獲寵者，密侍其右。上目之曰：「吾當不諱，爾何為哉？」指笙囊泣曰：「請以此就縊。」上憫然。復曰：「妾嘗藝歌，願對上歌一曲，以泄其憤。」許之。乃歌「一聲何滿子」，氣亟立殞。上命醫候之，曰：「脈尚溫，而腸已絕。」上崩，將徙柩，舉之愈重，議者曰：「非侯才人乎？」命其櫬至，乃舉。〔註 49〕

由於何滿子原故事的奇特性，加上文人宮女不斷詠唱，使此類題材的詩歌非常具有吸引力，而張祜的《宮詞》因在此類題材中較為出色，更是名傳天下，加之其他文人的稱賞，詩人因此而聲名大噪，可謂張祜的成名作。杜牧《酬張祜處士見寄長句四韻》：「七子論詩誰似公？

〔註 46〕《元稹集》，第 309 頁。

〔註 47〕《羯鼓錄‧樂府雜錄‧碧雞漫志》，古典文學出版社 1957 年版，第 84 頁。

〔註 48〕馬位：《秋窗隨筆》，《清詩話》，第 831 頁。

〔註 49〕《羯鼓錄‧樂府雜錄‧碧雞漫志》，第 85 頁。

曹劉須在指揮中。薦衡昔日推文舉，乞火無人作蒯通？北極樓臺長掛夢，西江波浪遠吞空。可憐故國三千里，虛唱歌辭滿六宮！」〔註50〕

關於杜牧推賞張祜，計有功《唐詩紀事》載：「杜牧之守秋浦，與祜遊，酷吟其宮詞，亦知樂天有非之之論，乃爲詩曰：『睫在眼前常不見，道非身外更何求。誰人得似張公子，千首詩輕萬戶侯。』」〔註51〕

關於這一段詩壇公案，范攄《雲溪友議·錢塘論》亦載：

> 致仕尚書白舍人，初到錢塘，令訪牡丹花，獨開元寺僧惠澄，近於京師得此花栽，始植於庭，欄圍甚密，他處未之有也。……會徐凝自富春來，未識白公，先題詩曰：……白尋到寺看花，乃命徐生同醉而歸。時張祜傍舟而至，甚若疎誕。然張、徐二生，未之習隱，各希首薦焉。中舍曰：「二君論文，若廉、白之鬥鼠穴，勝負在於一戰也。」……試詑解送，以凝爲元，祜其次耳。……後杜舍人之守秋浦，與張生爲詩酒之交，酷吟其宮詞，亦知錢塘之歲，自有非之論，懷不平之色，爲詩二首以高。〔註52〕

可見，杜牧之稱賞張祜，實因其宮詞。至於杜牧與白居易孰是孰非，皮日休所論較爲公允：「樂天方以實行求才，薦凝而抑祜，其在當時，理其然也。令狐楚以祜詩三百篇上之，元稹曰：『雕蟲小技，或獎激之，恐害風教。』祜在元白時，其譽不甚持重。杜牧之刺池州，祜且老矣，詩益高，名益重。然牧之少年所爲，亦近於祜，爲祜恨白，理亦有之。余嘗謂文章之難，在發源之難也。元白之心，本乎立教，乃寓意於樂府，雍容宛轉之詞，謂之諷諭，謂之閒適。既持是取大名，時士翕然從之。師其詞，失其旨，凡言之浮靡豔麗者，謂之元白體。二子規規攘臂解辯，而習俗既深，牢不可破。非二子之心也，所以發

〔註50〕〔清〕馮集梧：《樊川詩集注》卷四，上海古籍出版社 1962 年版，第 286 頁。

〔註51〕〔南宋〕計有功：《唐詩紀事》卷五二，《宋詩話全編》，江蘇古籍出版社 1981 年版，第 5159 頁。

〔註52〕《雲溪友議》，第 31 頁。

源者非也。可不戒哉？」〔註53〕其實張祜宮詞眾多，爲何單提此首？
南宋葛立方云：「張祜詩云：『故國三千里，深宮二十年。』杜牧賞
之，作詩云：『可憐故國三千里，虛唱歌詞滿六宮。』故鄭谷云：『張
生故國三千里，知者唯應杜紫微。』諸賢品題如是，祜之詩名安得不
重乎？其後有『解道澄江靜如練，世間有惟謝玄暉』，『解道江南斷腸
句，世間惟有賀方回』等語，皆祖其意也。」「唐朝人士，以詩名者
甚眾，往往因一篇之善，一句之工，名公先達爲之遊談延譽，遂至聲
聞四馳。『曲終人不見，江上數峰青』，錢起以是得名。『故國三千里，
深宮二十年』，張祜以是得名。」〔註54〕葛氏所云恰道出個中原委。

由王建、張祜可知，宮詞的傳唱與影響對詩人的詩名有著重要作
用。寫這種不爲大家所知的宮禁秘聞最能引人注目，並極有可能爲天
下傳誦，人盡皆知，而聲名大增。中唐的這種創作傾向也曾在當時興
盛一時，正如近人蘇雪林《唐詩概論》所云：「原來唐人本喜歡作宮
詞，元和時白居易又把那些富於傳奇文學性質的唐明皇楊貴妃故事，
製成一篇《長恨歌》，哀感頑豔，沁人心脾，時傳遍天下。他又作《江
南遇天寶樂叟》等長詩，元稹又仿他寫了一篇《連昌宮詞》，都詠天
寶遺事。……在這刺激之下，文人的興趣，一時傾向宮廷故事，宮詞
的規模便宏大起來了。中唐王建用七絕體裁寫了一百首宮詞，王涯也
做了三十首，張祜又善作小宮詞。都可說由宮廷故事詩變化而來的。
宮詞文辭美麗，李賀乃少年詩人驚才絕豔，所以更喜爲這個體裁的嘗
試。照思想的原則，一種思想或文學主義之復活，一定要加上經過的
時代色彩，藝術也比較進步，復活的宮體也和六朝宮體大不相似，竟
可說由附庸而蔚爲大國，變成一種新文學了。」〔註55〕這種創作傾向
波及到後世的其他詩人，他們雖無後宮生活素材的來源渠道，或已無

〔註53〕皮日休：《論白居易薦徐凝屈張祜》，《全唐文》卷七百九十七，第 8359
頁。
〔註54〕〔南宋〕葛立方：《韻語陽秋》，《歷代詩話》，第 516～517 頁。
〔註55〕蘇雪林：《唐詩概論》，上海書店據商務印書館 1947 年版影印，1992
年版，第 148～149 頁。

法超越前輩，卻能有意識地選擇前人未寫的領域進行吟詠，藉此以博得詩名，進而登上仕途。如晚唐李昌符，北宋孫光憲《北夢瑣言》云：

> 唐咸通中，前進士李昌符有詩名，久不登第，常歲卷軸，息於裝修。因出一奇，乃作婢僕詩五十首，於公卿間行之，有詩云：「春娘愛上酒家樓，不怕歸遲總不留。推道那家娘子臥，且留教住待梳頭。」又云：「不論秋菊與春花，個個能噇空肚茶。無事莫教頻入庫，一名閒物要些些。」諸篇皆中婢僕之諱。浹旬，京城盛傳其詩篇，為妳嫗輩怪罵騰沸，盡要摑其面。是年登第。〔註56〕

李昌符的登第與「京城盛傳其詩篇」不無關係，而詩篇盛傳顯然與開拓新題材有關，這與王建、張祜以創作《宮詞》而聲名大增並無二致。可見，中唐宮詞的影響實在深遠。

　　當然，中唐宮怨詩名家眾多，除元白、王建、張祜外，張籍、李賀、施肩吾、劉禹錫等人也擅長創作宮怨詩。張籍有樂府歌行《吳宮怨》、《白頭吟》、《離宮怨》等，律詩有《送宮人入道》、《舊宮人》等。李賀有《宮娃歌》、《銅雀妓》等。姚合《贈張籍太祝》云：「妙絕《江南曲》，淒涼《怨女詩》，古風無敵手，新語是人知。飛動應由格，功夫過卻奇。麟臺添集卷，樂府換歌詞。」〔註57〕據《唐語林》記載：「又張司業籍善歌行，李賀能為新樂府，當時言歌篇者，宗此二人。」〔註58〕特別是張籍，與王建同以樂府著稱，史稱張王樂府。許顗《彥周詩話》云：「張籍王建，樂府宮詞皆傑出。」〔註59〕曾季貍《艇齋詩話》云：「唐人樂府，惟張籍王建古質。」〔註60〕但就宮怨詩來講，張王二人差別較大，王建宮詞百首皆以時事入詩，張籍七首宮怨全以歷史人物入詩。不僅選材不同，手法亦有差

〔註56〕　〔唐〕孫光憲撰、林青、賀軍平校注：《北夢瑣言》，三秦出版社2003年版，第189頁。
〔註57〕　《全唐詩》卷四百九十七，第5651頁。
〔註58〕　《唐語林》卷二，第54頁。
〔註59〕　《歷代詩話》，第385頁。
〔註60〕　《歷代詩話續編》，第295頁。

別。王詩採用七絕形式多用白描，而張詩樂府歌行較爲出色，敍寫也很抽象。張戒《歲寒堂詩話》卷上云：「張司業詩與元白一律，專以道得人心中事爲工，但白才多而意切，張思深而語精，元體輕而詞躁爾。籍律詩雖有味而少文，遠不逮李義山劉夢得杜牧之，然籍之樂府，諸人未必能也。」〔註61〕但若從宮怨詩的發展來看，顯然王建宮詞更能代表中唐宮怨詩的發展趨勢。施肩吾有《帝宮詞》：「自得君王寵愛時，敢言春色上寒枝。十年宮裏無人問，一日承恩天下知。」劉禹錫有《阿嬌怨》：「望見葳蕤舉翠華，試開金屋掃庭花。……」此詩以精練含蓄著稱，四句二十八字中，字字含愁，句句寫怨。人物的動作、心態、表情，故事的敍述，全在其中。一首短詩，可敵長賦，其言不爲過也。司馬扎《宮怨》：「柳色參差掩畫樓，曉鶯啼送滿宮愁。年年花落無人見，空逐春泉出御溝。」這首《宮怨》與眾不同的是，詩中沒有出現宮女形象，而是運用象徵手法，通過宮苑景物和環境氣氛的描寫，烘託、暗示出宮女幽禁深苑、葬送青春、愛情無望的無奈苦楚。全詩含蓄蘊藉，意境深遠，別具一格。

綜觀之，中唐宮怨詩是唐代宮怨詩發展的第二個高潮，不僅作家眾多，名作林立，而且在初盛唐的基礎上有較大的發展。總的來看呈現兩種趨勢，一爲元白的新樂府宮怨詩，以現實中具體宮人的怨情爲主要描寫對象，以新樂府形式突破盛唐虛擬化的創作方式，完成了從描寫歷史人物向描寫現實人物、從描寫個別人物向描寫群體人物的轉變，增強了宮怨詩的眞實性與敍事性。另一個方向是宮詞。宮詞在中唐詩歌中佔有重要的地位。這種描寫宮闈秘聞的詩歌引起時人的濃厚興趣，滿足了人們的好奇心，並得以在社會中廣泛流傳，宮詞作者由此而聲名大噪。以宮詞爲題的宮怨詩，除在內容上突破盛唐描寫歷史人物的虛擬性外，在形式上以長於抒情的七絕承載現實瑣事，使短篇小製具有更多的敍事作品的特質。宮詞對宮

〔註61〕《歷代詩話續編》，第 460 頁。

人心理的描寫更加細緻深入，曲盡其妙。換言之，中唐宮怨詩在內容與形式上均有創新，重在描寫現實中的「這一個」，呈現出時代性對假借性的突破，具體性對空靈性的突破，促成了唐代宮怨詩發展的第二個高潮。在藝術手法上，與初盛唐相比，語言較爲通俗，多用白描手法，寫實成分增多，從代言轉向第三人稱的客觀敘述和描寫，以旁觀者的角度描寫後宮女子的生活，不再像盛唐那樣寫景寫情多虛泛概括，而是有著更多的具體性和眞切感。這與整個中唐詩壇貼近日常生活、貼近世俗、注重寫實的詩歌主流風貌是一致的。

第三節　向盛唐宮怨詩的回歸——宮怨詩在晚唐的發展

　　晚唐宮怨詩在數量上與中唐接近，均爲一百五十首左右，是初唐的三倍，盛唐的二倍。與中唐相比，在題材選擇與內容主旨上無大的變化，藝術上卻頗爲不同，呈現出向盛唐宮怨詩的些許回歸。代表詩人有：李商隱、杜牧、劉得仁、孟遲、李咸用、崔道融、曹鄴等。

　　從選材上看，晚唐宮怨詩人大多沿襲前代詩人的題材範圍。初盛唐詩人最喜用的長門怨、銅雀臺、長信怨、昭君怨、漢宮詞等，晚唐詩人亦大量選用；中唐詩人常用的宮詞、退宮人、出宮人、舊宮人、宮人斜等，晚唐詩人也頻繁採用。值得注意的是個別詩人的名爲詠物的宮怨詩，他們以詠物爲名，在內容主旨上卻是宮怨的內容，這是初、盛、中唐宮怨詩所不曾有的。如蘇郁的《鸚鵡詞》：「莫把金籠閉鸚鵡，個個分明解人語。忽然更向君前言，三十六宮愁幾許。」鸚鵡即是宮人的化身，閉在金籠裏卻毫無自由，所不同的是，化身爲鸚鵡的宮人可借機向君王訴說愁苦，而現實中的宮人卻連這樣的機會也沒有。杜牧的《月》：「三十六宮秋夜深，昭陽歌斷信沉沉。唯應獨伴陳皇后，照見長門望幸心。」全詩明爲宮怨，卻題爲《月》，這種題目與主旨的關係與前代詠長門事者不同。又如李商隱的《槿花》，全詩以槿花的朝開暮落爲喻，指代宮人的容顏易逝，從

而發出「但保紅顏莫保恩」的感歎，從另一個側面也說明了只有紅顏不衰才能君恩長久。羅鄴的《螢二首》其一，全詩看似詠物，實為宮怨。其他如林寬的《聞雁》、韓琮的《柳》等也屬於此類宮怨詩。其實這類宮怨詩，同樣亦有人物在其中，人之境遇有窮通，而心之哀樂生焉。詩本來就是有境有情的產物，則自有人在其中。名為詠物，實為詠人，其情節鏈條可以看作是：所詠之物——所比之人——所託之情，其旨乃在淡淡的宮人之愁。它們之所以以詠物的面貌出現，大概因前代詩人創作的宮怨詩中，大量運用了此種物象，特別是鸚鵡、月、螢等，以至形成一種定式，看到此幾類物像便使人想到宮人之怨，這樣一來，晚唐詩人就直接以此類物象為題來創作宮怨詩。

　　從整體上來看，晚唐宮怨詩除在選材上有上述些許變化外，其它方面並不突出，並未創造出與前代大不相同的風格面貌來。只是個別詩人較為出色，如杜牧、李商隱、劉得仁、孟遲、李咸用、崔道融、曹鄴等，他們在各自的詩歌創作領域裏取得了一定的成績，為晚唐的宮怨詩壇增添了一抹亮色。

一、杜牧與李商隱

　　杜牧是創作綺豔詩的大家。晚唐詩歌的綺豔題材內涵廣泛，包括夫婦之愛、情人之情、宮怨、閨怨、帶有愛情和脂粉氣息的寫景詠物、美人香草式的託寓之作等。即是說晚唐的綺豔詩，有以男女情愛為中心向各方面泛化的現象，除寫男女之情外，還有大量帶有愛情脂粉氣息的自然景物、日常生活和詠史、詠物之作。〔註62〕這在杜牧的創作中得到了充分的體現。可以說，在杜牧的筆下，晚唐綺豔詩風無處不滲，無孔不入。他寫過大量以女子為題材的詩歌，大致可分為三類，一類是贈與女子的，有《張好好詩》、《杜秋娘詩》、《送人留贈》、《不飲贈歌妓》、《贈沈學士張歌人》、《見劉秀才與池

〔註62〕余恕誠：《唐詩風貌》，安徽大學出版社 2000 年版，第 141 頁。

州妓別》等。第二類是閨情詩，有《書情》、《舊遊》（三首）、《寄遠》、
《閨情》、《春思》、《秋夢》、《秋感》、《寄遠人》、《送人》、《方響》、
《瑤瑟》等。第三類是宮怨詩，例如《宮詞》（二首）、《出宮人》
（二首）、《洛中二首》、《月》、《秋夕》、《宮人塚》、《七夕》、《洛陽
秋夕》、《奉寢宮人》等。據筆者統計，清馮集梧《樊川詩集注》（加
上後附《補遺》、《別集》、《外集》等）收杜牧詩 513 首，上述女子
題材詩共有 45 首，幾近十分之一。除去已經辨證爲僞的 93 首外，
尚餘約 420 首，其中女子題材詩約 35 首，仍保持了這個比例。這個
量應該算是比較大了。此類詩中不少爲代女子立言者，有《爲人題
贈》、《代人作》、《代人寄遠》、《閨情代作》、《代吳興妓春初寄薛軍
事》等。這些詩作對女子心理的體察非常細緻。既使是詠物詩，杜
牧也以女性眼光觀之，如《山石榴》詩曰：「似火石榴映小山，繁中
能薄豔中閒。一朵佳人玉釵上，只疑燒卻翠雲鬟。」《詠襪》曰：「鈿
尺裁量減四分，纖纖玉筍裹輕雲。五陵年少欺他醉，笑把花前出畫
裙。」二詩皆寫物，然皆以摹寫女子體態爲意，實爲女子題材之延
伸。再如「含煙一株柳，拂地搖風久。佳人不忍折，悵望回纖手。」
（《獨柳》）「擾擾復翩翩，黃昏颺次煙。毛欺皇后髮，聲感楚姬弦。
蔓壘盤風下，霜林接翅眠。只如西旅樣，頭白豈無緣。（《鴉》）此寫
柳、鴉，實際寫女子心理。此種詠物詩，《樊川詩集》共收 17 首，
後人又補 16 首，其中有《山石榴》、《獨柳》、《鶴》、《鴉》、《簾》、《破
鏡》、《新柳》、《斑竹筒簟》等，所寫之物都與女子有聯繫，寫花、
樹、鴉、鶴，都離不開女子，也都是些描寫女子體態、心理之作。
杜牧這種女性觀照的詩歌創作方法，使他的宮怨詩呈現出與旁人不
同的風貌來。

　　杜牧今共留存八首宮怨詩，除有涉及守陵宮人的《奉陵宮人》、
有描寫出道宮人的《出宮人二首》、有同情深宮失意宮人的《宮詞
二首》、有描寫宮人死後的《宮人塚》外，在內容主旨上可稱道的
就是以詠物爲名實爲宮怨的《月》、《秋夕》。這與上述所說的杜牧

一貫以女性眼光詠物相一致。從整個唐代宮怨詩發展的脈絡來看，杜牧宮怨詩最值得一提的就是這些以詠物為名實為宮怨的宮怨詩等。如《月》，此詩名為月，看似詠物，但全詩四句均為描寫陳皇后情事。月與陳皇后的聯繫可追溯到司馬相如的《長門賦》：「懸明月以自照兮，徂清夜於洞房。」月在《長門賦》裏起到了烘託氣氛的作用，為陳皇后的孤獨徘徊作了渲染。此後，在文人的筆下，月與陳皇后情事似乎結下了不解之緣，許多詩人在描寫陳皇后都寫到了月，如較為著名、影響較大的李白《長門怨二首》：「月光欲到長門殿，別作深宮一段愁。」「夜懸明鏡青天上，獨照長門宮裏人。」裴交泰《長門怨》：「一種蛾眉明月夜，南宮歌管北宮愁。」等等，諸如此類不勝枚舉。杜牧在此直接以月為題抒寫長門情事，正是這種抒寫模式的影響所致。《秋夕》則與前代描寫牽牛織女故事的詩賦不同，名為秋夕，實寫宮怨。輕羅小扇，物中最輕者；流螢，蟲中最飄忽者。以最輕撲至最飄忽者，其環境的寂靜無聲至顯至明，以物襯托了詩中失意宮人的孤獨生活和淒涼心境。詩中的兩個動詞「撲」與「坐看」是對宮人神情與心理活動的生動捕捉。南宋魏慶之《詩人玉屑》說：「篇章以含蓄天成為工，破碎雕鏤為下。……詩文要含蓄不露，便是好處。……用意要精深，下語要平易。」〔註63〕並舉杜牧此詩為「意含蓄」的典範。的確，杜牧此詩含蓄之處就在於它通過宮女撲流螢和坐看牽牛織女星兩個動作，把宮女的哀怨和期望相交織的複雜感情與心理活動婉曲地表達出來。詩中無一怨字、愁字，但哀愁寂寞充盈其間。這種對宮人心理的貼切體會正來自於杜牧一貫對女性的細微觀照。

最後值得一提的是，杜牧的八首宮怨詩全為近體，而且全為七言絕句，無一首舊體樂府，這也許與晚唐的詩歌創作走向及杜牧的個人喜好有關。在唐代詩歌發展史上，各階段詩人對古、近體的創

─────────────────────

〔註63〕〔宋〕魏慶之：《詩人玉屑》，上海古籍出版社1978年版，第209頁。

作並不平衡，常常呈現此消彼長的現象，這固然根源於詩體本身演進的邏輯與規律，但由於不同詩體對不同表現功能的適應，便使得詩體的演進消長與詩人生活環境乃至時代精神氣象產生了緊密的關聯。大抵而言，開元之前，是詩體規範的階段，近體定型，古風興盛，主要根源於詩體進化自律的作用。開元之後，詩人創作個性充分發揮，適應著時代的動盪變化與心理的敏銳感受，各自選擇適宜的體式，造成古、近體的交替興衰，則主要根源於時代的氛圍感召的作用。大曆時期詩壇形成了以近體為主流的狀況，特別是形制整飭的律詩，在大曆詩人筆下，藝術結構愈加精嚴細密，這樣的藝術趣尚，恰恰與創作主體避世苟安心態為同一走向。隨後，「元和中興」氣象的轉瞬即逝，使元和詩人大多由政治實用精神轉入自我生活描繪，詩體選擇亦由古入律，元、白早期諷諭詩皆為樂府、古體，後期閒適詩則多為律體，他們干預現實、「補察時政」的宮怨詩多以樂府體式，就是一個典型的例證。活躍於寶曆以後詩壇的主要詩人固然時時表現出對於時代與人生的濃重傷感意緒，但在創作實踐中更多地由社會轉向人生、由現實功利轉向藝術美追求的迹象仍然是極為明顯的。這一唯美傾向體現在詩歌體式運用方面，也就是古風的逐漸衰歇，近體的勃然興盛，在對元和後期詩壇古、律替轉趨向的承接基礎上，使得律體創作得到空前規模的繁榮，並達到極度精熟的境地。杜牧的近體創作正體現了這一傾向。施子愉曾就《全唐詩》存詩一卷以上詩人的作品進行統計，來觀察唐代各詩體的發展情況，結果與本文上述描述的狀況不謀而合，尤其是絕句，初唐為 77 首，盛唐為 472 首，中唐為 2930 首，晚唐則為 3591 首。〔註64〕而晚唐的杜牧正擅長絕句，寫下了大量千古傳頌的絕句佳作。他的宮怨詩全為七言絕句，恰體現了各種詩體在唐代不同階段的發展情況。

與杜牧齊名的李商隱是晚唐詩壇的另一著名詩人，關於他在唐

〔註64〕《東方雜誌》第四十卷第八號。

代詩歌史上的貢獻，余恕誠先生曾說，中唐後期，以李賀創作爲標誌，出現三種值得注意的走向：一、愛情和綺豔題材增長，齊、梁聲色又漸漸潛回唐代詩苑；二、追求細美幽約，補救韓、白的發露直致；三、重主觀、重心靈世界的表現。三者從不同的側面表現出來，又有其內在聯繫。愛情和豐富細緻的心靈活動常常是相伴隨的，而表現愛情和心靈世界又需要寫得細美幽約。李商隱正是受這一走向推動，在表現包括愛情體驗在內的心靈世界方面作出了重大開拓，創造了幽美朦朧、內涵豐富，甚至具有多重意蘊的詩境。〔註65〕這一評論是符合詩史發展事實的。本文認爲，宮怨詩是綺豔題材的一個組成部分，李商隱對宮怨詩壇也作出了他獨有的貢獻。

宮怨詩雖說是綺豔題材的重要組成部分，但說起李商隱的綺豔詩，大多會想到他的無題詩或愛情詩，很少有人注意到他的宮怨詩。當然，李商隱的宮怨詩無論是數量還是質量都不能與其無題詩相比，但分析其宮怨詩，也有助對其詩風的全面把握。

李商隱今存宮怨詩僅爲數首，但在藝術風格上卻頗具特色。其《宮辭》旨在揭示宮女嬪妃的地位與命運。諷喻得寵一時，其實和失寵者命運相同。其風格與盛唐的宮怨詩相似。其《深宮》：「金殿銷香閉綺櫳，玉壺傳點咽銅龍。狂飆不惜蘿陰薄，清露偏知桂葉濃。斑竹嶺邊無限淚，景陽宮裏及時鐘。豈知爲雨爲雲處，只有高唐十二峰。」此詩幾近全爲景物描寫，渲染氣氛，用典較多，不描人物而人物自在，不抒哀愁而哀愁自深，在寫作用意上與盛唐王昌齡的宮怨詩有異曲同工之妙。其《槿花》的後兩句：「未央宮裏三千女，但保紅顏莫保恩。」與中唐白居易的《後宮詞》「紅顏未老恩先斷，斜倚薰籠坐到明。」又有幾分相似。如果說李商隱的這幾首宮怨詩創新不多，主要是對前人的繼承與模仿，那麼他的女冠詩則可以說是他的獨創了。

〔註65〕余恕誠：《李商隱詩歌的多義性及其對心靈世界的表現》，《文學遺產》1997年第2期。

　　李商隱創作了大量的女冠詩，據粗略估計，有三十首之多。這些詩多用細密的筆法極力描繪道觀隱幽高寒、澄潔清冷、高峻華美的環境。在這種氣氛的烘托下，寫女冠為情而困的複雜心理。既有女冠的孤獨寂寞，又有她們的絕望相思。這些詩反映了求仙學道、宗教清規對女性身心的極大束縛，表現了女冠對正常愛情生活的無限渴望和嚮往。女冠的相思之情，不可避免地與哀傷融為一體，這與她們的身世、處境有一定的關係。除了一小部分人是出於對仙道的真誠信仰之外，更多的人則是因為家境貧寒、婚姻不滿、避難流離等原因走進了道觀，其中宮女則是女冠的重要來源之一，而且李商隱詩中的女冠有很大一部分是出家的宮人，李商隱就代替這些潛入道觀的女子傳達了那種婉轉纏綿、惆悵哀怨的心聲。詩中的女冠多以「嫦娥」、「聖女」代之。這種詩歌其實是前代宮怨詩的一個變種。由於前代宮怨詩大量描寫宮女入道的情況，所以李商隱直接以聖女為題材創作詩歌，表現這一類女子的孤獨寂寞心境。

　　他有直接抒寫的《和韓錄事送宮人入道》：「星使追還不自由，雙童捧上綠瓊輈。九枝燈下朝金殿，三素雲中侍玉樓。鳳女顛狂成久別，月娥孀獨好同遊。當時若愛韓公子，埋骨成灰恨未休。」也有以曲筆描寫的聖女詩，如《聖女祠》：「松篁臺殿蕙蘭幄，龍護瑤窗鳳掩扉。無質易迷三里霧，不寒長著五銖衣。人間定有崔羅什，天上應無劉武威。寄問釵頭雙白燕，每朝珠館幾時歸？」從以下幾個方面可以看出，此詩所描寫的聖女當是出家宮人。一、居處的壯麗。入道宮人，有一部分與入道公主合居，唐時道觀多為皇家建築物。司空曙有《題玉真觀公主山池院》詩云：「香殿留遺影，春朝玉戶開。……石自蓬山得，泉經太液來……」〔註66〕與義山詩中的「松篁臺殿」、「龍護瑤窗鳳掩扉」正相符合。李義山其他詩涉及道觀，亦無不莊嚴炳煥，儼然帶有宮殿色彩，可以互相證明。二、服飾的奢華。《聖女祠》次聯是形容女道士服飾之奢華。人們理想中的仙家，

〔註66〕《全唐詩》卷二百九十二，第3309頁。

其服飾輒爲「星冠「、「玉佩」、「羽衣」、「霞裳」之類，所以道士之服裝，皆以綺羅等輕薄質料爲之，穿著起來，始飄飄然有凌雲御風的狀態。張籍詩：「名初出宮籍，身未稱霞衣。」又義山詩：「衣薄臨醒玉豔寒」，「青女素娥俱耐冷，月中霜裏鬥嬋娟」，皆與此詩中的「五銖衣」相似。「釵頭燕」典見《洞冥記》：「元鼎元年，起招靈閣，有神女留玉釵與帝，帝以賜趙婕妤。至元鳳中，宮人猶見此釵，謀欲碎之，明旦發匣，惟見白燕飛天上。後宮人學作此釵，因名玉燕釵。」義山用此典，暗指女道士由宮人出身。「每朝珠館幾時歸？」係女道士有事他去，義山來訪未見，故戲問釵燕以歸期。〔註67〕「人間定有崔羅什，天上應無劉武威。」謂天上恐無劉武威那樣的風流才俊之士堪爲佳偶，而人間卻有崔羅什這樣的如意郎君，暗示天上不如人間。此句可以說是全詩的中心句，抒寫出家宮女比在宮中更爲淒苦冷清。

李商隱除上述七律《聖女祠》外，還有一首五排的《聖女祠》：「杳藹逢仙迹，蒼茫滯客途。何年歸碧落，此路向皇都。消息期青雀，逢迎異紫姑。腸回楚國夢，心斷漢宮巫。從騎裁寒竹，行車蔭白榆。星娥一去後，月姊更來無。寡鵠迷蒼壑，羈凰怨翠梧。惟應碧桃下，方朔是狂夫。」這首五排重點寫兩位已離去的女性「星娥」與「月姊」。詩中提到「從騎」、「行車」與「漢宮巫」，顯示所詠的女性並非天上神仙，而是人間佳麗。所謂「星娥」、「月姊」乃是對現實生活中人物的一種託喻。星娥，即織女星，傳爲天帝之女。所謂天帝之女，正是現實生活中公主的現成借喻。從「星娥一去後，月姊更來無」的詩句看，詩人所戀的「月姊」當是入道公主的侍女。這首五排《聖女祠》懷想的正是隨公主入道的京城宮女。起二句是說在茫茫的客途中經過這所聖女祠而有所滯留。「仙迹」指公主與宮女曾在此修道。三四句說對方究竟是哪一年回歸「天上」的呢？眼

〔註67〕此處闡釋來自於蘇雪林《玉溪詩謎正續合編》。（蘇雪林：《玉溪詩謎正續合編》臺灣商務印書館股份有限公司，民國77年。）

前的這條道路正是通向帝都長安的啊。二句對文互義，暗示對方目前正在長安。「消息」兩句謂對方已離此而去，但希望有青鳥使者能通消息。可惜自己不能像正月十五迎紫姑神那樣定期迎到對方。「腸回」二句謂回想當年對方與自己的歡會，宛如不可追回的陽臺舊夢，不禁爲之腸回；雖然像嚮往漢宮神巫那樣嚮往對方，卻不可得見，唯有心斷皇都而已。「從騎」二句謂對方回歸皇都時的車馬之盛，隨從們騎著龍馬，公主的座騎走在榆蔭夾道的大路上。「星娥」二句謂天孫聖女回歸皇都之後，月中嫦娥還能再回到這裏來修道嗎？「寡鵠」二句謂自己見不到對方，只能神迷於蒼梧之間，而對方想必也怨恨翠梧無鳳與自己結成伴侶。最後一聯承上「翳鳳」作結，謂對方只能在碧桃樹下，覓東方朔爲狂夫，來安慰自己的寂寞了。〔註68〕這首詩運用一系列的典故，寫得相當晦澀，但主要內容還是看得很清楚的，那就是出道宮女的孤苦生活與寂寞情懷。

　　正是如《聖女祠》、《嫦娥》等一系列的聖女詩體現了李商隱對宮人尤其是出道宮人的關注與同情。此類詩歌也體現了晚唐宮怨詩發展的另一個方向，即對出道宮人的極大關注與抒寫。這種對聖女的關注與抒寫乃始於中唐對出道宮人的描寫，只不過在李商隱的手裏變成了對出道宮人的另一種面貌——對聖女的悲歡。

二、崔道融、李咸用與溫庭筠

　　崔道融生卒年不詳，但大致應屬晚唐人。《唐才子傳》記載：「道融，荊人也，自號『東甌散人』。與司空圖爲詩友。出爲永嘉宰。工絕句，語意妙甚。如《銅雀妓》云；『歌咽新翻麴，香銷舊賜衣。陵園風雨暗，不見六龍歸。』……誰謂晚唐間忽有此作，使古人復生，亦不多讓，可謂出乎其類，拔乎其萃者矣。人悉推服其風情雅度，猶恨出處未能梗概之也。」〔註69〕《全唐詩》錄存其詩一卷。現今大多

────────────

〔註68〕此處闡釋來自於蘇雪林《玉溪詩謎正續合編》。
〔註69〕《唐才子傳校箋》卷九，第1~6頁。

數唐詩選本都選取他的《牧豎》、《田上》、《溪居即事》或《西施灘》等。但在明代，最爲人所稱道的是其宮怨詩，崔道融今共留存宮怨詩八首，被明人稱頌的就有四首，《班婕妤》（寵極辭同輩）、《銅雀妓》（歌咽新翻麴）、《漢宮詞》（獨詔胡衣出）、《長門怨》（長門春欲盡），均榜上有名，排名僅在宮怨詩人李白、王昌齡、劉禹錫之後。在晚唐宮怨詩人中，崔道融算是較爲突出的一位。

　　崔道融的宮怨詩全爲樂府舊體，其中被辛文房稱道的《銅雀妓二首》不僅寫出了魏武帝銅雀妓的悲哀，也反映了唐代歌舞妓的生活畫面。唐代歌舞妓數目眾多，每宮中有宴，則取之歌舞助興，更常有姿色舞藝超群者，受寵異常。但宮中生活對於這些歌舞妓來說，本是變化多端，或因君主更替，或因技退色衰，都會令她們失去當前的恩寵。如張祜《宮詞二首》其二：「自倚能歌日，先皇掌上憐。新聲何處唱，腸斷李延年。」又《退宮人二首》其二：「歌喉漸退出宮闈，泣話伶官上許歸。猶說入時歡聖壽，內人初著五方衣。」這種情況在崔道融的《銅雀妓》中表現最爲明顯。「歌咽新翻麴」一句，透露了歌舞妓必須時時更新技藝，否則就會有失寵的危險。這正是唐代歌舞妓在宮中生活的必備技能之一。也許正是崔氏寫出了銅雀妓所蘊含的雙重歷史意蘊，才被後世的詩評家屢屢稱頌。他的《班婕妤》寫得溫柔敦厚：「寵極辭同輩，恩深棄後宮。自題秋扇後，不敢怨春風。」《長門怨》從兩個方面對傳說中的陳皇后情事作了詠歎。五絕云：「長門春欲盡，明月照花枝。買得相如賦，君恩不可移。」敘述陳皇后曾因買得司馬相如《長門賦》而重新得寵。七絕則對此發出疑問：「長門花泣一枝春，爭奈君恩別處新。錯把黃金買詞賦，相如自是輕薄人。」本是輕薄人的司馬相如怎能使君王迴心轉意、使陳皇后復得寵呢？詩中充滿了對陳皇后的同情。在崔道融的宮怨詩裏，最特別的要數《西施灘》：「宰嚭亡吳國，西施陷惡名。浣紗春水急，似有不平聲。」此詩針對「女人禍水」的傳統歷史觀念，爲西施翻案。詩立意新穎，議論形象而富有感情。上聯平平道來，

旨在澄清史實，一開頭就道破問題的實質：「宰嚭亡吳國，西施陷惡名。」一個「陷」字用得十分精當，把顛倒了的史實再顛倒過來。議論入詩一般容易流於枯澀，而這首詩卻把議論和抒情有機地結合在一起。詩人再為西施辨誣之後，將筆觸很自然地轉入到西施灘。用抒情的筆調描寫了西施灘春日的情景：春意融融，江河水漲，西施昔日浣紗的灘頭發出急促的流水聲，如聲聲嗚咽，如泣如訴，在訴說著世事的不平。但春水畢竟不具有人的思想感情，詩人很快在第四句補上「似有不平聲」，一個「似」字，自然得體眞切，寄寓著詩人深沉的感慨。這一聯完全是在議論中抒情，在抒情中議論。同時代詩人羅隱也寫過類似的詩：「家國興亡自有時，吳人何苦怨西施。西施若解傾吳國，越國亡來又是誰？」比較起來，兩詩立意相似，又各具特色。羅詩議論充分，能用「時運」來評國家興亡，比崔詩更深一層。但崔詩在理智中富含感情，將理智與感情自然地糅合在一起，這是比羅詩高出一疇的地方。

晚唐的另一宮怨詩人李咸用，一生以儒為業，舉進士久不第，曾被辟為推官。但因唐末亂離，仕途不達，遂隱居廬山等地。李咸用詩歌今天共留存近 200 首，其中宮怨詩五首，這在他整個詩歌創作中所佔比例較小，與晚唐其他宮怨詩人相比，數量也不多，卻較具特色。

《妾薄命》是樂府舊題，前代詩人以此為題者甚多，如李白、崔國輔、杜審言、李百藥、張籍等。此種樂府舊題，較難寫出新意，但李氏此詩短短四句，卻以新穎的對比取勝，「妾命何太薄，不及宮中水。時時對天顏，聲聲入君耳。」妾命太薄以至不及宮中河水，宮中河水可以時時照見君王面容，流水聲聲可以傳入君王耳中，而「我」卻無法得近君王身邊，一窺君主容顏。在人與水的對比之下，宮人的自怨自艾心理被生動地展現出來。再如《攜手曲》：「不敢怨於天，唯驚添歲月。不敢怨於君，只怕芳菲歇。芳菲若長然，君恩應不絕。」這裏依然採用了代言體的抒情方式來敘寫女性的怨情，以對比的方法刻畫人物的內在心理，若君恩能像芳菲一樣長久不絕該有多好。對宮

人希望恩寵長盛不衰的心理,刻畫得細緻入微,傳達出紅顏對「歲月添」的惶恐。這兩首宮怨詩均以對比的手法、以抒情主人公內心獨白的方式,使詩歌較之以往更添了一層哲思,塑造的女性也知性得多,並對晚唐詩歌的內心化趨勢起了推動作用。《婕妤怨》:「莫恃芙蓉開滿面,更有身輕似飛燕。不得團圓長近君,珪月銚時泣秋扇。」此詩前兩句寫飛燕奪寵,後兩句抒寫怨情。以婕妤母題常用的秋扇見棄喻寵愛漸失,不見新意,但含蓄婉曲。值得一提的是,李咸用除含蓄婉曲的宮怨詩外,還有直抒胸臆的宮怨詩,如《春宮詞》(風和氣淑宮殿春),在一片細膩委婉的晚唐宮怨詩壇中,李咸用此詩猶如一聲炸雷,以樂府歌行的體式噴發式抒情,壯懷激烈痛快淋漓。「男力百歲在,女色片時新」,以對比手法寫出了宮人的悲哀;「用不用,唯一人」,寫出了君主對宮人的絕對主宰。言辭直接,直抒胸臆。在大多數委婉含蓄的宮怨詩中,較為獨特。此首《春宮詞》在體裁方面也有可稱道的地方。從李咸用整體創作來看,在體裁方面他表現出了較為明顯的個人偏好,他擅長作樂府歌行及律詩。近體詩猶多,近體詩中又擅長律詩,這與時代風氣不無關係。但在李咸用古體詩中樂府歌行31 首,占相當大的比重,這在晚唐近體大行其道的環境中的確獨樹一幟。有人在研究五代歌行體時曾說:「歌行體在唐詩中曾大放異彩,而在唐末五代卻銷聲匿迹。樂府詩僅在貫休、齊己等方外作家的集子中才能見到,多為遊戲性作品,文學價值不高。」〔註70〕加之晚唐宮怨詩壇近體大行其道,李咸用的這首樂府歌行體式的宮怨詩則顯得與眾不同。總之,李咸用的宮怨詩既繼承前人又有較多新變。

在晚唐詩壇上,說到綺豔詩不能不提到溫庭筠,他素與李商隱齊名,並稱「溫李」。據裴庭裕《東觀奏記》載:「溫庭筠字飛卿,……詞賦詩篇冠絕一時,與李商隱齊名,時號溫李。」〔註71〕皮日休序陸

〔註70〕張興武:《五代作家的詩格與人格》,人民文學出版社 2000 年版,第 208 頁。

〔註71〕裴庭裕:《東觀奏記》卷下,《四庫全書》第 407 冊,上海古籍出版社 1987 年版,第 628 頁。

龜蒙詩亦有云：「近代稱溫飛卿、李義山爲之最。」〔註72〕《新唐書》中《溫庭筠傳》云：（溫）工爲辭章，與李商隱皆有名，號溫李。」〔註73〕此後溫、李並稱，相沿成習，至今不廢。但可以看出，溫李並稱主要是針對兩者在綺豔詩上的成就而言，對於本文所要論述的宮怨詩，溫庭筠實不能與李商隱相比。李商隱共有八首宮怨詩，題材涉及較廣，所關注的宮人多化爲筆下的女冠、聖女，極具特色。而溫庭筠僅有三首詩涉及宮人，與其綺豔詩中的其他女性形象相比，實微不足道。因此筆者未把他與李商隱放在一起論述，僅在這裏簡要評述其兩首宮怨詩。《彈箏人》：「天寶年中事玉皇，曾將新曲教寧王。鈿蟬金雁今零落，一曲伊州淚萬行。」此宮女處境之悲哀，命運之不幸，與元稹之「閒坐說玄宗」（《行宮》）的白頭宮女，白居易之上陽白髮人相差無幾。另外兩首是樂府舊題《楊柳八首》中其一與其四：

> 宜春苑外最長條，閒嫋春風伴舞腰。
> 正是玉人腸斷處，一渠春水赤闌橋。（其一）
> 金縷毿毿碧瓦溝，六宮眉黛惹春愁。
> 晚來更帶龍池水，半佛闌干半入樓。（其四）

這裏出現了溫庭筠綺豔詩中描寫女子常用的手法，通過對女子的妝扮、意態、形體等的描繪展現女性的心理活動與情感世界。「閒嫋春風伴舞腰」中「腰」與「六宮眉黛惹春愁」中「眉黛」、「春愁」是溫詩中典型的用語。宮人的容顏、表情和形體姿態通過這幾個詞語生動地表現出來，從而也透露出宮人們百無聊賴、悲怨愁苦的心靈世界。這與溫庭筠一貫以清新綺麗、細密精工的筆法從細微處刻畫妖嬈多姿的女子形象相一致。

　　綜上所言，至晚唐，宮怨詩人的筆觸更注重對宮人內部心靈世界的深層挖掘，這種心靈的探索，使詩人的筆法開始轉向深曲、細

〔註72〕皮日休：《松陵集序》，《皮子文藪》附錄一，上海古籍出版社 1981年版，第 236 頁。
〔註73〕《新唐書》卷九一，第 3784 頁。

膩。從這一發展歷程可以看出，正如李澤厚《美的歷程‧韻外之致》所說，晚唐的時代精神已不在馬上，而在閨房，不在世間而在心境。從元稹、白居易到李商隱、杜牧、李咸用、崔道融、溫庭筠，宮怨詩從外部的客觀揭露轉向內部的主觀抒情，變得更加細膩化、隱曲化。這種變化從屬於中晚唐文學政治化這一大的歷史進程。但就白居易、李商隱二人宮怨詩風的差異來看，我們仍可以將此種變化與兩人政治境遇乃至生活態度的變化聯繫起來。一些宮怨詩在白居易手中是干預現實的工具，並與現實發生了直接衝突，以致「權豪貴近者相目而變色」。宮怨詩的這種作用實際上也反映了作者有能力在政治上扮演主導角色的自信心，在這種自信鼓舞下他並不在乎文學被降格為一種工具，或在形式上有所缺欠，因為他所重視的僅僅是詩的效果，而不是詩本身。李商隱也曾經有過這種政治自信，並始終沒有完全放棄，但由於所面臨的險惡政治局面和自身坎坷遭遇，他卻無法指望創作政治詩會收到任何直接的政治效果。他已失去了「政治」，被逼無奈下將政治熱情轉移到「作」詩活動中。儘管這些詩確實是有所指、有感而發的，但作的目的卻只能在「詩」。因此，若不考慮外在政治壓力問題，單純從詩歌美學著眼，我們也有理由認為，以李商隱、杜牧為代表的晚唐宮怨詩人完全有必要將宮怨詩本身寫得更美或更隱曲一些。在審美形態上，他們的宮怨詩也確實呈現出一道逐漸轉深、逐漸隱曲，從而逐漸「美」化的梯級。當然，重於抒情和隱曲效果的這些詩在形成其特殊美感的同時，在相當程度上也不可避免地失去了元、白政治詩的客觀敘事效果，政治性、史實性均相應地有所減弱。這在一定程度上無疑與初盛唐宮怨詩的虛幻化抒情、含蓄深婉存在著一致性。

第五章　唐代宮怨詩的美學闡釋

　　唐代宮怨詩在初、盛、中、晚的發展態勢雖不大相同，但在整體上有著共同特點，體現了唐人的「集體無意識」。瑞士心理學家榮格認爲，人的集體無意識是對千百年來民族文化心理的沉澱，深深地印在每個人的心中。〔註1〕「集體無意識是從人的祖先往事遺傳下來的潛在記憶痕迹倉庫」，「是經過許多世代的反復經驗的結果累積起來的剩餘物。」〔註2〕這些剩餘物即原型。「人生有多少典型情境就有多少原型。這些經驗（人類祖先的經驗）由於不斷重複而被深深地鐫刻，在我們的心理結構之中，這種鐫刻，不是以充滿內容的意象形式，而是最初作爲沒有內容的形式，它所代表的不過是某種類型的知覺和行爲的可能性而已。」〔註3〕加拿大文學理論家弗萊認也爲「原型即一種典型的，反復出現的意象。」「所謂原型，是指一個把一首詩與另一首詩聯繫起來因而幫助使我們的文學經驗成爲一體的象徵。」〔註4〕

〔註1〕　〔美〕霍爾等著、馮川譯：《榮格心理學入門》，三聯出版社1987年版，第87頁。

〔註2〕　〔美〕舒爾茨著、沈德燦等譯：《現代心理學史》中譯本，人民教育出版社1981年版，第357～360頁。

〔註3〕　胡經之、王岳川主編：《文藝學美學方法論》，北京大學出版社1994年版，第118頁。

〔註4〕　葉舒憲主編：《神話——原型批評》，陝西師範大學出版社1987年版，第151頁。

說得更具體些，原型在文學作品中主要表現為有特定內涵的意象群體、相對穩定的抒情模式與情感特徵等。因此，面對同樣的藝術題材，不同的藝術家會不約而同地表現出某些共同傾向。宮怨詩中諸如昭君、長門、長信之類的歷史題材，歷代的詩作包含著固定的抒寫模式與情感傾向，甚至一些相同的語彙反復地被不同時代的詩人所選取。讀者在面對這一類語彙時，也會上下聯想，運用他們的閱讀經驗，獲得這些語彙的固定內涵，從而形成了這類詩作在整體上的某些特點。但從另一個方面說，正是這些特點也導致了相同題材的詩作看上去千篇一面。唐代宮怨詩不僅在選材方面相對穩定（長門、長信、昭君等是唐人主要的吟詠題材），在體式方面也較為模式化，古體樂府、五言、七言絕句是唐代宮怨詩的主要形式，這樣一來，就使他們在主題表達、結構形式、詞彙選擇、意象塑造上很少變化，在一定程度上給讀者帶來了審美疲勞。

但同時，心理學家鐵欽納認為，宇宙中存在著兩個不同的世界，一個是物理世界，另一個是心理世界。物理世界是對象的客觀的原本的存在，而心理世界則是人對物理世界的體驗，其主觀性是很強的。另一方面，由於不同人的個性不同，原有的心理定勢不同，他們面對同一物理世界所築建的心理世界是不相同的，或者說物理世界和心理世界之際存在著距離、錯位、傾斜。〔註5〕在面對同樣的藝術母題，不同的詩人將有不同的選擇。因此，歷代的長門、長信、昭君等題材的宮怨詩，一方面具有一些相同的語彙選擇、相似的表述方式，但同樣也蘊藏著不同時代、不同詩人對同一問題的獨特看法，其中無疑將會打上時代環境文化的烙印。這樣通過對唐代宮怨詩的審美闡釋，我們可以從中看出民族文化對唐人的影響，以及唐人在接受這種民族文化心理時的變動，亦可體會唐人對詩歌風格多樣化的追求和實踐。

〔註5〕〔美〕舒爾茨著、沈德燦等譯：《現代心理學史》，第4～5頁。

第一節　單一的情感取向與悲美的抒情特徵 〔註6〕

宮中怨女是古代較為特殊的弱勢群體，不幸的命運將她們拋出正常的生活軌道，在與親人分離的孤寂中，她們受盡深宮的煎熬，這使得宮怨詩主要以怨情愁思為內容，形成了「深情幽怨」的主基調，其單純的情感脈絡清晰可辨。嵇康在《琴賦·序》中說：「（琴）賦其聲音，則以悲哀為主；（詩）美其感化，則以垂涕為貴。」〔註7〕「悲音易好」似乎是自古而然的定論，我國詩歌自古以來就有以悲為美、以悲為正宗的傳統詩學觀。唐代宮怨詩繼承了我國古代詩歌創作的這一傳統，具有「以悲為美」的抒情特徵，由此也成為我國古代感傷文學的重要組成部分。

唐代宮怨詩之「怨」，首先源自宮中女子與世隔絕、形同囚犯的生活處境，「君門一入無由出，唯有宮鶯得見人。」（顧況《宮詞》）封建時代絕大多數宮女一旦進宮，便永遠失去了人身自由，她們成了皇帝獨享的財產，除非皇帝恩准，否則她們只能寂寞地老死宮中而別無選擇。閉鎖禁苑後，宮女們並非像外人想像的那樣都可以享受榮華富貴，實際上她們中的大多數只是後宮的奴婢，「十中有一得更衣，九配深宮作宮婢。」（元稹《上陽白髮人》）這些宮女要承擔宮中繁重的雜務，要隨時等待帝王的役使，「雖入秦帝宮，不上秦帝床。夜夜玉窗裏，與他卷羅衣。」（崔國輔《妾薄命》）「春天睡起曉妝成，隨侍君王觸處行。」（花蕊夫人徐氏《宮詞》）「傳聲總是君王喚，紅燭臺前著舞衣。」（王涯《宮詞》）她們或從事宮中雜務，或陪侍皇帝出遊，或等候君王傳喚歌舞，她們成了皇宮帝王最廉價的勞動力，她們在宮中早已失去了行動自由、人身自由，甚至精神上、語言上的自由：

　　寂寂花時閉院門，美人相併立瓊軒。

〔註6〕此節內容雖在前文「宮怨詩界說」與「唐代宮怨詩概說」中已略有提及，但只是點到為止，此處為了更清晰地說明宮怨詩情感上的這一特徵，故列此節專述。

〔註7〕《全上古三代秦漢三國六朝文·全晉文》卷四十七，第1319頁。

　　含情欲說宮中事，鸚鵡前頭不敢言。(朱慶餘《宮詞》)

　　莫把金籠閉鸚鵡，個個分明解人語。

　　忽然更向君前言，三十六宮愁幾許。(蘇郁《鸚鵡詞》)

在學舌的鸚鵡面前，宮女們噤若寒蟬，生怕言語不慎而惹禍上身，她們的命運還不如籠中歡呼雀躍的鳥兒。

　　後宮女子的怨恨，更主要的是來自「以色事人」的不幸下場。正如第二章「唐代宮人概況」所言，唐代後宮女子數量眾多且有幸見君者極少，失意向隅者極多，這些正值青春、年輕貌美的女子長期幽閉深宮，她們得不到關心溫暖，更得不到帝王的寵愛，紅顏暗逝，青春寂寞，她們怎能不怨恨叢生呢？白居易《後宮詞》寫得明白，雨露一點，宮女三千，未沾恩澤的淚流滿面。又有羅隱《宮詞》曰：「巧畫蛾眉獨出群，當時人道便承恩。經年不見君王面，落日黃昏空掩門。」宮女們忍受著空宮的冷落孤單，禁不住內心的悲傷和眼淚，她們中「不識君王到死時」的女子不在少數。白居易的《上陽白髮人》就描寫了一位「入時十六今六十」老宮女的淒慘人生。

　　其實，大多數進入皇宮的女子都企盼著寵愛加身、夜夜伴君的恩倖，然而封建帝王在後宮的角色定位，注定了這些癡情女子在短暫的得寵之後，要受盡失寵的煎熬，要飽嘗被棄冷宮的淒涼痛苦，「舊愛柏梁臺，新寵朝陽殿。」(徐惠《長門怨》)「豔舞矜新寵，愁容泣舊恩。」(薛奇童《怨詩二首》)所以唐代宮怨詩的諸多怨情也就凝結在盼寵 —— 得寵 —— 失寵的這一變化中。有的詩歌表現無幸見君的哀傷，如李咸用的《妾薄命》；有的反映得寵者心頭的陰影，如王建《宮詞》其三十八；有的展現恩情斷絕後的迷茫：「君恩忽斷絕，妾思終未央。巾櫛不可見，枕席空餘香。」(徐彥伯《班婕妤》)李白的《妾薄命》(漢帝重阿嬌)則細緻描寫了宮中女子由得寵到失寵的過程，反映了封建時代宮中女子以色事人、色衰愛馳遭遺棄的悲慘命運。所以，唐代宮怨詩的悲怨情結大多集中在宮女嬪妃被棄冷宮的痛苦與憂傷上：

　　空宮古廊殿，寒月落斜暉。

　　臥聽未央曲，滿箱歌舞衣。（盧綸《長門怨》）

　　塵滿金爐不炷香，黃昏獨自立重廊。

　　笙歌何處承恩寵，一一隨風入上陽。（柯崇《宮怨》）

　　自閉長門經幾秋，羅衣濕盡淚還流。

　　一種蛾眉明月夜，南宮歌吹北宮愁。（裴交泰《長門怨》）

這三首詩歌皆是冷宮女子的悲怨之詞，她們被棄空宮、古殿無幸見君，遠處的笙曲歌吹，勾起了她們對往昔歌舞君前、承歡受寵生活的追憶，而此刻身處冷宮愁聽歌管，黃昏時分的獨立重廊，夜晚來臨的獨臥寒衾，這種種哀怨憂傷又能向誰訴說呢？

　　後宮女子的悲哀還在於她們的心靈空虛，身心所託非人，無法把握自己的命運，她們的得寵或失寵完全取決於帝王一人的好惡，而不像民間女子一旦嫁給心儀的男子，便可託付終生。當她們對自己的悲劇命運認識不足時，她們對那些得寵者或十分豔羨，或無比嫉妒，甚至一些癡情者還做著恩寵重來的美夢：

　　昨夜風開露井桃，未央前殿月輪高。

　　平陽歌舞新承寵，簾外春寒賜錦袍。（王昌齡《春宮曲》）

　　奪寵心那慣，尋思倚殿門。

　　不知移舊愛，何處作新恩。（白居易《怨詞》）

新承歡的得賜錦袍，剛失寵的妒火中燒，這就是宮中女子們的悲哀，她們大多數還沒有認識到得寵與失寵之間的必然聯繫。唐代帝王擁有三宮六苑、數以萬計的美貌女子，不管是為追求感官刺激、貪圖一時的新鮮感受，還是身負繁衍後代子嗣的重要任務，但「三千寵愛在一身」那不過是文人的誇張，「君王厭德不忘新」那才是帝王的本性。所以，從本質上講，宮人嬪妃的失寵是無法逃脫的。對此唐代宮怨詩也有所揭示：

　　妾貌非傾國，君王忽然寵。南山掌上來，不敢新恩重。

　　後宮多窈窕，日日學新聲。一落君王耳，南山又須輕。

　　（陸龜蒙《婕妤怨》）

這是一位受寵者的內心獨白，得到君王雨露恩澤的她反而憂慮不安，宮中多佳麗，貌美才藝高，自己今日的恩寵能夠維持多久呢？所以，「得寵宮人怨亦多」，這是「君恩無常」所帶來的必然結果。「聞有美人新進入，六宮未見一時愁。」（王建《宮詞》）後宮嬪妃間的相互嫉妒，相互爭鬥，從表面上看是宮妃們在爭寵，實際上是封建帝王一夫多妻制所造成的惡果。當其中的一些宮女嬪妃認清了「君恩如水向東流」的事實後，她們反思自己的不幸遭遇，對君王不再抱有任何幻想，而是直接抒悲言恨，甚至大膽地進行反抗。出自深宮嬪妃之手的詩作就表明了這一現象。徐賢妃的《長門怨》與江妃的《謝賜珍珠》，以她們自己的親身經歷和切身體會，一反含蓄委婉的宮怨傳統，放膽直言，傾訴悲憤。徐賢妃即唐太宗的妃子徐惠，史傳載：「太宗賢妃徐氏，名惠，右散騎常侍堅之姑也。生五月而能言，四歲誦《論語》、《毛詩》，八歲好屬文。……遍涉經史，手不釋卷。太宗聞之，納爲才人。其所屬文，揮翰立成，詞華綺贍。俄拜婕妤，再遷充容。」〔註8〕又載她曾揮筆作詩，「上都崇勝寺，有徐妃妝殿。太宗召妃久不至，怒之，因進詩曰：『朝來臨鏡臺，妝罷且徘徊。千金始一笑，一召詎能來。』」〔註9〕就是這樣一位德才兼備的妃子依然逃不過失寵的結局，聰慧的她反思漢代陳皇后被棄長門的悲慘下場，聯繫自己的親身體會，得出了君恩頹去、覆水難收的後宮法則。江妃曾是唐玄宗的第一個寵妃，與徐賢妃同樣冰雪聰明的女子，在楊貴妃入宮專寵後，被無情地棄置冷宮受盡煎熬，她拒絕接受玄宗派人送來的珍珠，並賦詩對帝王的假意撫慰表示怨憤。「從來閉在長門者，必是宮中第一人。」（李益《妾薄命》）殘酷的現實必然激起宮嬪們鬱結於胸的憤恨：「寵移恩稍薄，情疏恨轉深。」（虞世南《怨歌行》）「珊瑚枕上千行淚，不是思君是恨君。」（劉皂《長門怨》）這是宮廷女子對自己的不幸命運有所認識之後，才發出內心的憤怒之聲。

〔註8〕《舊唐書》卷五十一，第 2167 頁。
〔註9〕《唐語林》卷四，第 149 頁。

　　被選入宮的女子們正當青春花季，她們富有青春活力和青春幻想，與世隔絕的生活能夠阻隔她們與外界的來往，卻無法阻止她們內心對自由、愛情和人世間正常生活的嚮往與追求，雖身處禁垣，她們仍尋找各種機會，實現著自己的渴望與夢想。如王建《宮詞》其六十九（宮人早起笑相呼）表明，生活在高牆深院的宮女們，為了得到一點外界的信息，她們不惜花費金錢爭相打聽詢問，她們幼稚的發問透出久閉深宮的懵懂無知，聽上去令人心酸不已。宮女們嚮往外面的廣闊天地，羨慕落花流水的自由自在，「春來卻羨庭花落，得逐晴風出禁牆。」（鄭谷《長門怨》）她們望花悲己，妒花而泣，更何況內心深處還有難以言說的苦衷，王建《宮詞》（樹頭樹底覓殘紅）：花落結子本是大自然的正常現象，宮人們在樹下尋覓殘花落瓣，表面看似她們在埋怨貪戀結子的桃花，實際上她們對桃花心存妒意，因為春花似人，好景難留，花落尚可結子，而自己卻獨守空宮，花容玉貌得不到君王的賞愛，欲結子而不能，自己的人生意義何在？這分明是在借花喻人，傾訴著自己人不如物的悲哀。

　　生活在寂寞冷落的後宮，無幸得到君王的寵愛，可這並不能熄滅這些紅顏女子對愛情的渴望，只要一有機會，她們便不顧一切地傾瀉出積壓在心中的真情，傳說中的「紅葉題詩」系列故事即表達宮人們對愛情的嚮往與追求。開元宮人的《袍中詩》和僖宗宮人的《金鎖詩》無不是宮人們大膽追求愛情的例證。長期冷置後宮的生活，壓抑了宮人們的個性和情欲，也扭曲了她們原本健康純潔的心靈，長期的抑鬱中便有一些宮人心理變態，行為失常，最後竟至神情恍惚、精神錯亂：

　　　　先帝舊宮宮女在，亂絲猶掛鳳凰釵。

　　　　霓裳法曲渾拋卻，獨自花間掃玉階。（王建《舊宮人》）

　　　　白髮宮娃不解悲，滿頭猶自插花枝。

　　　　曾緣玉貌君王寵，準擬人看似舊時。（劉得仁《悲老宮人》）

這兩位當年擁有花容月貌、能歌善舞的女子，在禁宮之中受盡煎熬，到頭來癡呆麻木，神思迷離，但即使是到了似傻非傻、似瘋非瘋的地

步，她們依然沒有忘記自己以色事人的身份，那蓬頭白髮間斜掛亂插的釵環花枝，足以說明她們一生的可悲與可憐，她們早已變成了沒有靈魂的軀殼，專制的皇權和罪惡的後宮就這樣毀滅了她們美好的人生。

那些後來可以走出禁宮的宮人們也一樣得不到幸福。且不說她們被放還時已年老色衰、老而無用，唐代釋放宮人多有其政治或經濟等方面的原因，有時因政治改革，有時因水旱災害，有時因新君登基，只有在此時統治者為了順應所謂的天意，才將花顏褪盡、年已老邁的宮人們逐出宮外。可是由於長期的後宮生活，這些宮人們早已對外面的世界茫然無知，若遇上水旱災害、兵燹戰亂，她們未必能如願地返回家鄉，其處境更是吉凶難卜。有一些甚至淪落為乞丐，「流落人間二十年」，「百官樓下拾金錢」（張祜《退宮人》）這就是出宮女子的可悲命運。而那些不能出宮的宮人們則繼續在苦海中掙扎，按唐制，「宮人無子者」在皇帝駕崩後，一律要遣送出去為亡帝守陵，「事死如事生」，在壽宮之中陪伴君王。

總而言之，由於題材的規定性，唐代宮怨詩無不抒發宮人們的怨情恨意，其怨恨種種，不一而足，客觀上繼承我國古代「以悲為美」的詩歌傳統，開創出這類題材的嶄新境界，它們以單純幽怨的情感脈絡和淒涼哀傷的悲劇情調，為讀者提供了秀美且悲壯的審美享受。因為它總與女性相聯繫，而表現方式又是那麼的簡約、含蓄與平靜，總能令人想起有關女性的特徵：幽閒、輕盈、溫柔、嬌弱等，幾乎無一例外的表現出一種淒惻憂愁的神情，惹人憐愛的同情；但另一方面，它所體現的這種秀美感卻不是自然的、本來存在的，而是由於受挫、外力強壓所致的，所以它又具有悲劇的審美內涵，使人感到美被破壞後的痛楚感，以及對這種破壞力量的抵制、反抗與憎恨。這兩種相互對抗的力量所形成的審美感覺，使唐代宮怨詩佔據了唐代詩壇的一席之地，擁有數量可觀的讀者，時至今日，人們仍對其「深情幽怨」的「悲美」風格讚歎不已。其實，這

種詩風，或者說這種審美選擇並不是個別詩人的偶然爲之，而是唐代詩人的「集體無意識」，其背後有著深厚的民族文化底蘊。一部作品，固然是由某個作者執筆寫成，但是在從事寫作時，作者眼中的意識文化形態與社會思想成份都會寫入作品之中。那麼，作者的個人性顯然遜於其社會性。他的思想、信仰、價值觀、審美觀等等都是屬於意識形態的範疇，而這些理念的表達也與作者所處的社會架構和經濟狀況息息相關。一個作者所採取的觀點就不僅僅是個人經驗之產物了；反之，他的觀點或多或少地摻入了他所隸屬的團體意識。「文學表現的風格與成規，進一步說明了作者並非信手拈來皆文章──事實上，文學成規主宰著作者觀念的表達模式。一個作家，恁其再怎麼前衛，總得依憑其社群同僚所共知的成規，其語言表現才可解。」〔註10〕唐代宮怨詩單一的情感取向與悲美的抒情特徵正可作如此解。

第二節　穩定的體裁形式與鮮明的意象群體

通過對唐代四百多首宮怨詩統計後發現，唐代宮怨詩在體裁上的特點十分明顯。古樂府、近體詩、歌行、新樂府、古絕等各種詩體形式均備，在古樂府中，以五言居多，七言爲次，雜言較少；近體詩中，七絕最多，五言律詩爲次；歌行體當中，以七言爲多；而新樂府和古絕，在唐代不過數首。在所有的詩體形式中，又以五言、七言爲著，古體五言詩的數量多達一百多首，幾乎成爲宮怨詩的固定形式，標誌著宮怨詩在體裁上的成熟，並形成一種固定模式，對後代詩人的創作形成一種心理暗示。七言絕句的出現，以盛唐王昌齡爲標誌，到中唐王建蔚爲大觀，其《宮詞一百首》採用七絕形式，細膩委婉地描寫宮人的幽怨心理。爲了更清楚地展現此一問題，下面以表格形式列出：

〔註10〕蔡源煌：《「作者之死」新詮》，《從浪漫主義到後現代主義》，雅典出版社 1980 年版，第 249 頁。

數量 詩體			小　計	總　計
古體樂府	五言	104	168首	322首
	七言	56		
	雜言	8		
近體詩	五言絕句	10	122首	
	七言絕句	74		
	五言律詩	26		
	七言律詩	12		
歌行	五言	6	32首	
	七言	26		

　　從上表可以看出，唐代宮怨詩的體裁情況大致如此，以古體樂府為主，且五言居多。這種情況無疑承之於六朝。從謝朓始，五言的古體樂府一直是此類題材的穩定體式，形成了幾乎不受其他題材影響的獨立發展傳統，體現了這類題材模式化的一面。在文學作品中，人的集體無意識體現為對原型意象的運用，並以文學作品中某些反復出現的形象或結構的形式表現出來。這說明，藝術創作的源泉是這種集體無意識或原始經驗，藝術創作實質上是原型意象的再創造，是創作主體作為人類個體在汲取集體無意識的基礎上，融合個人尤其是種族經驗，並賦予形式如神話或想像的結果。〔註11〕這樣，面對同樣的藝術題材，固定的體裁便被不同的文人所選擇，特別是諸如昭君、長門、長信、銅雀臺之類的歷史題材，更是如此。因此，五言古體樂府的結構定式，是文人創造宮怨詩時內在集體無意識的再現。但藝術的本質是創造，詩歌是一種工具，詩人通過詩歌而讓人瞭解和歡賞他的獨特性。故此，即使在面對已形成模式的藝術母題時，不同的詩人雖有相同的選擇，也有不同的創造。歷代的長門、長信、昭君、銅雀臺詩，除典型意象的趨同、結構形式的凝固外，同樣蘊藏著不同時代、不同

〔註11〕《榮格心理學入門》，第87頁。

詩人對同一母題的獨創之處。這不僅僅是詩意之所在，也有時代生活的烙印。比如古體的五言樂府，唐人在運用時，與六朝人有所不同，他們在其中自覺或不自覺地滲透了格律規範。唐代宮怨詩穩定的體裁形式大抵如此。

　　其次，唐代宮怨詩在意象選擇上有其鮮明的特徵，即獨特的意象群體。詩歌是表達情感的，而情感是人的一種內在心理活動，要將內在的情感傳達於他人，只靠單純的情感概念表達是不夠的，必須以具體的物象解釋抽象的情感。這物，在詩中就是意象。〔註12〕另外詩歌對情感體驗的抒發不像小說那樣鋪張揚厲，而必須在有限的字句內達到言簡意豐的效果，借助意象是詩人們運用的一種主要方法。寄寓於象，以象盡意，從意象入手，這成了解詩、讀詩、體味詩境的開始。當某一意象反復被詩人選取時，它體現了詩人的特定心態、特定的情感模式與審美模式。宮怨詩在其蓬勃的發展過程中，就出現了一系列的詩歌意象，有些是宮怨詩和閨怨詩所共有的，有些是宮怨詩所獨有的。這些意象組成了特殊的意象群體，它們在詩中的相互組合起到了表達情感、渲染氛圍、刻畫人物的作用，增添了唐代宮怨詩的藝術魅力，體現了唐人特定的情感模式與審美心理。

　　1、鏡〔註13〕

　　鏡是反映物體形象的工具。《說文解字》曰：「鏡，景也。」〔註14〕段玉裁注曰：「景者，光也。金有光可照物謂之鏡。」〔註15〕鏡除用作照物外，在古代又常作男女相贈定情之用，故鏡與愛情的關係

〔註12〕關於意象的概念，學界有不同釋義，參照袁行霈《中國詩歌藝術研究·中國古典詩歌的意象》一節，本文所論之意象即為袁氏所定義之意象。（袁行霈：《中國詩歌藝術研究》，北京大學出版社1996年版，第49～62頁。）

〔註13〕鏡本是一種客觀事物，但經不同時代詩人的反復運用，它常與愛情、相思、容顏憔悴有關，已成為一種意象。下文所論螢、更漏等皆同。

〔註14〕許慎：《說文解字》，中華書局1963年影印版，第294頁。

〔註15〕許慎撰、段玉裁注：《說文解字注》，上海古籍出版社1981年版，第703頁。

十分密切。漢魏以來的詩歌中，經常有以鏡表達情思的，如建安七子之一的徐幹，其《情詩》曰：「自君之出矣，明鏡暗不治。」〔註16〕自徐詩出，「明鏡暗不治」便成為閨怨詩表達閨婦思怨的一種常見表現手法。唐代宮怨詩也有以鏡表達宮人思怨的。如韋莊《宮怨》：

　　釵上翠禽應不返，鏡中紅豔豈重芳。

虞世南《怨歌行》：

　　鏡前紅粉歇，階上綠苔侵。誰言掩歌扇，翻作白頭吟。

鏡中鏡前，均借鏡見意，以表明紅顏不再的惋惜，色衰愛馳的憂懼，此亦鏡意象的傳統含義。此外，抒發宮人顧影自憐、形單影隻之感的例子，有崔顥《長門怨》：「泣盡無人問，容華落鏡中。」戴叔倫《宮詞》：「春風鸞鏡愁中影，明月羊車夢裏聲。」崔詩借「無人問」，襯托宮人鸞鏡自憐之意，戴詩則以「鸞鏡」烘託宮人形單影隻之思。鏡在兩詩中，並非徒供整飾容顏，也是宮人內心世界的一種折射。在這裏，鏡所反照的，不僅是物象，也是心象──詩中主角內心情緒的映照。

　　繼承之外，唐代宮怨詩在鏡意象的運用方面，也有發展與創新。杜荀鶴《春宮怨》：「早被嬋娟誤，欲妝臨鏡慵。承恩不在貌，教妾若為容。」此為對鏡不妝的傳統慣式的發展。思婦無心理妝，因夫婿遠行在外；宮人欲妝而慵，則在於「承恩不在貌」，以及「早被嬋娟誤」。雖同是臨鏡不妝，但已明確道出了宮人獨特的身份、處境和心境。再如崔湜的《婕妤怨》：

　　不分君恩斷，新妝視鏡中。容華尚春日，嬌愛已成風。

如上文所述，自徐幹《情詩》一出，明鏡蒙塵，無心理妝，便成為閨怨詩的傳統。但崔氏此詩中的宮人，雖有見捐之怨，卻並沒有對鏡不妝、自憐自棄的意思，反而更換新妝、親視明鏡以示容華尚好，表達其「不分」的感情，此一反徐幹詩以來對鏡不妝的傳統，令讀者耳目

〔註16〕徐幹：《室思詩》其三，《先秦漢魏晉南北朝詩‧魏詩》卷三，第377頁。

一新，成爲全詩最吸引人的地方。

總之，鏡意象在唐代宮怨詩中一共出現了 13 次，雖次數不多，但足已反映出唐人在繼承意象時，每能巧立新意，亦充分反映出唐詩的充沛活力和創新精神。

2、螢

螢，或稱螢火。《禮記》：「季夏之月……腐草爲螢。」鄭玄注曰：「螢，飛蟲，螢火也。」〔註17〕螢在詩歌中的運用最早可見於《詩經》中的《豳風・東山》：「町畽鹿場，熠燿宵行。」螢火夜飛，磷光閃爍，是詩人想像中家鄉荒蕪的景象。螢的意象在此帶有荒涼的意味，但與閨思宮怨無涉。及後，晉《吳聲歌曲・歡聞歌》：「遙遙天無柱，流漂萍無根。單身如熒火，持底報郎恩。」〔註18〕熒，亦通螢。詩中婦人自傷身世飄零，無以報答愛郎恩情，恰如流螢幽光，明滅不定。螢在這裏成爲婦人自傷的比喻，已經進入閨思的範疇。在謝朓的《玉階怨》中，「夕殿」點明黃昏，「流螢」則暗示秋季，兼爲「縫羅衣」作鋪墊——螢飛以示寒至，由宮人生出爲君縫製羅衣的心理。自謝詩出，螢便成爲閨怨宮怨詩中的常用意象。唐代宮怨詩中，螢意象出現的次數也不算多，只有 13 次左右而已。有繼承六朝之傳統含義的，如沈佺期的《長門怨》，將落葉與飛螢相對，點明時間環境爲深秋夜景，渲染長門荒涼、嬪妃寂寞之意，與六朝相比，無大的變化。但在唐代宮怨詩中，螢所擔任的角色不唯如此。唐宮怨詩中敘寫秋時，或獨舉螢火，或以「一螢」「一人」相對，來烘託孤寂無聊的氣氛。如李白《長門怨》二首其一（天回北斗掛西樓）、王維《班婕妤》三首其一（玉窗螢影度）、劉方平《班婕妤》（夕殿別君王）等詩。李詩「無人」二字已點明蒼涼，緊接以「螢火流」，具體說明無人之景。而王詩則以螢人作偶對，「螢影」

〔註17〕鄭玄注：《禮記》，中華書局影印本 1991 年版，第 12 頁。
〔註18〕《清商曲辭・歡聞歌》，《先秦漢魏晉南北朝詩・晉詩》卷一九，第 1050 頁。

指代幽寂；「人聲」則隱指熱鬧，兩者有相對之意，然而前者加上「度」，後者配上「絕」，一動一靜，便成為相反相成的妙對。至於劉詩之螢人相對，又顯示出另一類變化。「人」為寂寞宮人，「螢」則是與之相應的蒼涼哀景，螢飛向昭陽，是失寵宮人怨意的潛在指向。螢不僅是與人相應的物象，更是宮人怨意延伸到昭陽的具體表現。其它相類的還有崔顥的《七夕》、杜牧的《秋夕》等。唐代宮怨詩中用螢意象的共有 18 首，螢與宮怨的聯繫十分密切，以至於中晚唐的詩人中，以螢為題作詩者，多離不開宮怨事，大多與長門、長信事聯繫起來。如劉禹錫《秋螢引》：

> 漢陵秦苑遙蒼蒼，陳根腐草秋螢光。……行子東山起征思，
> 中郎騎省悲秋氣。銅雀人歸自入簾，長門帳開來照淚。

羅鄴的《螢》二首其一：

> 水殿清風玉戶開，飛光千點去還來。
> 無風無月長門夜，偏到階前點綠苔。

唐彥謙的《螢》：

> 日下蕪城莽蒼中，濕螢撩亂起哀聲。
> 寒煙陳後長門閉，夜雨隋家舊苑空。
> 星散欲陵前檻月，影低如試北窗風。
> 羈人此夕方愁緒，心似寒灰首似蓬。

三詩主題均在詠螢，卻都是緣物寄意，在眾多寄託中，長門失寵是共通的一點。於是可知，螢之寄寓宮怨，自齊梁以至唐，已成為一種傳統慣式，表現在託物寄意的詠物詩中。簡言之，「宮怨」已成為「螢」此一物象的慣常聯想了。

3、更　漏

更漏，有時簡稱漏，是古代的計時器。由於漏本來用於計時，所以常被引伸為借喻時間，如鮑照《觀漏賦》云：「漏盈兮漏虛，長無絕兮芬芳。」〔註19〕觀其全文，鮑照賦為見漏起興，歎壽命短

〔註19〕《全上古三代秦漢三國六朝文‧全宋文》卷四六，第 2688 頁。

促，結尾更是以漏壺的盈虛、周而復始，比喻時間的綿綿不絕。事實上，更漏作爲閨怨詩的意象，往往喻指時間，如梁武帝《子夜冬歌》四首其四：「一年漏將盡，萬里人未歸。君志固有在，妾軀乃無依。」〔註20〕「一年漏將盡」，即一年時間將過之意，而夫君未歸，故思婦有無依之歎。此外，又有借更漏盈虛不息，來比喻相思不斷的，如《吳聲歌曲・華山畿》二十五首其十二：「啼相憶，淚如漏刻水，晝夜流不息。」〔註21〕漏刻流水不息，相思不斷，既有循環連綿的意味，也有傷痛多時的含義。如此，懷人思遠者，愁緒萬端，輾轉不眠，容易主觀地感到長夜漫漫，時間難熬。六朝人常把這種時間意識，借更漏緩緩之聲以烘託深宵夜永，從中表達懷人思遠的抑鬱難過。在唐代宮怨詩中，更漏除了作爲時間象徵之外，詩人以漏聲入詩，用意乃在反映深宮夜靜、宮禁深嚴之貌。如戴叔倫《宮詞》：

　　　紫禁迢迢宮漏鳴，夜深無語獨含情。

元稹《月暗》：

　　　深殿門重夜漏嚴，柔□□□□年急。

薛逢《宮詞》：

　　　鎖銜金獸連環冷，水滴銅龍晝漏長。

漏聲點滴，聲聲入耳，除因宮禁幽寂外，亦因宮人心情抑鬱，輾轉難眠。如王昌齡《長信秋詞》五首其一（金井梧桐秋葉黃）中，「臥聽」，說明宮人欲眠未眠的狀態。王建《長門燭》：

　　　秋夜床前蠟燭微，銅壺滴盡曉鐘遲。

　　　殘光欲滅還吹著，年少宮人未睡時。

「年少宮人未睡時」，更點明宮人的一夜無眠。除營造氛圍、烘託宮人情緒外，漏意象在唐宮怨詩中主要代表著深宵夜永、長夜難耐。如李益《宮怨》：「似將海水添宮漏，共滴長門一夜長。」韋莊

〔註20〕《先秦漢魏晉南北朝詩・梁詩》卷一，第1518頁。
〔註21〕《先秦漢魏晉南北朝詩・宋詩》卷一一，第1339頁。

《宮怨》：「一辭同輦閉昭陽，耿耿寒宵禁漏長。」此兩首宮怨均點
明漏聲漫長，清晰地表達了失寵宮人不堪長夜漫漫的心情。其中李
詩設想海水添漏，用意巧妙，亦無非長夜難耐、百無聊賴的誇張而
已。另外，唐宮怨詩在營造漏緩聲長、深宵夜永氣氛的同時，也傾
向於用對比手法加以烘託這種氣氛。最明顯的例子如馬逢《宮詞》
二首其一：「玉樓天半起笙歌，風送宮嬪笑語和。月影殿開聞夜漏，
水精簾卷近銀河。」又如李端《長門怨》：「金壺漏盡禁門開，飛燕
昭陽侍寢回。隨分獨眠秋殿裏，遙聞笑語自天來。」風送笑語、遙
聞笑語，俱自天外而來。天外者，承恩之地，為失寵者所不能到達
的地方。而笑語與漏聲相對，亦承恩與失寵相比，一榮一枯，一鬧
一靜，由是怨意益顯，又不失耐人尋味的情致。總括而言，唐人寫
更漏，往往增添許多變化，使之更能突出更漏意象在宮怨詩中的作
用。

4、團　扇

團扇，本用作搖動生風的工具。首開以團扇託喻宮怨之風者，
為漢代班婕妤的《怨歌行》（此詩前有較詳細的論述，此不復述。）
此後又有陸機的《班婕妤》「寄情在玉階，託意唯團扇」之句。此
外，團扇因其兩面相夾，上有對稱花紋圖案，因其為圓形或半圓形，
正可象徵男女歡會之意，也可象徵夫妻團圓之情。因此，團扇也可
喻指愛情，故班詩亦稱團扇為合歡扇。合歡扇見棄，可知愛情的消
失不再。何遜《為衡山矦與婦書》：「心如膏火，獨夜自煎，思等流
波，終朝不息，始知萋萋萱草，忘憂之言不實，團團輕扇，合歡之
用為虛。」〔註22〕借扇喻己兼喻情的手法，也見於後來的樂府《團
扇郎》，《樂府詩集》引《古今樂錄》曰：

> 《團扇郎歌》者，晉中書令王珉，捉白團扇與嫂婢謝芳姿
> 有愛，情好甚篤。嫂捶撻婢過苦，王東亭聞而止之。芳姿

〔註22〕《全上古三代秦漢三國六朝文·全梁文》卷五九，第 3304 頁。

素善歌，嫂令歌一曲當赦之。應聲歌曰：「白團扇，辛苦五流連。是郎眼所見。」瑈聞，更問之：「汝歌何遺？」芳姿即改云：「白團扇，憔悴非昔容，羞與郎相見。」後人因而歌之。〔註23〕

謝芳姿所詠的「白團扇」是對情郎而發，有喻己之意。而桃葉更結合《怨詩》的傳統，以團扇來喻己喻情，其《答王團扇歌》三首其一及其二：

> 七寶畫團扇，燦爛明月光。
> 與郎卻喧暑，相憶莫相忘。（其一）

> 青青林中竹，可作白團扇。
> 動搖郎玉手，因風託方便。（其三）〔註24〕

二詩與《團扇郎》之本事似無大關聯，反而和班氏《怨詩》「出入君懷袖，動搖微風發」二句的關係較深。由詩意相承來說，二詩倒似由班氏二句延伸發展而成。其後，扇意象又發展為帶有離別相思之聯想。至唐代，扇意象在宮怨詩中共出現了三十四次左右，有明採亦有暗用。明採者如：「莫道君恩長不休，婕妤團扇苦悲秋。」（李嘉祐《古興》）「婕妤」、「悲秋」等語，莫不與班婕妤《怨詩》本事相關，可見詩人有意點明其事。暗用者更多：

> 花落昭陽誰共輦，月明長信獨登樓。
> 繁華事逐東流水，團扇悲歌萬古愁。（翁綬《婕妤怨》）

> 賤妾裁紈扇，初搖明月姿。
> 君王看舞席，坐起秋風時。（張烜《婕妤怨》）

作者雖為暗用，不明點本事，但「團扇」、「紈扇」等語與詩題結合，有經驗的讀者還是很快能夠看出暗含的班婕妤本事。

除明採暗用者外，唐宮怨詩中用團扇意象者尚有在舊意上翻出新意者，如：

> 夢裏君王近，宮中河漢高。

〔註23〕《樂府詩集》卷四五，第660頁。
〔註24〕《先秦漢魏晉南北朝詩·晉詩》卷十三，第904頁。

秋風能再熱，團扇不辭勞。(劉方平《長信宮》)

君恩不可見，妾豈如秋扇。秋扇尚有時，妾身永微賤。

莫言朝花不復落，嬌容幾奪昭陽殿。(劉雲《婕妤怨》)

劉詩翻出「秋風能再熱，團扇不辭勞」一意，顯示棄而不怨，望君恩復臨的心態。劉云詩也表明失寵宮人之怨，與班詩用意相若，但班氏自比秋扇，劉云詩則反用其意，慨歎失寵宮人還不如秋扇，其怨意更甚。總之，唐人在運用團扇意象時，靈活多變，常有別出心裁之處。

5、玉 階

　玉階在宮怨詩中出現最早，可追溯到班婕妤的《自悼賦》:「華殿塵兮玉階涪，中庭萋兮綠草生。」「華殿塵兮玉階涪」一句表明君主履迹不至，玉階無人來往，青苔自生。幽怨之情，溢於言表。玉階涪亦成為君恩疏斷的具體標誌。《自悼賦》在玉階意象的塑造上起了典範性的作用。後來如陸機《班婕妤》:「寄情在玉階，託意唯團扇。」又如吳均《行路難》五首其五:「奉帚供養長信臺，日暮耿耿不能寐。秋風切切四面來，玉階行路生細草。」〔註25〕很明顯，陸詩是由《自悼賦》轉化而來。至於吳詩亦不過是賦中「華殿塵兮玉階涪」的變化而已。就意象寄意來說，從《自悼賦》後，借臺階顯示哀景、荒景，已逐漸成為一個相當普遍的寫法。事實上，玉階又常常被視為宮人世界的邊緣，用意即在刻畫出宮人思婦的自我世界及其活動範圍。如果說閨房是宮人自我世界的核心，那麼玉階便是這個自我世界的邊緣。在這個世界之內，無處不是哀景，無處不是怨情。在唐代宮怨詩中，以《玉階怨》為題者有三首，除前述李白的一首外，還有如下兩首:

長門寒水流，高殿曉風秋。昨夜鴛鴦夢，還陪豹尾遊。

前魚不解泣，共輦豈關羞。那及輕身燕，雙飛上玉樓。

(鄭錫)

昔日同飛燕，今朝似伯勞。情深爭擲果，寵罷怨殘桃。

別殿春心斷，長門夜樹高。雖能不自悔，誰見舊衣褒。

（鄭鏦）

李白詩「玉階生白露」，暗示宮人望幸，佇立玉階，不覺夜深而露濕衣襪。雖未言明宮人正待君至，但其佇望之意、希望之心卻表現得淋漓盡致。鄭錫詩也未點明「玉階」二字，但全詩暗用玉階意象來表達宮人失寵的悲哀。鄭鏦詩則與鄭錫詩語似意同。其它宮怨詩運用玉階意象者，有徐夤的《上陽宮辭》：「點點苔錢上玉墀，日斜空望六龍西。」齊澣的《長門怨》：「攜琴就玉階，調悲聲未諧。」沈佺期的《長門怨》：「玉階聞墜葉，羅幌見飛螢。」崔國輔的《長信草》：「長信宮中草，年年愁處生。故侵珠履迹，不使玉階行。」尤其是崔詩，反用《自悼賦》中君主不至、玉階生苔之意，謂春草淹沒君王履迹，使之不能尋覓舊迹踏階而至。此一翻舊意，更見婉曲深遠。

　　宮怨詩獨有之意象另外還有金屋、長門、長信等。金屋、長門意象主要喻指陳皇后情事，二者常常在詩中形成對比，金屋重在強調陳皇后得寵時的情形，而長門則強調失寵後的境況，如李白《妾薄命》（漢帝重阿嬌）、《長門怨》二首、蕭意《長門失寵》（自從別鑾殿）。除此之外，唐人更多地描寫陳皇后失寵後呆在長門宮的情形，如崔顥《長門怨》（君王寵初歇）、劉長卿《長門怨》（何事長門閉）。長信意象主要喻指班婕妤事迹，常常與團扇意象連在一起，如李白《長信怨》（月皎昭陽殿）、劉方平《婕妤怨》（夕殿別君王），這些意象鮮明生動，使詩歌的形象性大大加強，「一個意象的作用是在頭腦中繪出一幅畫面或引發某種感覺，它是表現而不是判斷，它訴諸於我們的想像而迴避理解。」〔註26〕宮怨詩的獨有意象正起到了上述作用。不唯如此，還因這些意象的獨特性、所指內容的固定性，使讀者在面對這一類語彙時，會聯類無窮，運用他們的閱讀經驗，獲得這些語彙的固定

〔註26〕梅祖麟、高友工：《唐詩的魅力》，上海古籍出版社 1990 年版，第 106 頁。

內涵，有時不用閱讀全詩，看到典型意象，即可獲悉全詩主旨。這些意象反復出現在歷代詩歌中，像許多網結一樣聯綴著詩歌的傳統，傳達出不同詩人獨特的審美感受，積澱了民族的原始心理，體現著作爲整體的人類和作爲系統的文學內在的連續性和同一性。

第三節　含蓄的抒情手法與細膩的心理刻畫

　　詩貴含蓄，「篇章以含蓄天成爲上，破碎雕鏤爲下。……詩文要含蓄不露，便是好處。古人說雄深雅健，此便是含蓄不露也。用意十分，下語三分，可幾風雅；下語六分，可追李杜；下語十分，晚唐之作也。用意要精深，下語要平易，此詩人之難。」〔註27〕這是宋代魏慶之在《詩人玉屑》中的經驗之談，他又在同書不同的地方列舉了數首宮怨詩爲含蓄極妙的範例，如「《長恨歌》、《上陽人歌》、《連昌宮詞》，道開元、天寶宮禁事最爲深切。然微之有行宮絕句，云：『寥落古行宮，宮花寂寞紅。白頭宮女在，閒坐說玄宗。』語少意足，有無窮之味。」〔註28〕其實，不只魏氏所舉出的這幾首宮怨詩具有含蓄的特點，唐代絕大部分的宮怨詩都受傳統詩教的影響，遵循著「溫柔敦厚」、「怨而不怒」、「哀而不傷」的創作原則，意不淺露，語不窮盡，用意深沉，含蓄委婉，曲折地表達著深宮女子的愁情怨緒，真正做到了「句中有餘味，篇中有餘意」。歷代詩評家也正是這樣評價唐代宮怨詩的。如方回《瀛奎律髓·宮闈類》中所云：

> 長門買賦，團扇託詞，后妃於君王猶然。婦人女子，疏而不怨，難矣。自《易》之《咸》、《恒》，《詩》之《關雎》、《雞鳴》，其義不明，而後風俗衰，恩義薄，居寵而自損，上也。而或失愛，怨其所可怨，不誹不亂可也。〔註29〕

此段的中心乃是怨可以怨，但要不誹不亂。又如劉克莊《唐五七言絕

〔註27〕《詩人玉屑》，第 209 頁。
〔註28〕《詩人玉屑》，第 211 頁。
〔註29〕《瀛奎律髓》，第 413 頁。

句》序文云：

> 童子請曰：「昔杜牧譏元、白誨淫，今所取多□情春思、宮
> 怨之什，然乎？」余曰：「《詩大序》曰：『發乎性情，止乎
> 禮義。』古今詩至是而止。夫發乎性情者，天理不容泯；
> 止乎禮義者，聖筆不能刪也。小子識之。」〔註30〕

劉氏選取宮怨詩，亦按照「止乎禮義」的標準，其見地與方氏「不誹
不亂」之論相去不遠。可見，歷代詩評家對宮怨詩的評價大抵不出上
述範圍。事實上也的確如此，唐代宮怨詩中的宮女嬪妃們由於久居後
宮，她們早已養成謹小慎微、深藏不露的性格，她們的怨情是一種介
於愛與恨之間的較為溫和的情感，雖幽怨而不失身份，雖痛苦並不過
分。這種情感以含蓄委婉的手法出之，便形成了婉曲深邃的創作風
格，含蓄蘊藉這一詩歌傳統在唐代宮怨詩中得到了很好的體現。再加
上詩人在創作時，有意注重對宮人細膩的心理刻畫，使這種含蓄的詩
風比之其它題材的詩有過之而無不及。

　　首先，唐人善於以典型動作反映宮人的微妙心理。一般來說，
人物的一言一行往往是其微妙心理的反映，古人認為寫其形必傳其
神，傳其神必寫其心。唐代的宮怨詩有的只描寫宮人們日常生活的
瑣事或一兩個細微的動作，就能準確傳達出人物的思想情感和微妙
心理。又由於宮怨詩中主人公特定的生活環境使其極度壓抑，精神
異常空虛苦悶，所以詩人多選取遲緩的動作或無言的舉止來反映其
複雜微妙的心理和情感，如劉言史《長門怨》（獨坐爐邊結夜愁）、
張祜《贈內人》（禁門宮樹月痕過）等詩，都以一連串無言的動作，
反映宮人孤寂的生活和落寞的心態。劉詩以亂撥寒灰、低頭淚下的
動作，傳達出失寵宮人的內心悲傷；張詩以宮人拔釵救飛蛾的舉動，
寫其心地善良和對自我命運的感傷。唐代詩人從各種角度，選取宮
女在日常生活中不經意間的動作或舉止，以生花妙筆深刻反映其內
心的孤獨寂寞、痛苦和憂傷，手法雖簡練但委婉含蓄，給讀者留下

〔註30〕劉克莊：《後村先生大全集》卷九十四，第18頁。

了廣闊的想像空間。

其次，詩人常以夢境表達宮人內心願望。夢是人在無意識中的一種虛妄映象，是人內心活動的一種特殊表現方式，俗話說：「日有所思，夜有所夢」，「白日尋思夜夢頻」。夢是千奇百怪的，但它的出現也受現實生活的影響，夢境往往能反映出人們心裏的某種願望，同時也蘊涵著極爲複雜的情感。所以唐代宮怨詩人常常將夢入詩，通過奇幻的夢境曲折地表達宮人們內心的渴望。其寫夢的方法很多，有的直接寫夢，有的從側面落筆。有愁難入夢，如白居易《後宮詞》（淚濕羅巾夢不成）；有癡情迷夢，如王昌齡《長信秋詞五首》其四（眞成薄命久尋思）；有自沉幻夢，如蕭妃《夜夢》（昨日夢君歸）；有吉祥之夢，如李百藥《妾薄命》（團扇秋風起）；有殘缺之夢，如杜審言《妾薄命》（草綠長門閉）；有心中美夢，如劉方平《長信宮》（夢裏君王近）；有天上仙夢，如戴叔倫《送宮人入道》（蕭蕭白髮出宮門）；有鴛鴦之夢，如錢起《長信怨》（長信螢來一葉秋）；還有心魂之夢：

> 早知君愛歌，本自無縈妒。誰使恩情深，今來反相誤。
> 愁眠羅帳曉，泣坐金閨暮。獨有夢中魂，猶言意如故。
> （袁暉《長門怨》）

> 寂寞故宮春，殘燈曉尚存。從來非妾過，偶爾失君恩。
> 花落傷容鬢，鶯啼驚夢魂。翠華如可待，應免老長門。
> （王貞白《長門怨二首》其一）

> 天上夢魂何杳杳，日宮消息太沉沉。
> 君恩不似黃金井，一處團圓萬丈深。
> （高蟾《長信宮二首》其一）

以上夢境多爲幻夢、癡夢，它主要集中在宮女和失寵嬪妃的癡心望幸上。

第三，詩人又以強烈對比凸現詩歌主題。唐代宮怨詩善於運用對比手法，反映宮人們的不幸遭遇與悲慘命運，常常在今與昔、人與己、人與物的對比中，顯現詩歌的主題。今昔對比，有入宮前與

入宮後的對比，如于濆《宮怨》（妾家望江口），這首詩通過一個宮女入宮前在家受父兄憐愛與入宮後遭受妒忌被打入冷宮的對照，有力地突出了宮怨的主旨。王昌齡的《春宮曲》（昨夜風開露井桃）則在新寵者與失寵者之間進行對比，詩歌著力描寫新人受寵的情形，無形中與失寵者形成巨大的反差，全詩無一字言怨，然而幽怨全出。正如沈德潛所評：「只說他人之承寵，而己之失寵，悠然可會，此《國風》之體也。」〔註 31〕顧況的《宮詞》（長樂宮連上苑春）與王昌齡的《長信秋詞》（奉帚平明金殿開）則是人與物的並寫對比，前者以自由的宮鶯與被棄的宮女進行對比，反襯出宮女被囚深宮的痛苦；後者以失寵宮女的美麗「玉顏」與醜陋的「寒鴉」作比，顯現宮女內心人不如鴉、美不如醜的怨憤。李咸用在《妾薄命》中的對比則更加新鮮，以宮女對流水的妒恨，反映出人不如物的悲苦怨訴。總之，唐人在寫到失寵或不得寵的宮人怨時，通常採用對比、反襯的手法來突出失意宮人的的悲愁。常以他人之得寵與己之失寵比，己之昔日得寵與今日失寵對比，有時人與物對比，在人不如物中揭示出宮人的心酸處境。

　　第四，以環境景物烘託情感氛圍也是宮怨詩人常用的手法之一。人總是生活在一定環境中的，人的主觀心理與思想感情往往會受到外在環境的影響。正如劉勰《文心雕龍·物色》篇中所言：「春秋代序，陰陽慘舒，物色之動，心亦搖焉。」〔註 32〕以景物環境烘託人物的心理情緒，這也是唐代宮怨詩含蓄蘊藉地表情達意常用的方法之一。唐代宮怨詩明顯具有「傷春悲秋」的傾向，而且詩人們準確地把握了宮女的情感脈搏，多以黃昏和深夜為背景，以此烘託她們的內心情感。

　　「春恨秋悲」本是我國古典詩歌的傳統，「寓思本多傷，逢春恨

〔註31〕〔清〕沈德潛著：《唐詩別裁集》，第 646 頁。
〔註32〕〔梁〕劉勰著、范文瀾注：《文心雕龍注》卷十，人民文學出版社 1958年版，第 693 頁。

更長。」〔註33〕唐代宮怨詩繼承並發展了這一傳統，擴大了傷春悲秋的具體內容。宮人們由於特定的生活環境，大都情思細膩、多愁善感，她們對外界事物的變化極爲敏感，天空飄蕩的白雲，河中潺潺的流水，陌上搖擺的春草，空中飄落的秋葉，遙遠天邊的雁鳴，河畔搖曳的新柳，窗前的落花，籠中的鳥兒，只要是觸目之物，隨時隨地都會觸動她們的一懷愁緒。雖然是春光明媚，春意盎然，但映入宮人眼簾的卻滿是愁情恨意。宮怨詩中的傷秋，多與空宮寂寞、情愛無望相關聯，它們也起到了渲染氛圍、襯托心情的作用：

> 紫殿秋風冷，雕甍白日沈。裁紈淒斷曲，織素別離心。
> 掖庭羞改畫，長門不惜金。寵移恩稍薄，情疏恨轉深。
> 香銷翠羽帳，弦斷鳳皇琴。鏡前紅粉歇，階上綠苔侵。
> 誰言掩歌扇，翻作白頭吟。（虞世南《怨歌行》）
>
> 日晚梧桐落，微寒入禁垣。月懸三雀觀，霜度萬秋門。
> 豔舞矜新寵，愁容泣舊恩。不堪深殿裏，簾外欲黃昏。
>
> （薛奇童《怨詩二首》其一）

前一首詩以秋風冷殿烘托宮女的失意憂傷和寂寞憔悴；後一首則以梧桐葉落，寒至禁垣，寫新人的得寵、舊人的愁泣，秋不僅在皇宮深殿，更在失寵宮人的心頭。

　　黃昏深夜是唐代宮怨詩常選用的時間場景。黃昏深夜最易勾起人的愁情別緒，尤其是對於女性，有心理學家研究表明，女性在黃昏時候的感情最爲脆弱，也最容易打動其心田靈魂。黃昏日落鴉雀歸巢，此情此景最易引起孤獨宮人的內心失落。黃昏觸動愁情，夜晚怨恨轉深，冷殿宮娥寂寞憂傷，難訴獨眠之恨，漫漫長夜的無寐中，她們在愁海恨波中苦苦掙扎，如李白《長信宮》（月皎昭陽殿），無數個夜晚，月照無眠，燈前宮娥淚盡腸斷無人知，其哀怨淒苦之情，在詩中全以特定的環境和景物烘托出來。黃昏深夜在此類詩中

〔註33〕韋莊：《春愁》，齊濤箋注：《韋莊詩詞箋注》，山東教育出版社 2002
　　　　年版，第 136 頁。

的作用可謂大矣。誠如錢鍾書先生所言：「蓋死別生離、傷逝遠懷，皆於黃昏時分，觸緒紛來。」〔註34〕黃昏深夜最能顯示出時間意義的悲涼。黃昏意象不僅有這種特定的文化內涵，更重要的是它的暗示性。暗示時間的流逝，暗示漫漫長夜的到來，暗示無法忍受的孤獨之夜的到來。所以，詩人往往將宮中人物的痛苦心理在黃昏深夜這一刻表達，收到了非凡的效果。

　　最後，以傳統的比興寄託手法增添含蓄深婉。某些深有寄託的宮怨詩，其含蓄深婉與其所運用的傳統比興手法密不可分。中國文人歷來就有以男女關係比喻君臣之道的傳統。作者常以女性自比，將君王看做所傾心的男子。屈原在《離騷》中以香草美人以喻君子，借用巫歌中神遊的母題，通過數次「求女」行動，訴說了他的政治失戀。而對時光飛逝、事業功名未就時，屈原發出「惟草木之零落兮，恐美人之遲暮」的感歎。自強不息的君子與渴望出嫁的女子有著同樣的焦慮，擔心歲月蹉跎，無法實現自己的人生價值，這就是「美人遲暮」的最早原型。當詩人受到姦佞小人排擠時，他用癡心女子責備薄情郎的腔調埋怨楚王：「初既與余成言兮，後悔遁而有他。」「攬茹蕙以掩涕兮，沾余襟之浪浪。」這裏開始明顯地以棄婦比逐臣。其後中國古典詩歌逐漸形成了這一傳統，即以男女之情比喻君臣之道，如漢代張衡《同聲歌》：

> 邂逅承際會，得充君後房。情好新交接，恐慄若探湯。
> 不才勉自竭，賤妾職所當。綢繆主中饋，奉禮助蒸嘗。
> 思為莞蒻席，在下蔽匡床。願為羅衾幬，在上衛風霜。
> 灑掃清枕床，鬋芬以狄香。重戶結金扃，高下華燈光。
> 衣解巾粉御，列圖陳枕張。素女為我師，儀態盈萬方。
> 眾夫所希見，天老教軒皇。樂莫斯夜樂，沒齒焉可忘。

〔註35〕

〔註34〕錢鍾書：《管錐編》第一冊，中華書局 1979 年版，第 101 頁。
〔註35〕〔陳〕徐陵編、吳兆宜注、穆克宏點校：《玉臺新詠箋注》卷一，中華書局 1985 年版，第 28 頁。

《樂府古題解》曰:「《同聲歌》,漢張衡所作也。婦人自言幸得充閨房,願勉供婦職,不離君子。思為莞簟,在下以蔽匡床;思為衾裯,在上以護霜露。繾綣枕席,沒齒不忘焉,蓋以喻當時士君子事君之心焉。晉傅玄《何當行》曰:同聲自相應,同心自相知。外合不由中,雖固終必離。管鮑不出世,結交安可為!言結交相合,其義亦同也。」〔註36〕再如曹植《美女賦》等。文人之所以如此,一為干謁求援,二是調侃,三乃寄慨。以女性為喻,可使詩含蓄窈窕,深有寄託。此種做法風靡齊梁,至唐而不衰,如朱慶餘的《近試上張籍水部》(洞房昨夜停紅燭)和張籍的《酬朱慶餘》(越女新妝出鏡心),二人酬答以女子口吻作詩,構思巧妙,含蓄有情,為一時美談,被認為是詩歌中深具情趣的佳構。此事在范攄《雲溪友議》卷下《閨婦歌》條記載云:「朱慶餘校書,既水部郎中張知音。逼索慶餘新制篇什數通,吟改後,只留二十六章。水部置於懷抱,而推贊歟。清列以張公重名,無不繕錄而諷詠之,遂登科第。朱君尚為謙退《閨意》一篇,以獻張公,張公明其進退,尋亦和焉。詩曰:『洞房昨夜停紅燭,……』張籍郎中酬曰:『越女新裝出鏡心,……』朱公才學,因張公一詩,名流於海內矣。」〔註37〕當時此類詩歌,還有張籍《節婦吟》、王建《新嫁娘》等俱以此法見生新之效。這種手法已經自覺地走進了男性的創作之中。在唐代深有寄託的宮怨詩中,這種手法的運用尤其增添了詩歌的委婉深曲,如陳子昂的《感遇詩》其二十六,章碣的《東都望幸》等。創作不拘一格、天馬行空的李賀,其宮怨詩有時更讓讀者難以理解,他的《宮娃歌》曰:

> 蠟光高懸照紗空,花房夜搗紅守宮。
> 象口吹香罷嶝暖,七星掛城聞漏板。
> 寒入罘罳殿影昏,彩鸞簾額著霜痕。
> 啼蛄吊月鈎欄下,屈膝銅鋪鎖阿甄。

〔註36〕《樂府古題·下十》,《四庫全書存目叢書·集部·詩文評類》,齊魯書社1997年版,集415-13。
〔註37〕范攄:《雲溪友議》卷下,第79頁。

　　夢入家門上沙渚，天河落處長洲路。

　　願君光明如太陽，放妾騎魚撇波去。

此詩在形式上遵循了李賀創作的一貫風格，在奇崛幽峭、淒側豔麗
的世界裏，以表面的宮怨表達詩人想要衝破一切世俗束縛的心願。
總之，這些以比興手法抒寫的宮怨詩，表面上抒寫宮怨，實則有深
刻的詩人自身情感寄託，看似淺顯，實則意深。在傳統語境的閱讀
經驗下，它似乎一目了然，所有的內涵顯現於字面，但只有在瞭解
作者的經歷及寫作時的心態後，方能明白其中蘊含的深意。

　　綜上所述，單一的情感取向與悲美的抒情特徵、穩定的體裁形
式與鮮明的意象群體、含蓄的抒情手法以及細膩的心理刻畫，是唐
代宮怨詩的整體特點，充分體現了有唐一代文人的文化心理與情感
模式，其特有的美學魅力感染了一代又一代讀者，時至今日，人們
仍在賞玩不已。

第六章 唐代宮怨詩興盛的原因 及其意義

　　宮怨詩萌芽於先秦，在六朝得以發展，至唐而蔚爲大觀。此類詩雖沒有唐代邊塞詩和山水田園詩那樣的規模與影響，但它們反映了唐代宮中女性的內心世界與情感歷程，以其單純的題材內容，「以悲爲美」的抒情特徵，含蓄蘊藉的表現手法，引起了歷代人們的關注；並以「男子作閨音」的主體錯位，折射出唐人的心理世界與性格特徵，反映了唐代時代變遷和社會發展的某些側面，達到前所未有的興盛。其興盛的背後，有其特定的原因及意義。

第一節　唐代宮怨詩興盛的原因

　　唐代宮怨詩無論是數量還是質量都遠遠超過了前代，其間有廣泛的社會文化背景。唐代的後宮制度、唐代的文化政策、唐人的仕宦心理及傳統題材的慣性是宮怨詩盛於唐的主要原因，尤其是唐人的仕宦心理和傳統題材的慣性是最關鍵的因素。唐人的政治理想、功名之心較重，遇挫而不能實現理想，或登上仕途而歷經坎坷，種種情感體驗與宮女待寵而不得，或得寵復失寵的心理形成了「異質同構」，這樣，宮怨詩就成爲文人特有的抒情方式。加之宮怨是傳

統的詩歌題材，唐以前即有一些宮怨之作，宮怨詩至唐繁榮，乃是水到渠成之勢。

一、唐代的文化政策及文人的婦女觀

　　唐代社會開放，思想活躍，文化政策較爲寬鬆，文壇禁忌不多，這爲宮怨詩的產生與發展奠定了思想基礎，提供了較爲有利的外部條件。唐初太宗力爭周邊少數民族，貞觀四年打敗突厥，成爲東亞盟主；後又征服西突厥、吐谷渾，國力的強大爲文化的發展創造了極爲有利的環境。又由於唐朝帝王的出身使他們對異族文化採取兼收並蓄的態度，使唐代的一切從文學藝術到生活趣味、風俗習慣，都有外來文化的影響。「中外文化交融所造成的這種較爲開放的風氣，對於文學題材的拓展，文學趣味、文學風格的多樣化，都有重要的意義。」〔註1〕更值得注意的是，唐代婦女有較高的社會地位，男女較爲平等，婦女在行爲上也較不受約束。這使唐代在森嚴的封建法制下存在微量的開放性措施——貞操觀念的鬆動，如唐朝公主再嫁、三嫁者皆有。《新唐書·公主傳》載公主再嫁者有二十三人：高祖女四，太宗女六，中宗女二，睿宗女二，元宗女八，肅宗女一。三嫁者四人，高宗女一，中宗女一，元宗女一，肅宗女一。在這樣的社會環境下，歷來被認爲諱莫如深的深宮後院逐漸引起人們的關注。如宮中的風俗習慣、審美風尙有時會被傳到宮外，《唐語林》記載：

> 玄宗柳婕妤有才學，上甚重之。婕妤妹適趙氏，性巧慧，因使工鏤板爲雜花，象之而爲夾結。因婕妤生日，獻王皇后一匹。上見而賞之，因敕宮中依樣製之。當時甚秘，後漸出，遍於天下，乃爲至賤所服。〔註2〕

同書又記：「皇甫德參上書，言：『陛下修洛陽宮，是勞人也。收地

〔註1〕　袁行霈等：《中國文學史》第二卷，高等教育出版社1999年版，第201頁。
〔註2〕　《唐語林》卷四，第149頁。

租，厚斂也。俗尚高髻，是宮中所化也。』」〔註3〕在這樣較爲開放的環境中，甚至也有宮婢救主的事發生，前述德宗時相國竇參的寵妾上清即是其例。之所以有上述種種現象的發生，與唐代相對寬鬆的社會環境分不開。在這種環境下，深宮怨女成爲詩歌描寫的對象才成爲可能。

　　唐代社會環境、文化政策雖較爲寬鬆，但在以男性爲中心的封建宗法社會中，廣大婦女被視爲男子的附庸，社會地位總體十分低下，尤其是被選入深宮的女子，即使有帝王的威嚴存在，也有人敢冒天下之大不韙冒犯宮妃，如：「玄宗所幸美人，忽中夜夢見人召去，縱酒密會，極歡盡意，醉厭而歸。覺來流汗倦怠，忽忽不樂，因言於上。上曰：『此術人所爲也。汝若復往，但隨時以物記之，必驗。』其夕熟寐，飄然又往。美人半醉，見石硯在前席，密以手文印於麴房屏風上。寤而具啓。上乃潛令人詣宮觀求之。果於東明觀中，得其屏風，手文尚在，所居道流已潛遁矣。」〔註4〕此記雖不大可信，有神異色彩，但也表明亦有人敢侵犯後宮嬪妃。那些處在深宮最底層的宮女們地位更爲低下，不僅帝王和嬪妃賤視她們，一些食古不化的官員及文人也鄙視她們。「（景龍三年）二月己丑，幸玄武門，與近臣觀宮女大酺，既而左右分曹，共爭勝負。上又遣宮女爲市肆，鬻賣衆物，令宰臣及公卿爲商賈，與之交易，因爲忿爭，言辭猥褻。上與后觀之，以爲笑樂。」〔註5〕又有：

　　　太宗幸九成宮，還京，有宮人憩湋川縣官舍。俄而李靖、
　　　王珪至，縣官移宮人於別所，而舍靖、珪。太宗聞之怒曰：
　　　「威福豈由靖等！何爲禮靖等，而輕我宮人！」即令按驗
　　　湋川官屬。魏徵諫曰：「靖等陛下心協大臣，宮人皇后賤
　　　隸，論其委任，事理不同。又靖等出外，官吏訪闕廷法式
　　　朝覲，陛下問人疾苦。靖等自當與官吏相見，官吏不可不

〔註3〕　《唐語林》卷三，第91頁。
〔註4〕　《唐語林》卷一，第21頁。
〔註5〕　《舊唐書》卷七，第147頁。

謁。至於宮人，供養之外，不合參承。若以此罪，恐不益
德音，駭天下耳目。」太宗曰：「公言是。」遂捨不問。
〔註6〕

竊以爲，太宗開始的發怒恐怕不是出於對宮人皇后的尊敬，而是對
自己地位尊嚴的維護，因爲在皇帝心中，宮人后妃是其私有之物，
豈能不敬皇上之人而敬他人？魏徵的一番進諫雖有理有據，最終打
消了太宗的怒氣。但可以看出，所有的理論乃建立在「宮人皇后賤
隸」的基礎上。初唐詩人蔡允恭，「荊州江陵人，工爲詩。在隋時，
煬帝有所賦，必令諷誦，遣教宮人，允恭恥之。」〔註7〕蔡允恭所
賦詩，煬帝交給宮人諷誦，允恭竟以爲恥。可見隋及唐初確有少數
文人認爲宮人屬於「賤隸」。但唐代大部分文人有著進步的婦女觀，
他們首先站在「人」的角度，視宮人同正常民間婦女一樣，關心、
同情與重視她們的不幸命運，肯定她們對正常人生的追求，並將其
悲苦哀怨之情寫入詩中。在唐中後期，一些詩人的詩作若被深宮婦
女廣爲傳唱，則視爲是極大的榮耀，這與隋及初唐已有很大的差別。
這不能不歸結爲唐代詩人較爲進步的婦女觀。不僅如此，唐代文人
對弱小女性群體的關注已達到了前所未有的深度。因爲宮怨詩直接
涉及帝王的後宮制度和私生活，在其它時代文人們一向諱莫如深，
而唐代詩人不僅敢於涉足，而且對君王還有所埋怨、諷諫乃至指責，
這就要歸功於唐代詩人的勇氣與進步性了。總之，如果沒有較爲開
明的政治背景和文化環境，沒有唐代文人進步的婦女觀，唐代詩壇
未必會有大量的如此優秀的宮怨詩。

二、唐代的後宮體制

封建帝王爲了一己之私欲，霸佔大量女性以滿足其淫欲和役使
的需要。歷代後宮宮人數量眾多，不獨唐代如此，自先秦皆然。《管

〔註6〕《唐語林》卷一，第 14 頁。
〔註7〕《唐詩紀事校箋》，第 82 頁。

子·輕重甲》云：「昔者，桀之時，女樂三萬人，端噪晨樂，聞於三衢。」〔註8〕《漢書·貢禹傳》曰：「武帝時，又多取好女至數十人，以塡後宮。……諸侯妻妾或至數百人，豪富吏民畜歌者至數十人，是以內多怨女，外多曠夫。」〔註9〕唐人更認爲漢代宮人不止此數，如：「開元十年，左拾遺劉肜上表論鹽鐵曰：『臣聞漢武帝爲政，廄馬三十萬，後宮數萬人。』」〔註10〕王莽後宮宮人也不少，《後漢書·劉玄傳》：「王莽敗，唯未央宮被焚而已，其餘宮館一無所毀，宮女數千，備列後庭。」〔註11〕魏晉南北朝時，宮人亦不少，如《晉書·胡貴嬪傳》：「（晉武帝）多內寵，平吳之後，復納孫皓宮人數千，自此掖庭殆將萬人。而並寵者甚眾，帝莫知所適，常乘羊車，恣其所之，至便宴寢。宮人乃取竹葉插戶，以鹽汁灑地而引帝車。」〔註12〕而在唐代以前，後宮人數最多的乃是隋煬帝，其「迷樓」所居佳麗數千，從長安至江都有離宮四十餘所，僅據唐太宗即位之初，放出宮女六千人來算，隋煬帝的後宮人數最多時達幾萬人。至唐，宮人數目亦不減前代，多時達到四萬，見第二章第一節「唐代宮人概況」。又《唐會要》記載：

> 貞觀二年春三月，中書舍人李百藥上封事曰：「……竊聞大安宮及掖庭內，無用宮人，動有數萬。衣食之費，固自倍多，幽閉之怨，足感和氣。」〔註13〕

「幽閉之怨，足感和氣」，確爲實情，不僅民聲有怨，後宮之內也時有爭寵之事，有傷宮內和氣。如《舊唐書》記載，當武則天於感業寺被召入宮拜昭儀後，「時皇后王氏、良娣蕭氏頻與武昭儀爭寵，

〔註8〕《管子》卷二三，見《二十二子》，上海古籍出版社 1986 年版，第184 頁。

〔註9〕《漢書》卷七十二，中華書局 1962 年版，第 3071 頁。

〔註10〕劉肅：《大唐新語》卷四，中華書局 1984 年版，第 67 頁。

〔註11〕《後漢書》卷一一，中華書局 1962 年版，第 470 頁。

〔註12〕《晉書》，中華書局 1974 年版，第 962 頁。

〔註13〕《唐會要》，四庫全書本。

互讒毀之，帝皆不納。」﹝註14﹞唐代先後在位的二十一位帝王，大多數無法改變沉湎女色、縱情放欲的本性，他們以至高無上的特權，霸佔了數以萬計的年輕貌美女子供其享樂，其中尤以玄宗為最。其他帝王如敬宗、穆宗、僖宗等，後宮生活也與玄宗相去不遠。﹝註15﹞如此龐大的後宮隊伍，造成無數女子的悲苦怨情，自然會引起文人的注意而加以吟詠。所以說，唐代的後宮制度是唐代宮怨詩產生的基礎。另外，由於政治或經濟上的原因，在一些進步官員的極諫下，唐代帝王往往揀放宮女，由此一些宮闈秘事得以傳播，從而使宮怨題材有得以流傳的可能。史載：「（景龍四年）宮人比來取百姓子女入宮者，放還其家。」﹝註16﹞肅宗至德三年，「內出宮女三千人」。﹝註17﹞又：「（神龍）四年正月望夜，帝與后微行市里，以觀燒燈。又放宮女數千。」﹝註18﹞當然，揀放宮人也並不始於唐代，唐以前即有放遣宮女的先例，如《全梁文》卷二記錄有梁武帝《放遣宮女詔》：「宋氏以來，並恣淫侈，傾宮之富，遂盈數千。推算五都，愁窮四海，並嬰罹冤橫，拘逼不一。撫弦命管，良家不被蠲；織室繡房，幽戶猶見役。弊國傷和，莫斯為甚。凡後宮樂府，西解暴室，諸如此例，一皆放遣。若衰老不能自存，官給廩食。」﹝註19﹞後魏、後周均有簡出宮人的事例，唐代帝王在某種意義上只不過是遵循了這一傳統而已，並不見得有多麼開明，但在客觀上卻使少數宮人走出了深宮，使一些宮內秘事得以在民間傳播，這也為

﹝註14﹞《舊唐書》卷六，第 115 頁。

﹝註15﹞唐代帝王中能自覺拒絕進獻宮人的寥寥無幾，史載憲宗曾拒絕女樂進獻：「憲宗寬仁大度，不妄喜怒。便殿與宰臣論政事，容貌恭肅。延英入閣，未嘗不以天下憂樂為意。四方進女樂皆不納。謂左右曰：『嬪御已多，一旬之中，資費盈萬，豈可更剝膚取髓，強娛死不耳目。』其儉德憂民如此。」（《唐語林》，第 26 頁。）

﹝註16﹞《舊唐書》卷七，第 154 頁。

﹝註17﹞《舊唐書》卷十，第 251 頁。

﹝註18﹞《舊唐書》卷五十一，第 2174 頁。

﹝註19﹞《全梁文》，第 2954 頁

宮怨詩特別是一些宮詞的產生奠定了基礎。

三、唐人的仕宦心理及傳統題材的慣性

　　由於唐代特定的社會環境與文化氛圍，使許多文人都心懷政治理想、功名之心，而且這種功名之心比其它時代要強烈得多，「唐代士子對於仕進的熱心是空前的，詩人更是得風氣先，差不多都不安分僅僅作詩人（況且當時並無詩人這一社會職業），而企求仕途的顯達。」〔註20〕但在唐代，君主雖較爲開明，文人實現理想的機會要比前代有所增加，但大部分文人的仕途並不是一帆風順的，有些文人一生努力，卻布衣而終。即使有幸登上仕途的文人也都曾遇到挫折，或貶或降，仕途人生失敗的經歷給他們的心靈投下了濃重的陰影。文人的這種仕途遇挫而不能實現理想，或登上仕途而歷經坎坷，種種情感體驗與宮女待寵而不得，或得寵復失寵的心理形成了「異質同構」。因爲才高命蹇的詩人與紅顏薄命的宮人之間有許多相似之處：一個是天生賢才屈沉下僚，一個美如芙蓉卻閉鎖深宮；一個是功名心切屢遭貶謫，一個是癡情望幸反被棄冷宮，同病相憐的處境，使唐代文人往往借思婦怨女婉託自己的失意情懷。況且這種手法本就是中國古代詩歌的傳統，因在儒家思想中，君臣關係與夫妻關係在觀念上是一致的，自古以來「逐臣棄婦同情也。」〔註21〕一般來說，在寫怨夫思婦情懷時，就會隱喻孤臣之感，「而傷遇合之不再，故放臣同情也。」〔註22〕從這個角度來說，宮怨詩是以他人酒杯澆自己心中塊壘的產物。這樣，宮怨詩就成爲文人特有的抒情方式。以唐代宮怨詩的能手王昌齡爲例，王昌齡自幼胸懷大志，仕進心切，然而一生落拓，屈志難伸，其懷才不遇、抑鬱寡歡的孤憤，促使他

〔註20〕薛天緯：《干謁與唐代詩人的心態》，《唐代文學研究》第五輯，廣西師範大學出版社1994年版，第3頁。
〔註21〕〔清〕陳沆：《詩比興箋》，中華書局1959年版，第196頁。
〔註22〕《詩比興箋》，第19頁。

寫宮怨抒發一己之情，因而創作了大量「深情幽怨，意旨微茫」的宮怨詩，從而使其宮怨詩成為他筆下與邊塞詩、送別詩鼎足而三的詩歌題材。再如白居易，他的《陵園妾》全詩表面上是為那些被讒遭罰的宮人鳴不平，實際上是借陵園妾被幽閉的苦況，為那些被讒言中傷貶謫異地的官員們陳訴冤屈。李白的《妾薄命》雖未標明所託之意，然而詩歌對漢代陳皇后由得寵到失寵的描寫，使人深信「以色事人者，能得幾時好」是詩人發自內心的怨憤之詞。可見，唐代宮怨詩中有相當一部分是詩人仕宦心理的反映。

宮怨詩在唐代的高度繁榮與傳統題材的慣性也分不開。宮怨本就是傳統的詩歌題材，唐以前即有一些宮怨之作，宮怨詩至唐繁榮，乃是水到渠成之勢。首先從選材上來看，唐代宮怨詩主要集中在長門怨、長信怨、銅雀臺及王昭君等傳統歷史題材上。其中吟詠王昭君的有 52 首，吟詠長門事的有 43 首，吟詠長信事的有 43 首，吟詠銅雀臺事的有 36 首，這四種題材的宮怨詩共有 174 首，占宮怨詩總數的 40%。這種題材選擇與六朝是一致的。其次從體裁上來看，以五言為主的古樂府一直是宮怨詩的主要體式，這種情況從六朝開始到唐末並沒有太大的變化。再次，從藝術手法來看，哀怨的思想情感、傳統的比興寄託、含蓄蘊藉的抒情及較為固定的意象群也是六朝以來宮怨詩的主要特色。從中可以看出，詩歌自身發展的規律也使唐人選擇宮怨題材進行創作，這是唐代宮怨詩興盛不可忽視的因素之一。正如錢志熙先生所說：「藝術有自身的發展規律，造成一段具體的詩歌史的狀貌的，除了社會文化的各方面的原因外，詩歌史自身的發展規律，往往有著更帶必然性的作用。」〔註 23〕當然，唐詩整體上的高度繁榮也帶動了唐代宮怨詩的興盛。「凡是生活中用到文字的地方，他們一律用詩的形式來寫，達到任何事物無不可以入

〔註 23〕錢志熙：《對中國古代詩歌史研究的一些思考》，《北京大學學報》（社科版），2005 年第 4 期。

詩的程度。」〔註24〕在這個詩歌高度發達的國度，宮怨作爲詩歌的古老題材，在此時期興盛乃是順理成章之事。

第二節　唐代宮怨詩的文化意義

宮怨詩在唐代的興盛，有其文化意義。在最基本的層面上，宮怨詩反映了不爲大多數人所知的宮廷生活，表現了宮人的內心情感；其次，一些宮怨詩隱含時事變遷，體現盛衰變化之理；最重要的是，宮怨詩也是唐代文人抒發一己情懷的產物，從中透露出唐代文人的生命形態與性格特徵。

一、反映宮廷生活，表現宮人內心情感

後宮女子是一個龐大的弱勢群體，當這一女性群體進入文人的視野，便產生了豐富多彩的宮怨詩，通過這些宮怨詩我們可以瞭解難爲人知的宮廷生活，特別是瞭解當時宮廷的歌舞情況，並有助我們探析宮人的生存狀態，瞭解古代女性群體的情感世界，獲悉她們的人生結局。

首先，通過宮怨詩，我們可以瞭解唐代宮人的宮廷生活，與史料相參證，有些甚至可補史之闕漏。宮女們的主要任務就是爲皇帝服務，她們的重要工作之一就是文藝演出，所以宮怨詩有不少反映宮人們歌舞與演奏樂器的作品。元稹《連昌宮詞》：「力士傳呼覓念奴，念奴潛伴諸郎宿。須臾覓得又連催，特敕街中許燃燭。春嬌滿眼睡紅綃，掠削雲鬟旋裝束。飛上九天歌一聲，二十五郎吹管逐。逡巡大遍《涼州》徹，色色《龜茲》轟錄續。」並自注云：

> 念奴，天寶中名倡，善歌。每歲樓下酺宴，累日之後，萬眾喧隘。嚴安之、韋黃裳輩辟易而不能禁，眾樂爲之罷奏。玄宗遣高力士大呼於樓上曰：「欲遣念奴唱歌，邠王二十五郎吹小管逐，看人能聽否？」未嘗不悄然奉詔，其爲當時

〔註24〕鄭臨川：《聞一多論古典文學》，重慶出版社 1984 年版，第 83 頁。

所重也如此。然而玄宗不欲奪俠遊之盛，未嘗置在宮禁。或歲幸湯泉，時巡東洛，有司潛遣從行而已。〔註25〕

《連昌宮詞》的內容除傳統意義上的宮怨外，還有更複雜更深層的主旨。詩歌本身及其自注提供了開元時期宮廷的歌唱情況，如王建《宮詞一百首》之五十六（未曾恩澤一家愁），《教坊記》云：「戲日，內伎出舞，教坊人惟得舞《伊州》、《五天》，重來疊去，不離此兩曲，余盡讓內人也。」〔註26〕這位宮人和她的家人也許是抱著入內便承恩的想法入宮的，然而事實上卻是，至今不僅未受恩澤，目前學習的還是最普通的曲子，加之聲音的生澀難聽，要想藉此獲寵談何容易？從這首宮怨詩中可知，《伊州》只是普通的曲子。宮人不僅分等，連曲子的難易都要隨之分級。又如王建《宮詞一百首》之六十五（內人相續報花開），「宜春院」是唐代專為歌舞藝伎們排舞練唱的地方，其中所居之人乃屬上等的「內人」。這些均可與唐代的歌舞史料相參證，前面已有論述。

一些宮怨詩中的女主角在當時是著名的歌唱家，深受皇帝喜愛，可她們的命運也往往是悲慘的，這些事情，唐代的歌舞史料未必一一記載得很清楚，而宮怨詩則可彌補此闕。如張祜的《宮詞二首》，清人賀賞云：「宮體諸詩，實皆淺淡，即『故國三千里，深宮二十年』，亦甚平常，不知何以合譽至此？」〔註27〕其實，賀氏並未看出此詩的奧妙之處，才有此不公之論。第一，何滿子是宮妓名，且是一個悲劇人物形象，如白居易《聽歌六絕句》之五《何滿子》（世傳滿子是人名），詩題下注云：「開元中，滄州有歌者何滿子，臨刑，進此曲以贖死，上竟不免。」〔註28〕第二，何滿子是曲調名，具有濃鬱的感傷色彩。張祜《孟才人歎》詩前小序云：「武宗皇帝

〔註25〕《元稹集》，第270～271頁。
〔註26〕《中國古典戲曲論著集成》一，中國戲劇出版社1959年版，第12頁。
〔註27〕《清詩話續編》，第369頁。
〔註28〕《白居易集》卷第三十五，中華書局1979年版，第811頁。

疾篤，遷便殿。孟才人以歌笙獲寵者，密侍其右。上目之曰：『吾當不諱，爾何為哉？』指笙囊泣曰：『請以此就縊。』上憫然。復曰：『妾嘗藝歌，請對上歌一曲，以泄其憤。』上以懇許之。乃歌『一聲何滿子』，氣亟立殞。……明年秋，貢士文多以為之目。大中三年，遇高於由拳，哀話於余。聊為興歎。」其詩曰：「偶因歌態詠嬌嚬，……下泉須弔舊才人。」〔註29〕可見，何滿子又是曲調名。由當時的名伎何滿子臨刑前所創，後來不斷被宮中歌舞伎所唱。

　　另外，通過這些詩歌與記載，可以較為清晰地看到宮妓的前生後世：未獲恩寵時，盡心練唱排舞，希望有朝一日能得恩澤；獲寵之後，可能受到排斥與嫉妒，一旦寵愛不再，則日子更加難過。有些宮怨詩寫出了宮妓們深宮生活的艱辛：「朝元閣上山鳳起，夜聽霓裳玉露寒。宮女月中更替六，黃金梯滑並行難。」〔註30〕就在明皇盡情享樂時，宮人們卻立在寒風中，還要上下被露水打濕的窄窄的梯子，顯得特別困難。有些詩歌還表現了舞女們的微妙心理，如王建《宮詞一百首》之五十三（行中第一爭先舞），伴奏之人為何要把音樂節拍打亂？或為讓舞女出醜，以便自己得寵，或是無意出錯，總之，當音樂節奏無法正常運行時，聰明的舞女只好急翻羅袖，以掩飾錯誤，逃過一場災難。

　　其次，通過宮怨詩，我們可以瞭解宮人的人生結局。有些宮人實在不堪忍受紅顏招妒，老於宮中，不得已選擇出家作女道士或尼姑，許多詩人都作有「送宮人入道」詩，如韋應物《送宮人入道》描寫了宮人當女道士的情形：入道之後，說起宮內的相妒情形，依然不免淚雨紛紛。此詩從一側面反映了宮女的人生結局。再如王建的《送宮人入道》（休梳叢鬢洗紅妝），詩中妝扮的變化顯示了身份的變化。宮人有心皈依佛門，卻被迫入道，人生總是事與願違。唐代公主時有出家者，如玉真公主、華陽公主等，公主出家後，在觀

〔註29〕《全唐詩》卷五百十一，第5849～5850頁。
〔註30〕王建：《霓裳詞十首》其九，《全唐詩》卷三百一，第3425頁。

內伴隨的大部分是宮人，公主出家，她們也隨著被迫出家。《唐語林》卷七：「政平坊安國觀，明皇時玉眞公主所建。……女冠多上陽宮人。」〔註31〕在盧倫的《過玉眞公主影殿》（夕照臨窗起暗塵）中，昔日曼妙美麗的歌舞人變成了呆頭呆腦的誦經人，思想麻木，缺乏生命的活力和生活的興趣，對春天的到來毫無知覺。再如白居易的《春題華陽觀》（帝子吹簫逐鳳凰），此詩題下注云：「觀即華陽公主故宅，有舊內人存焉。」據《新唐書》卷八三《諸帝公主傳》記載，華陽公主爲代宗女，「貞懿皇后所生。韶悟過人，帝愛之。視帝所喜，必善遇；所惡，曲全之。大曆七年，以病丐爲道士，號瓊華眞人。病甚，醫帝所傷。薨，追封。」〔註32〕更有甚者，有些宮人最後淪爲煉藥師。許渾《贈蕭煉師》序云：「煉師，貞元初，自梨園選爲內妓，善舞柘枝，宮中莫有倫比者，崇錫甚厚。及駕幸奉天，以病不獲隨輦，遂失所止。泊復宮闕，上頗懷其藝，求之浹日，得於人間。後聞神仙之事，謂長生可致，乞奉黃老，上許之，詔居嵩南洞清觀。」〔註33〕

有些歌舞宮人在宮中度過了漫長的執教生涯，最後默默老去。這些宮人犧牲了自己的青春與生命教育新人，而新人的美妙歌舞受到喝彩時，她們卻在默默無聞中衰老、死亡。有些宮人的最後命運似乎較好，被釋放出宮。但實際並非如此，出宮後的處境並無大的改善，生活依然令人同情，如吳少微《怨歌行》：「天王貴宮不貯老，浩然淚隕今來還。自憐轉晚暮，試逐佳遊芳草路。小腰麗女奪人奇，金鞍少年曾不顧。」雖然被放出宮，但青春已逝，想要獲得美滿的婚姻也是很困難的。崔顥《邯鄲宮人怨》：「一旦放歸舊鄉里，乘車垂淚還入門。父母憐我曾富貴，嫁與西舍金王孫。念此翻覆復何道，百年盛衰誰能保。憶昨尚如春日花，悲今已作秋時草。」雖然這位宮人最後嫁爲人婦，也許實現了她多年在宮內的理想，但此時年老色衰，生活又能如

〔註31〕《唐語林》卷七，第 252 頁。
〔註32〕《新唐書》卷八三，第 3660 頁。
〔註33〕《全唐詩》卷五百三十七，第 6128 頁。

何美好呢？有些宮人雖最後被釋放出宮，但因各種原因，無家可歸。如張籍的《舊宮人》（歌舞梁州女），從詩中就可看出，家已沒爲蕃地，哪裏還有家的影子？有些宮人剛出後宮，轉眼又成爲達官貴人的樂妓，如劉言史《贈陳長史妓》：「寶鈿雲和玉禁仙，深含媚靨裹朱弦。春風不怕君王恨，引出幽花落外邊。」從詩題得知，這位樂妓爲陳長史妓，但詩題下自注云：「本內宮人」，可見，身份變了，但生活方式未變，處境亦無大的改善。但無論如何，釋放宮人的措施還是受到人們的歡迎，這些詩歌中所反映的情況與史書暗合。《唐會要》卷三《出宮人》云：

> 長慶四年二月，敕先在掖庭宮人及逆人家口，並配内園者，並放出外，任其所適。其月敕文，宮中老年及殘疾不任使役，並有父母者，並委所司，選擇放出。〔註34〕

其它類似記載還有很多，而上述宮怨詩則印證了史書的記載，與史之互補，有些可補史闕，證明了宮怨詩的史料價值。

二、隱含時事變遷，體現盛衰變化之理

有些宮怨詩人借助宮人命運隱含時事變遷，表達盛衰變化之理，如張祐著名的兩首《退宮人》，詩中主人公先是開元皇帝的寵兒，回憶當年承天門上的盛宴，是「百官樓拾下金錢」。這並不是詩人的想像之景。據史書記載，先天二年九月己卯，玄宗「宴王公百僚於承天門，令左右於樓下撒金錢，許中書門下五品已上官及諸司三品已上官爭拾之，仍賜物有差。」〔註35〕朝庭舉行盛大宴會，組織大型文藝演出活動，並別出心裁的讓「百官樓下拾金錢」，這是文武百官慶祝盛世景況、表達歡樂情緒的一個典型事件。詩人在安史之亂後回憶這一段歷史，已是盛況不再，宮人「流落人間」。這既是對盛世的追憶與留戀，也是對繁榮不再的歡息與無奈，表達的是一種時移世遷、盛衰變化的複雜情緒。

〔註34〕《唐會要》，四庫全書本。
〔註35〕《舊唐書》卷八，第171頁。

元稹《行宮》（寥落古行宮），暗寓引古鑒今之意，憑弔古今之情，向來極負盛名。《養一齋詩話》卷三云：「『寂寞古行宮』二十字，足眩《連昌宮詞》六百餘字，尤爲妙境。」〔註36〕而其妙處正在於「語少意足，有無窮之味。」〔註37〕詩人只選取白頭宮女「閒坐說玄宗」的細節組成全篇。這些宮人從青春紅顏到白髮暗生，在深宮後院痛苦地熬煎了一生，她們實應怨玄宗、怒玄宗、恨玄宗，然而，詩人棄此種種而不用，只讓這些宮人閒坐無聊，數說玄宗昔時的繁華，以此爲談資而消磨時光。她們既不激憤，也沒有絕望，只是麻木地說說而已，甚至談起自己的過去，像談論別人的故事一樣，心如死水，無怨無恨。「閒坐說玄宗」看似輕筆帶過，卻蘊含了詩人古今盛衰之概！眞乃是明皇已往，盛世不返，遺宮寥落，無限感慨都借白頭宮女寫出。而這正是「無窮之味」的「意味」所在。沈德潛《唐詩別裁集》：「『說玄宗』，不說玄宗長短，佳絕！只四語，已抵一篇《長恨歌》矣。」〔註38〕

再如溫庭筠筆下的《彈箏人》：「天寶年中事玉皇，曾將新曲教寧王。鈿蟬金鳳零落盡，一曲伊州淚萬行。」據《新唐書·禮樂志》記載，「開元二十四年，升胡部於堂上。而天寶樂曲，皆以邊地名，若《涼州》、《伊州》、《甘州》之類」。〔註39〕可見《伊州》是天寶年間的流行音樂。而寧王是唐睿宗的長子，唐玄宗的哥哥，他精通音樂。《新唐書·禮樂志》又載，玄宗「及即位，命寧王主藩邸樂，以亢太常，分兩朋以角優劣」，〔註40〕又說玄宗「好羯鼓，而寧王善吹橫笛」。〔註41〕寧王於「開元二十九年薨」，可見在詩人心中，寧王是大唐盛世的代表人物。詩中通過精美首飾的遺失與彈箏時的淚水，感歎時代

〔註36〕《清詩話續編》，第 2047 頁。
〔註37〕紀昀：《容齋隨筆》，四庫全書本。
〔註38〕《唐詩別裁集》，第 628 頁。
〔註39〕《新唐書》卷二十二，第 476 頁。
〔註40〕《新唐書》卷二十二，第 475 頁。
〔註41〕《新唐書》卷二十二，第 476 頁。

的變遷，通過個人命運的變化，表達以寧王與玄宗所代表的盛世的不復存在。

　　有的詩人借舊宮人表達自己的政治情懷，反映當時朝士的命運沉浮。如劉禹錫《聽舊宮中樂人穆氏唱歌》：

　　　曾隨織女渡天河，記得雲間第一歌。
　　　休唱貞元供奉曲，當時朝士已無多。〔註42〕

如果說僅從此詩還很難看出詩後的政治風雲變幻，那麼聯繫詩人另兩首遊玄都觀絕句，便可發現此詩背後的深層意蘊。我們試作一對比：

　　　紫陌紅塵拂面來，無人不道看花回。
　　　玄都觀裏桃千樹，盡是劉郎去後栽。〔註43〕

　　　百畝庭中半是苔，桃花淨盡菜花開。
　　　種桃道士今何在？前度劉郎今又來。〔註44〕

可以看出，此三首詩的落腳點均在於人，第一首是「朝士」，後兩首是「劉郎」，即劉禹錫自指。無疑，三首詩均包含了人事變遷。若聯繫時代背景與詩人的個人經歷，則更清晰地看出三首詩在精神內蘊上的一致性。劉禹錫於貞元九年考取進士，貞元十一年通過吏部考試踏上仕途。貞元十九年任監察御史。貞元二十一年順宗即位，改元為永貞。在順宗的支持下，王叔文等實行政治改革，劉禹錫參與其事。隨後改革失敗，王叔文、劉禹錫等人被貶。元和十年，劉禹錫奉召至京，寫下著名的《元和十年自郎州承招至京戲贈看花諸君子》，語涉譏諷，得罪新貴，於是又被外放。文宗大和二年，才被召回長安，此時宮中已經歷了太多變化，憲宗、穆宗、敬宗三位皇帝，均已去世。詩人經歷了太多的曲折，於是他感慨萬千，又寫下《再遊玄都觀絕句》，此首詩前有序，云：

〔註42〕　《劉禹錫集》，中華書局1975年版，第232頁。
〔註43〕　《元和十年自郎州承招至京戲贈看花諸君子》，《劉禹錫集》，第218頁。
〔註44〕　《再遊玄都觀絕句》，《劉禹錫集》，第218頁。

> 余貞元二十一年爲屯田員外郎，時此觀未有花。是歲出牧
> 連州，尋貶朗州司馬。居十年，召至京師，人人皆言有道
> 士手植仙桃，滿觀如紅霞，遂有前篇以誌一時之事。旋又
> 出牧，於今十有四年，復爲主客郎中。重遊玄都，蕩然無
> 復一樹，唯兔葵燕麥動搖於春風。因再題二十八字以俟後
> 遊。時大和二年三月。〔註45〕

小序清楚地再現了詩人此一階段的人生經歷。再讀《再遊玄都觀絕
句》和《聽舊宮中樂人穆氏唱歌》會發現，兩首詩寫的均是這一段
仕宦經歷，所包含的不僅僅是個人的人生歷程，也是國家時事的變
遷。正如沈祖棻所分析的：

> 這首詩即作於飄零宦海，久歷風波之後，反映了他追念往
> 日的政治活動，傷歎自己到老無成的感情。這不只是個人
> 的遭遇問題，而更主要的是國家的治亂問題。所以，滲透
> 於此詩中的感情，主要是政治性的。〔註46〕

還有的詩人通過歷史遺迹表達盛衰之理，華清宮就是詩人樂於歌詠
的地方。天寶年間，華清宮臺殿環列，盛況空前，明皇時時遊幸；
但安史之亂后皇帝很少再涉足，宮內的宮人亦隨之被冷落。如高蟾
《華清宮》：「何事金輿不再遊，翠鬟丹臉豈勝愁？重門深鎖禁鍾
後，月滿驪山宮樹秋。」國運衰微，君王很少來此遊幸，但封閉在
宮內的宮人如何得知個中緣由？一句「何事金輿不再遊」，以詢問
的方式，隱含著歷史變遷。還有一些詩歌宮怨主題淡化，剩下的只
是對歷史的慨歎，如張籍的《華清宮》：「溫泉流入漢離宮，宮樹行
行御殿空。武帝時人今欲盡，青山空閉御牆中。」〔註47〕明皇時盛
極一時的華清宮，現在已變得冷冷清清，青山宮樹空閉，再也無人
來此享受，而盛世也不復重現。

因此，通過宮怨詩，我們可以看到政治的變遷，時代的更替，爲

〔註45〕《劉禹錫集》，第218頁。
〔註46〕《唐人七絕詩淺釋》，第117頁。
〔註47〕《全唐詩》卷三百八十六，第4357頁。

我們瞭解唐代政治與文化提供了另一種渠道。

三、抒發文人情懷，透露文人生命形態

　　雖然唐代婦女的社會地位較後世如明清等時代較高，但唐代社會基本上仍維持著男尊女卑的傾向。既使有名號的嬪妃，相對於至尊天子來說，她們也不過是供天子驅使的女人而已。至於後宮中供役使之職的宮女，因籍沒而入宮的賤民之類，她們更是沒什麼地位，只是微不足道的賤民。唐代宮怨詩正描寫了君王與宮人之間這種不平等的兩性關係，而這種兩性關係往往又是君臣關係的寄寓。又由於唐代宮怨詩以男性作家代言為主，所以宮怨詩中所呈現的兩性關係，可以視為唐代男性文人性格所投射於文學上的心理反映。事實上，就是女詩人所作的宮怨詩，其所呈現的男女關係，亦未見大異於男性詩人。因此，通過對唐代宮怨詩中兩性關係的分析，我們可以分析唐代文人的生命形態及其性格特徵。

　　首先，唐代宮怨詩所揭示的是唐代文人被動的生命狀態。在唐代宮怨詩中，宮人是被吟詠的對象，她們往往以被動的姿態出現。相反，君王則常以主動的形態出現。如陳子昂《感遇》其二十六，君王可自由地與白雲同遊，而宮人只能幽閉於層城，癡等君王的到來。這實可視為主動與被動的對比。這正表現了唐代文人的一種生命狀態：文人在很大程度上只能被動接愛君王的賞愛與識拔，而不能主動地改變自己的命運。在唐代宮怨詩中，君王的主動姿態常配合「輿」、「輦」、「六龍」等意象的出現，以顯示君王活動自如的主動狀態。相對於君王的主動形象，宮人就只能獨守在有限的空間之內，等候君王寵召，如王維《班婕妤》三首其二：「宮殿生秋草，君王恩倖疏。那堪聞鳳吹，門外度金輿。」「宮殿生秋草」，寂寥荒廢之貌，是宮人所處的空間；「門外度金輿」，則為君王任意活動的表現。二句並觀，一靜一動，一被動一主動，相對之意甚明。這種相對在王貞白《長門怨》二首其二中表現得更為明白：「鑾駕迷終轉，

蛾眉老自愁。」類似的還有：

> 小苑鶯歌歇，長門蝶舞多。
>
> 眼看春又去，翠輦不經過。（令狐楚《思君恩》）
>
> 枝枝交影鎖長門，嫩色曾沾雨露恩。
>
> 鳳輦不來春欲盡，空留鶯語到黃昏。
>
> （王貞白《折楊柳》三首其一）

「翠輦」、「鳳輦」不來，於是宮人有傷春悲秋之歎。來遊與否，君王任意而為，宮人只能順從君王的決定，隨之或悲或喜。更明顯的例子還有徐夤的《上陽宮詞》：「點點苔錢上玉墀，日斜空望六龍西。」李建勳《宮詞》：「君王一去不回駕，皓齒青蛾空斷腸。」「六龍西」、「不回駕」，表示君主的任意往還；「日斜空望」、「空斷腸」，則說明宮人的望眼欲穿。二者主動、被動的姿態，極其分明，其間的尊卑、主次、強弱，亦因此而立判於讀者眼前。而這正是唐代士人生存狀態的生動寫照。士人的用與不用，窮達之運，完全繫於君王一人。士人只能被動等待，隨之或喜或悲。近人黃永玉做了更深入的分析：「古典詩中『宮詞』數量之多，絕不是喜歡『將別人的痛苦，作為自己吟弄欣賞的材料』，實在是觸及了社會制度、政治結構、基本象徵與命運無奈的種種緣故。」〔註48〕

其次，唐代宮怨詩也顯示了唐代文人依賴的性格心理。宮女的愛情實現離不開君王的權力賦予，宮女之於君王好像浮萍離不開水，植物離不開太陽，又或影子離不開物體，水、太陽就是君主權力的化身。此種隱喻正表現了唐人對君主的依賴心理。如于武陵《長信宮》二首其二：「一失輦前恩，綺羅生暗塵。」「君心似秋節，不使草長春。」嚴識玄《班婕妤》：「賤妾如桃李，君王若歲時。秋風一已動，搖落不勝悲。」二詩把君王比喻為「似秋節」、「若歲時」，把宮人比喻作「草」、「桃李」，蓋植物之仰賴天時節候，來比喻君

〔註48〕黃永玉：《第一功名只賞詩》，見《讀書與賞詩》，洪範書店 1997 年版，第 3～4 頁。

王對文人的統治能力。植物仰靠天時節候，是先天的關係，詩人以此比喻自己對君王的依賴乃是天性使然，不可改變。此種對君主的依賴心理，又可見於周濆《重門曲》：「憔悴容華怯對春，寂寥宮殿鎖閒門。此身卻羨宮中樹，不失芳時雨露恩。」「此身」卻羨宮樹，因宮樹不乏雨露的恩澤。雨露一物，點鐵成金，起死回生，用意乃在於喻指君王對文人的主宰權威。「羨」字表明文人對這種權威的依賴、渴慕和崇仰。凡此種種比喻，無非表明君王之統治文人，以及文人之甘於受君王統治而已。

第三，某些唐代宮怨詩亦曲折地反映了唐代文人之間激烈的仕途競爭。唐代宮怨詩中常寫紅顏招妒的命運，之所以受到嫉妒，乃是宮人眾多，而君王只有一位。宮人們彼此之間並沒有容貌、才能上的太大差異，受寵者自然會受到其他宮人的排斥與嫉妒。這種單一與眾數的矛盾，也隱含了唐代士人宦海的激烈競爭。白居易《後宮詞》（雨露由來一點恩）寫得最為明白，君恩一點，而宮女三千，正是一數與眾數的對比。二者之間的懸殊，不僅表白了君王對宮人的主宰權威，也透露了宮人之間存在的隱性競爭。又如薛逢《宮詞》：「十二樓中盡曉妝，望仙樓上望君王。」十二樓中曉妝者，全是宮人，其同時翹首以待者，只是君王一人而已。君王於詩中是眾宮人的目光焦點所在，亦是眾宮人崇仰的中心。王建、花蕊夫人的《宮詞》中，亦有借君王與眾宮人的相對來寄寓競爭之意的。如：

太虛高閣淩虛殿，背倚城牆面枕池。
諸院各分娘子位，羊車到處不教知。

（花蕊夫人《宮詞》其十三）

六宮官職總新除，宮女安排入畫圖。
二十四司分六局，御前頻見錯相呼。

（花蕊夫人《宮詞》其十六）

「諸院各分娘子位」，實言宮人人數眾多，而其同一關心的，乃是君王的來幸與否。至於「二十四司分六局」，更是極言宮人之多，競爭

之激烈。由於這種激烈的競爭,宮人們則各顯身手,極力在競爭中出位。如王建《宮詞》(聖人生日明朝是)、(宛轉黃金白柄長)、(行中第一爭先舞),第一首寫宮女爭寵時的心機,聞道明天是天子生日,乃不露聲色,先教人暗地進獻鳳凰衫,以博得頭彩,希望贏得君王的注意,並進而希望得寵。第二首則寫畫鴛鴦的目的,不是用來呈現新樣,而是暗示希望獲寵的心理。第三首則寫宮人們互相排擠時的具體行動,一改前兩首的不動聲色,詩中充滿了「殺機」,真可謂暗箭難防。宮人們為爭寵奪愛而暗地使出的小聰明,與士人為博取功名、或希冀得到君王的賞識而採取的干謁、行卷甚至賄賂行為有何區別呢?詩人在這些詩裏表達的又何嘗沒有這種意味呢?

由上分析可以看出,君王主宰著唐代文人的命運,唐代文人對君主十分依賴,他們生命意義的實現,就恰如宮人一般來自皇帝的賞愛。李咸用的《春宮詞》幾乎就是這種情況的生動注腳:

> 風和氣淑宮殿春,感陽體解思君恩。眼光滴滴心振振,重瞳不轉憂生民。女當為妾男當臣,男力百歲在,女色片時新。用不用,唯一人,敢放天寵私微身,六宮萬國教誰賓?

綜上,唐代宮怨詩不但客觀反映了後宮女子這一群體的真實生存狀態和生命發展軌跡,使讀者對有唐一代的宮廷女性生活有了較為清晰的認識,而且文人們大都借助宮怨抒發一己之情,或表達他們對人生仕途的領悟,或表明起伏盛衰之悲,或透露身不由己之苦,從而折射出了唐代文人的深層心理結構和文化性格,以一個獨特的視角透視出了他們的人生哲學與生命內涵。

第三節　唐代宮怨詩的文學意義

宮怨詩作為古典詩歌的一種重要類型,從《詩經》開始萌芽,到漢代成熟定型,在南朝受宮體詩的影響,帶有幾分香豔色彩;至唐初,傳統的宮怨詩與上官體並行發展,再到盛唐詩人們廣泛創作的宮怨詩,直到中晚唐出現的宮詞。在這一過程中,創作主體、創

作傾向、題材和形式等方面都發生了重大變化。宮怨詩由民間創做
到宮廷創作再轉變爲民間創作，再不僅僅是描寫宮中女性和歌功頌
德，而是涉及到宮廷生活的方方面面；風格也由靡麗向更健康的方
向發展，包含了更多的人文關懷，更具人道主義精神，其中也隱含
著詩人自身的情感寄託；七絕也成爲主要形式之一，尤其是王建和
張祜等人的宮詞跳出以前宮廷題材詩的窠臼，並使宮詞成爲一種文
質並重的詩歌類別。在這一系列的發展變化中，有著深廣的文學意
義。

一、題材的拓展與深化

　　從選材上來說，唐代宮怨詩人承襲前代者不少，常常多詠古代
宮女，以歷史題材影射現實，其中又以漢喻唐者居多。或就《怨歌
行》的寓意加以渲染，或借班婕妤長信宮故事爲衣鉢，抒寫君恩已
斷的幽怨，如王昌齡《長信秋詞》五首與《西宮春怨》；或拈出漢武
帝寵信衛子夫，遺棄陳皇后的情事，加以敷衍，摹寫昔日芙蓉花，
今日斷根草的強大反差，呈現失寵者祈盼君幸不能釋懷的悲劇，如
王昌齡《春宮曲》、劉禹錫《阿嬌怨》、李白的《妾薄命》等。從這
一點來看，宮怨之作是感於當代弊病而發，寓諷刺影射之意，從文
字上看多屬賦詠古事，又因其所詠內容單純、抒情範圍狹小，歷來
被視爲詩歌創作中的「小題材」，但唐代詩人並不僅僅是承襲前代，
他們對此作了較爲深入的拓展，最終將這種「小題材」發揚廣大，
從漢魏六朝單純的「婕妤怨」、「長門怨」發展爲含義深廣的宮怨詩。
如中唐詩人不僅開闢出前人未涉足的宮怨領域，出現了《送宮人入
道》、《宮人斜》、《舊宮人》、《退宮人》、《宮人斜》等之類的新題材，
使傳統的宮怨詩描寫範圍更爲寬廣，對主旨的表現更爲深刻。即使
在常見的吟詠題材上也出現了前所未有的內容。宮怨詩不再是直抒
哀傷悲怨，而是在對宮廷生活與佚事的描繪之中體現宮怨意蘊。其
中最引人注目的就是宮詞的出現。以宮詞爲題的宮怨詩，突破了唐

代以前描寫歷史人物的虛擬性，對宮人心理的描寫更加細緻深入，曲盡其妙。同時，元稹、白居易等詩人的新樂府宮怨詩，以現實中具體宮人的怨情為主要描寫對象，出現了《上陽白髮人》、《陵園妾》等為題的宮怨詩，以新樂府形式突破了盛唐以前虛擬化的創作方式，完成了從描寫歷史人物向描寫現實人物、從描寫個別人物向描寫群體人物的轉變，增強了宮怨詩的真實性與敘事性。至晚唐，則有一部分以華清宮、李楊愛情故事為主題的宮怨詩，在傳統的宮怨背後，隱含著濃重的朝代盛衰、歷史興亡之感。顯然，唐代詩人尤其是中晚唐詩人在宮怨題材上的開拓，使這一類詩歌達到前所未有的繁榮，成為與唐代邊塞、山水田園、送別詠物、詠史遊仙等並駕齊驅的詩歌類型，豐富了我國古典詩歌的題材類型，唐代詩壇因此類詩歌的存在而顯得更加絢麗多彩。

二、「代言體」抒情的發展高峰

　　從創作主體上來說，唐代宮怨詩多是代言體，即大部分是「男子作閨音」的產物，是唐代詩人「集體無意識」的表現，也是本文所稱為的「男發女聲」現象。雖然說唐代以前也出現過「男發女聲」的詩歌，但那不過是詩人的偶爾為之，數量並不多。唐代隨著婦女地位的相應提高，受時代心理的驅使，詩人們常常「不約而同」地寫下「代言」女子心聲的詩作，他們以女性的口吻言悲抒恨，傾吐心曲，表現出對弱勢群體——深宮女子的同情，重要的是他們對女性情感世界的把握與表現達到了前所未有的力度和深度，甚至在某些方面，比女詩人的自我抒發之作更能體現女性的心理世界與思想情感，究其原因乃在於這種「男發女聲」的雙重心理機制。從一方面說，看到后妃、宮女、公主的不幸遭遇，引起詩人的同情，是他們為之代言的動機，那麼詩人在代言時，也會力求進入代言者的內心世界，盡量做到口吻、情感基調與代言者相契合；從另一方面說，宮人們的不幸有時會成為失志臣下的一面明鏡，使其從中看到自己

在政治生涯中的不幸，不幸的政治生涯，亦由此而可以作爲宮女之所以「思」、所以「怨」的注腳。二者相參互映，遂形成代言者情感上的糾結複雜。由於男性詩人在代言時滲入了自己的情感體驗，加上較高的文學素養，所以在某種意義上，他們更能貼近被代言者的情感世界，在表達被代言者的種種體驗時，更能淋漓盡致、曲盡其妙。雙重的心理機制，使男性詩人的代言之作更能表達女性的內心世界而絲毫沒有阻隔之感。因此可以說，男性詩人是女性話語的深化者。另外，男性詩人的代言之作不僅眞實地反映了女性自身的情感經驗，還在營造宮怨美學典型的同時，促導了古代女性主體的確立與強化。而女性主體一旦確立，便自然融入既有文學、文化傳統之中，對女性產生一定的規範力量。因而，即使是女詩人在表達自己的內心世界時，她們也會不自覺地認同男性代言而形成的虛擬形象。這樣一來，男性詩人的代言之作與女性詩人的自抒其情之作將具有更多的相似性，詩歌的「女性化」特徵也更加明顯，使古代詩歌的女性抒情方式得到進一步發展，並在一定程度上達到一個高峰，足可以與後來的宋詞相媲美。

三、藝術表現的新境界

從藝術手法上來說，唐代宮怨詩致力於失寵者內心幽怨的情感思緒，以情爲魂，調遣意象，其主人公或在春月良宵生出綿綿春恨，或於蕭瑟清秋縈損柔腸。前者樂景寫哀，則倍增其苦，後者是淒景寫哀，則不勝其悲。在得寵者志得意滿有形無形的映襯下，她們的身影定格在孤寂、淒涼、傷感的基調上，形單影隻，慨歎命薄，臥聽宮漏，憂思如潮。作者各騁才情，摹寫失寵者情狀，筆法空靈，有空谷傳音之妙。這使唐詩所具備的基本特點：含蓄、自然、生動，在宮怨詩裏得到了完美的體現。精鍊的心理暗示、歷史典故的運用及模糊多義的詩歌手法，也在唐代宮怨詩中頻頻出現。

具體來說，在情感抒發上，唐代的宮怨詩繼承了我國自古以來的

以悲為美、以悲為正宗的傳統詩美觀，並使這種抒發愁情怨緒、以悲為美的詩歌特徵達到了極至。由此也成為我國古代感傷文學的重要組成部分。在意象塑造上，宮怨詩在其蓬勃的發展過程中，出現了一系列的詩歌意象，其中有些意象屬於古典詩歌的傳統意象，如月、柳等在古典詩歌中是比較常見的。有些是宮怨詩和閨怨詩所共有的，有些是宮怨詩所獨有的。這些意象組成了特殊的意象群，它們在詩中的相互組合起到了表達情感、渲染氛圍、刻畫人物的作用，增添了唐代宮怨詩的藝術魅力，體現了唐人特定的情感模式與審美心理。並以其獨特的內涵和寓意，擴大了古典詩歌的意象範圍，豐富了唐詩的創作手法，成為古典詩歌表情達意、創造意境的重要組成部分。對此我們也應該給予足夠的肯定與重視。在風格特徵上，唐代絕大部分的宮怨詩都受傳統詩教的影響，遵循著「溫柔敦厚」、「怨而不怒」、「哀而不傷」的創作原則，意不淺露，語不窮盡，用意深沉，含蓄委婉，曲折地表達著深宮女子的愁情怨緒，真正做到了「句中有餘味，篇中有餘意」。總之，唐代宮怨詩單一的情感取向、悲美的抒情特徵、穩定的體裁形式與鮮明的意象群體、含蓄的抒情手法與細膩的心理刻畫，使古典詩歌的藝術境界更臻豐滿細膩，成為前後時代同類題材所望塵莫及的新境界，「宋以後頗稀，殆意境為前人說盡也。」〔註49〕

　　宮怨詩的傳統由來已久，它的產生、發展、變化與其它題材的詩歌相比，就顯得較為穩定、較少創新與變化。更有論者以為，唐人宮怨之作，所詠之事與詩人無涉，題材空泛，乃是最缺乏個性的作品。其說或非完全無因。但從另一方面說，唐代的宮怨詩人有時把對歷史的哲學思考融入到特定歷史人物的形象塑造之中，這種哲學內涵包括盛衰的變化、福禍的相依、歷史的循環輪迴、人生的幻滅感等，再加上高超的表現技巧，因此，在讀者感到審美疲勞的同時，內容的深化與藝術手法的高超則彌補了這一缺陷。事實上，宮怨之作，表面雖與詩人無涉，但宮人失寵，與士人之不遇，其情卻不無相近，是以宮怨

〔註49〕俞陛云：《詩境淺說》，北京出版社 2003 年版，第 237 頁。

此一題材，每易引起詩人同病相憐之感，亦由此而引發他們的寫作興趣。關於缺乏個性之說，我們可以這樣理解：作為一種詩歌類型，有其穩定的表現模式與規定，在某些方面確有模式化的一面，但宮怨詩所表達的種種寄意並不是一二詩人的個性，而是唐代文人對人生的共同體會，其所體現出來的種種藝術特點，也是一類詩歌所應表現的深層意蘊。唐代宮怨詩的價值，亦正在於它能超越個人的小世界，進而畫出唐代社會的共相，體現出此類題材的詩歌所應有的共性。

結　語

　　宮怨作爲古典詩歌的題材類型之一，起源於《詩經》，成熟定型於漢代，發展於漢魏六朝，至唐代，以前所未有的繁榮令人矚目。唐代宮怨詩共有 431 首，涉及作者 201 人，另有無名氏詩作 5 首。李白、王昌齡、白居易、王建、張祜等著名詩人都創作了一定數量的宮怨詩，且有不少膾炙人口的名篇佳作，出現了宮怨題材的創作高峰。這些宮怨詩以「男子作閨音」的主體錯位，折射出唐人的心理世界與性格特徵，反映了唐代時代變遷和社會發展的某些側面，達到前所未有的興盛。其興盛的背後，有著廣泛的社會文化背景。唐代宮人眾多，名號亦繁，在較爲開放的社會環境下，種種宮人命運、宮闈情事，以及由之而產生的哀怨，得以傳出宮外。在傳統題材的慣性影響之下，文人以此入詩，化爲文詞，或代之吐屈，或藉之自傷，一時成爲創作熱點。在此情形下，宮怨詩興盛於唐，乃是水到渠成之勢。

　　唐代宮怨詩的發展脈絡大致可分初盛唐、中唐、晚唐三個階段。初盛唐是唐代宮怨詩發展的第一個時期，初唐詩人的宮怨詩在題材選擇、內容主旨與藝術表現上多承襲前代，題材較爲狹窄，多集中在樂府舊題上，如《王昭君》、《長門怨》、《長信怨》、《銅雀臺》等，且多寫意之作，措詞多含蓄，重意象塑造，虛構成分多，代言體比重大。盛唐詩人的宮怨詩在題材上沒有太大的變化，但在內容與藝術表現上

有較大的發展。在這一階段，出現了七絕形式的宮怨詩，一改前代五言樂府占主要地位的局面。盛唐文人在對宮人心理的細膩刻畫之中，也寄寓了自身情感，形成唐代宮怨詩發展的第一個高潮。中唐是唐代宮怨詩發展的第二個時期，也是唐代宮怨詩發展的又一高潮，作家眾多，名作林立，充分體現了唐人的創新精神。中唐詩人不僅在題材上有所開拓，敘述手法亦有變化。元稹、白居易等人的新樂府宮怨詩，以現實中具體宮人的怨情爲主要描寫對象，以新樂府形式突破盛唐虛擬化的創作方式，完成了從描寫歷史人物向描寫現實人物、從描寫個別人物向描寫群體人物的轉變，增強了宮怨詩的眞實性與敘事性。王建、張祜等人以宮詞爲題的宮怨詩，除在內容上突破盛唐描寫歷史人物的虛擬性外，對宮人心理的描寫更加細緻深入，曲盡其妙；並在形式上以長於抒情的七絕承載現實瑣事，使短篇小製具有敘事作品的些許特質。在藝術手法上，與初盛唐相比，中唐宮怨詩語言更爲通俗，多用白描手法，寫實成分增多，從代言轉向第三人稱的客觀敘述和描寫，以旁觀者的角度描寫後宮女子的生活，不再像盛唐那樣寫景寫情多虛泛概括，而是有著更多的具體性和眞切感。這與整個中唐詩壇貼近日常生活、貼近世俗、注重寫實的詩歌主流風貌是一致的。換言之，中唐宮怨詩在內容與形式上均有創新，重在描寫現實中的「這一個」，呈現出時代性對假借性的突破，具體性對空靈性的突破，促成了唐代宮怨詩發展的第二個高潮。晚唐宮怨詩與中唐相比，在題材選擇上無大的變化，但藝術上卻頗爲不同，呈現出向盛唐宮怨詩的些許回歸。從整體上看，唐代宮怨詩的發展與唐詩主流風貌的發展相一致。

　　宮怨詩的描寫對象是宮廷中的女子，集中抒發後宮女子的愁情怨緒，這類專門以反映後宮女子內心世界和細膩情感的詩歌，在藝術手法上亦有其獨特性。其單一的情感取向、悲美的抒情特徵、穩定的體裁形式與鮮明的意象群體、含蓄的抒情手法與細膩的心理刻畫，使古典詩歌的藝術境界更臻豐滿細膩，成爲前後時代所望塵莫及的新境界，充分體現了唐人的文化心理與情感模式，其特有的美學魅力感染

了一代又一代讀者，成爲與唐代邊塞、山水田園、送別詠物、詠史遊仙等並駕齊驅的詩歌類型，豐富了我國古典詩歌的題材類型，唐代詩壇因此類詩歌的存在而顯得更加絢麗多彩。

唐代宮怨詩的文化意義與文學意義是：較爲客觀地反映了宮人的生活和命運，敘述了她們的不幸和痛苦，表達了她們的希冀和追求，使讀者對有唐一代的宮廷女性生活有了較爲清晰的認識，不僅成爲了唐代詩壇的一朵奇葩，也爲「以詩證史」、「以詩補史」提供了寶貴資料。唐人在創作宮怨詩時，大都借助宮怨抒發一己之情，或表達他們對人生仕途的領悟，或表明起伏盛衰之悲，或透露身不由己之苦，從而折射出了唐代文人的深層心理結構和文化性格，以一個獨特的視角透視出了他們的人生哲學與生命內涵。它所揭示的是唐代文人被動等待的生命狀態，依賴君王的性格心理，亦體現了唐代文人之間激烈的仕途競爭。唐代宮怨詩人拓展了古典詩歌的題材範圍，構築了此類題材所應有的表現模式與抒情範式，並由此形成種種自身獨具的藝術特點，對此後詩歌的發展，具有不容忽視的啓迪和影響。

參考文獻

一、專　著

B

1. 《白居易集》，白居易撰、顧學頡校點，中華書局 1979 年版。

2. 《白居易集箋校》，朱金城箋校，上海古籍出版社 1988 年版。

3. 《白居易資料彙編》，陳友琴編，中華書局 1962 年版。

4. 《白氏長慶集》，四部叢刊本。

5. 《本事詩》，孟棨撰、丁福保輯，歷代詩話續編本，中華書局 1983 年版。

6. 《不適應的少女》，威廉·托馬斯著，山東人民出版社 1988 年版。

7. 《北夢瑣言》，孫光憲撰、林青、賀軍平校注，三秦出版社 2003 年版。

8. 《貶謫文化與貶謫文學——以中唐元和五大詩人之貶及其創作爲中心》，尚永亮著，蘭州大學出版社 2004 年版。

C

1. 《滄浪詩話校釋》，嚴羽著、郭紹虞校釋，人民文學出版社 1983 年版。

2. 《曹植集校注》，趙幼文著，人民文學出版社 1984 年版。

3. 《朝野僉載》，張鷟著，三秦出版社 2004 年版。

4. 《冊府元龜》，王欽若等編，中華書局 1988 年版。

5. 《初唐詩》,〔美〕宇文所安著、賈晉華譯,三聯書店 2004 年版。

6. 《初唐宮廷詩風流變考論·序》,聶永華著,中國社會科學出版社 2002 年版。

7. Chinese Love Poetry, New Songs from a Jade Terrace: A Medieval Anthology, Birell,Anne Margaret, （Penguin Books, 1995）.

D

1. 《大唐新語》,劉肅撰,中華書局 1984 年版。

2. 《東觀奏記》,見《明皇雜錄》、《東觀奏記》合訂本,中華書局 1994 年版。

3. 《讀杜心解》,浦起龍撰,中華書局 1977 年版。

4. 《讀書與賞詩》,黃永玉著,洪範書店 1997 年版。

5. 《杜詩詳注》,杜甫撰、仇兆鰲注,中華書局 1979 年版。

6. 《杜陽雜編》,蘇鶚撰,中華書局 1987 年版。

7. 《鈍吟雜錄》,馮班著,《叢書集成》初編本。

F

1. 《樊川詩集注》,杜牧撰、馮集梧注,上海古籍出版社 1962 年版。

2. 《分門纂類唐宋時賢千家詩》,劉克莊編、李更、陳新校證,人民文學出版社 2002 年版。

3. 《分門纂類唐歌詩殘本》,趙孟奎編,宛委別藏錄絳雲樓藏本。

4. 《風騷與豔情》,康正果著,河南人民出版社 1988 年版。

5. 《甫里集》,陸龜蒙撰,四庫全書本。

6. Frankel, H.H., The flowering Plum and the palace Lady （Yale University,1976）.

G

1. 《歌德談話錄》,愛克曼輯錄、朱光潛譯,人民文學出版社 1978 年版。

2. 《古典詩學的現代詮釋》,蔣寅著,中華書局 2003 年版。

3. 《宮詞小纂》,張海鵬編,《叢書集成初編》本。

4. 《閨闈的探視——唐代女詩人》,蘇者聰著,湖南文藝出版社 1991 年。

5. 《管錐編》,錢鍾書著,中華書局 1979 年版。

H

1. 《韓昌黎詩繫年集釋》，韓愈撰、錢仲聯集釋，上海古籍出版社 1984 年版。

2. 《漢唐文學的嬗變》，葛曉音著，北京大學出版社 1990 年版。

3. 《漢魏六朝百三家集題辭注》，張溥著、殷孟倫注，人民文學出版社 1960 年版。

4. 《漢書》，班固撰，中華書局 1962 年。

5. 《河嶽英靈集研究》，李珍華著，中華書局 1992 年版。

6. 《後漢書》，范曄撰，中華書局 1965 年。

7. 《後村詩話》，劉克莊著、王秀梅點校，中華書局 1983 年版。

8. 《後村先生大全集》，劉克莊著，四部叢刊本。

J

1. 《迦陵論詩叢稿》，葉嘉瑩著，河北教育出版社 1997 年版。

2. 《教坊記箋訂》，崔令欽撰、任半塘箋訂，中華書局 1962 年版。

3. 《接受美學與接受理論》，〔德〕姚斯、〔美〕霍拉勃著，周寧、金元浦譯，遼寧人民出版社 1987 年版。

4. 《解釋學與人文科學》，保羅·利科爾著，河北人民出版社 1987 年版。

5. 《羯鼓錄·樂府雜錄·碧雞漫志》，古典文學出版社 1957 年版。

6. 《舊唐書》，劉昫撰，中華書局 1986 年版。

7. 《集異記》，薛用弱撰，四庫全書本。

8. 《晉書》，房玄齡等撰，中華書局 1974 年版。

9. 《郡齋讀書志》，晁公武撰，臺灣商務印書館 1978 年版。

K

1. 《開元天寶遺事十種》，〔五代〕王仁裕等撰、丁如明輯校，上海古籍出版社 1985 年。

2. 《困學紀聞》，王應麟著，四部叢刊本。

L

1. 《禮記》，鄭玄注，中華書局影印本 1991 年版。

2. 《李太白全集》，李白撰、王琦注，中華書局 1977 年版。

3. 《李賀資料彙編》，吳企明編，中華書局 1994 年版。

4. 《李商隱詩歌集解》，李商隱撰，劉學鍇、余恕誠集解，中華書局 2004 年版。

5. 《李義山詩集箋注》，李商隱撰、朱鶴齡箋注、程夢星刪補，清乾隆八年東柯草堂刊。

6. 《理解事件與文本意義——文學詮釋學》，李建盛著，上海譯文出版社 2002 年版。

7. 《歷代賦彙》，〔清〕陳元龍輯，北京圖書館出版社，1999 年版。

8. 《歷代宮詞紀事》，丘良任編著，暨南大學出版社 1995 年版。

9. 《歷代詩話》，何文煥編，中華書局 1981 年版。

10. 《歷代詩話續編》，丁福保編，中華書局 1983 年版。

11. 《梁書》，姚思廉撰，中華書局 1973 年版。

12. 《劉禹錫集箋證》，劉禹錫著、瞿蛻園箋釋，上海古籍出版社 1989 年版。

13. 《劉禹錫評傳》，卞孝萱著，南京大學出版社 1996 年版。

14. 《劉禹錫全集編年校注》，劉禹錫撰，陶敏、陶紅雨校注，嶽麓書社 2003 年版。

15. 《陸機集》，陸機撰、金濤聲點校，中華書局 1982 年版。

M

1. 《明詩話全編》，吳文治主編，江蘇古籍出版社 1997 年版。

N

1. 《廿二史箚記校證》，趙翼撰、王樹民校證，中華書局 1984 年版。

2. 《南宋的詩文選本研究》，張智華著，北京師範大學出版社 2002 年版。

3. 《南北朝文學史》，曹道衡、沈玉成著，人民文學出版社 1991 年版。

Q

1. 《清宮詞》，〔清〕吳士監等撰，北京古籍出版社 1986 年版。

2. 《清詩話》，丁福保輯，上海古籍出版社 1978 年版。

3. 《清詩話續編》，郭紹虞編選，上海古籍出版社 1983 年版。

4. 《全上古三代秦漢三國六朝文》，嚴可均輯校，中華書局 1958 年版。

5. 《全漢賦》，費振剛等輯校，北京大學出版社 1993 年版。

6. 《全唐詩》，中華書局 1985 年版。

7. 《全唐詩補編》，陳尚君輯校，中華書局 1992 年版。

8. 《全唐詩精華分類鑒賞集成》，潘百齊著，河海大學出版社 1989 年版。

9. 《全唐文》，董誥等編，中華書局 1983 年版。

R

1. 《榮格心理學入門》，〔美〕霍爾等著、馮川譯，三聯出版社 1987 年版。

2. 《日本學者中國文學研究譯叢》第三輯，吉林教育出版社 1990 年版。

3. 《日知錄》，顧炎武撰，商務印書館民國 18〔1929〕。

4. 《容齋隨筆》，洪邁撰，上海古籍出版社 1978 年版。

S

1. 《詩經主題辨析》，楊合鳴、李中華著，廣西教育出版社 1989 年版。

2. 《詩經直解》，陳子展著，復旦大學出版社 1983 年版。

3. 《詩經通論》，姚際恒著，中華書局 1958 年版。

4. 《詩經譯注》，程俊英著，上海古籍出版社 1985 年版。

5. 《詩經的文化學闡釋》，葉舒憲著，湖北人民出版社 1994 年版。

6. 《詩境淺說》，俞陛雲撰，北京出版社 2003 年版。

7. 《詩境淺說續編》，俞陛雲撰，萬里書店 1960 年版。

8. 《詩集傳》，朱熹撰，上海古籍出版社，1980 年新 1 版。

9. 《三國志》，裴松之撰，中華書局 1959 年版。

10. 《三國志集解》，盧弼著，中華書局 1982 年版。

11. 《三家評注李長集歌詩》，王琦等注，上海古籍出版社 1998 年版。

12. 《三體唐詩》，周弼編，四庫全書本。

13. 《邵氏聞見後錄》，邵博撰，中華書局 1983 年版。

14. 《社會心理學導論》，威廉·麥獨孤著、俞國良等譯，浙江教育出版社 1997 年版。

15. 《審美經驗與文學解釋學》，〔德〕姚斯著，上海譯文出版社 1997 年版。

16. 《神話——原型批評》，葉舒憲主編，陝西師範大學出版社 1987 年版。

17. 《盛唐詩》，〔美〕宇文所安著、賈晉華譯，三聯書店 2004 年版。

18. 《詩比興箋》，〔清〕陳沆著，中華書局 1959 年版。
19. 《詩國高潮與盛唐文化》，葛曉音著，北京大學出版社 1998 年版。
20. 《詩話總龜》，阮閱編、周本淳校點，人民文學出版社 1987 年版。
21. 《詩論》，朱光潛著，安徽教育出版社 1997 年版。
22. 《詩品注》，鍾嶸著、陳延傑注，人民文學出版社 1961 年版。
23. 《史通》，劉知幾撰、黃壽成校點，遼寧教育出版社 1997 年版。
24. 《詩人玉屑》，〔宋〕魏慶之編、王仲聞校勘，上海古籍出版社 1978 年版。
25. 《詩藪》，胡應麟撰，上海古籍出版社 1979 年新 1 版，
26. 《詩源辯體》，許學夷著、杜維沫校點，人民文學出版社 1987 年版。
27. 《世說新語校箋》，劉義慶撰、徐震堮校箋，中華書局 1984 年版。
28. 《順宗實錄》，韓愈撰，中華書局 1985 年版。
29. 《說文解字》，許慎著，中華書局 1963 年影印版。
30. 《說文解字注》，許慎撰、段玉裁注，上海古籍出版社 1981 年版。
31. 《四庫全書總目》，永瑢等撰，中華書局 1983 年版。
32. 《四溟詩話》，謝榛撰，人民文學出版社 1961 年版。
33. 《宋詩話輯佚》，郭紹虞輯，中華書局 1980 年版。
34. 《宋詩話考》，郭紹虞著，中華書局 1979 年版。
35. 《宋詩話全編》，吳文治主編，江蘇古籍出版社 1981 年版。
36. 《宋詩選注》，錢鍾書選注，人民文學出版社 1989 年第二版。
37. 《隋書》，魏徵等撰，中華書局 1973 年版。
38. 《隨園詩話》，袁枚撰，人民文學出版社 1982 年第二版。
39. 《隋唐嘉話‧朝野僉載》，劉餗、張鷟著，中華書局 1976 年版。
40. 《隋唐五代文學史料學》，陶敏、李一飛著，中華書局 2001 年版。
41. 《隋唐五代文學思想史》，羅宗強著，中華書局 2003 年版。
42. 《隋唐五代燕樂雜言歌辭研究》，王昆吾著，中華書局 1996 年版。
43. 《歲寒堂詩話》，張戒撰，《歷代詩話》本，中華書局 1983 年版。

T

1. 《他山的石頭記》，〔美〕宇文所安著、田曉菲譯，江蘇人民出版社 2003 年版。
2. 《談藝錄》，錢鍾書，中華書局 1984 年版。

3. 《太平廣記》，李昉等編，中華書局 1961 年。

4. 《唐大詔令集》，宋敏求等，鼎文書局 1978 年再版。

5. 《唐才子傳校箋》，傅璇琮主編，中華書局 1989 年版。

6. 《唐代婦女地位研究》，段塔麗著，人民出版社 2000 年版。

7. 《唐代宮怨詩研究》，鄭華達著，文津出版社 2000 年版。

8. 《唐代婦女生活與詩》，徐有富著，中華書局 2005 年版。

9. 《唐代墓誌彙編》，周紹良編，上海古籍出版社 1992 年版。

10. 《唐代詩人叢考》，傅璇琮著，中華書局 1980 年版

11. 《唐代文學史》，喬象鍾、陳鐵民主編，人民文學出版社 1995 年版。

12. 《唐代文學研究》第五輯，廣西師範大學出版社 1994 年版。

13. 《唐代文史論叢》，卞孝萱著，山西人民出版社 1986 年版。

14. 《唐國史補》，李肇撰，上海古籍出版社 1979 年新 1 版。

15. 《唐會要》，王溥撰，中華書局 1955 年版。

16. 《唐六典》，李林甫等撰，中華書局 1992 年版。

17. 《唐人七絕詩淺釋》，沈祖棻著，上海古籍出版社 1981 年版。

18. 《唐人絕句精華》，劉永濟編，人民文學出版社 1981 年版。

19. 《唐人選唐詩》，元結、殷璠等選，上海古籍出版社 1978 年版。

20. 《唐人選唐詩十種》，上海古籍出版社 1958 年版。

21. 《唐人選唐詩新編》，傅璇琮撰，陝西人民教育出版社 1996 年版。

22. 《唐人小說》，汪辟疆校錄，中華書局 1987 年版。

23. 《唐學與唐詩》，查屏球著，商務印書館 2000 年版。

24. 《唐詩別裁集》，沈德潛選，上海古籍出版社 1979 年版。

25. 《唐詩與政治》，孫琴安著，上海人民出版社 2003 年版。

26. 《唐詩的魅力》，梅祖麟、高友工著，上海古籍出版社 1990 年版。

27. 《唐詩概論》，蘇雪林著，上海書店據商務印書館 1947 年版影印，1992 年版。

28. 《唐詩通論》，劉開揚著，四川人民出版社 1983 年版。

29. 《唐詩雜論》，聞一多著，上海古籍出版社 1998 年版。

30. 《唐詩百話》，施蟄存著，華東師範大學出版社 1996 年版。

31. 《唐詩鼓吹》，元好問編、韓成武等點校，河北大學出版社 2000 年版。

32. 《唐詩紀事校箋》，計有功撰、王仲鏞校箋，巴蜀書社 1989 年版。

33. 《唐詩三百首詳析》，喻守眞編注，中華書局 1985 年版。

34. 《唐詩宋詞分類描寫辭典》，關瀅等主編，遼寧人民出版社 1989 年版。

35. 《唐詩選本六百種提要》，孫琴安著，陝西人民教育出版社 1987 年版。

36. 《唐詩品彙》，高棅編，上海古籍出版社 1982 年版。

37. 《唐詩評》，黃生撰，黃山書社 1995 年版。

38. 《唐詩彙評》，陳伯海主編，浙江教育出版社 1995 年版。

39. 《唐詩學引論》，陳伯海著，東方出版中心 1988 年版。

40. 《唐詩學史稿》，陳伯海等，河北人民出版社 2004 年版。

41. 《唐宋詩舉要》，高步瀛撰，中華書局 1959 年版。

42. 《唐音癸鑒》，胡震亨著，上海古籍出版社 1981 年版。

43. 《唐語林》，王讜撰，上海古籍出版社 1985 年版。

44. 《唐文粹》，姚鉉編，四部叢刊本。

45. 《唐音》，楊士弘編，四庫全書本。

46. 《唐五代詞史論稿》，劉尊明著，文化藝術出版社 2000 年版。

47. 《唐宋之際詩歌演變研究——以元白之元和體的創作影響爲中心》，劉寧著，北京師範大學出版社 2002 年版。

48. 《唐摭言》，王定保撰，古典文學出版社 1957 年版。

49. 《聽寅恪師唐史課筆記一則》，石泉、李涵著，見《追憶陳寅恪》，社會科學文獻出版社 1999 年版。

50. 《苕溪漁隱叢話》，胡仔纂集，人民文學出版社 1981 版。

51. 《艇齋詩話》，曾季貍撰，《歷代詩話續編》，中華書局 1983 年版。

52. 《通雅》，方以智著，中國書店 1990 年版。

W

1. 《晚唐詩風與士風》，趙榮蔚著，上海古籍出版社 2004 年版。

2. 《萬首唐人絕句》，洪邁編，文學古籍刊行社 1955 年版。

3. 《王建詩集》，王建著，中華書局 1959 年版。

4. 《魏晉南北朝文學思想史》，羅宗強著，中華書局 1996 年版。

5. 《韋莊詩詞箋注》，齊濤箋注，山東教育出版社 2002 年版。

6. 《文選》，蕭統編、李善注，嶽麓書社 2002 年版。

7. 《文學理論》，〔美〕韋勒克、沃倫著，劉象愚等譯，三聯書店 1984

年版。

8. 《文藝學美學方法論》，胡經之、王岳川主編，北京大學出版社 1994 年版。

9. 《文心雕龍注》，劉勰著、范文瀾注，人民文學出版社 1958 年版。

10. 《聞一多論古典文學》，鄭臨川著，重慶出版社 1984 年版。

11. 《五代作家的詩格與人格》，張興武著，人民文學出版社 2000 年版。

X

1. 《先秦漢魏晉南北朝詩》，逯欽立輯校，中華書局 1983 年版。

2. 《西京雜記全譯》，程章燦譯，貴州人民出版社 1993 年版。

3. 《現代心理學史》，〔美〕舒爾茨著、沈德燦等譯，人民教育出版社 1981 年版。

4. 《新唐書》，宋祁、歐陽修撰，中華書局 1986 年版。

5. 《新樂府詩派研究》，鍾優民著，遼寧大學出版社 1997 年版。

6. 《玄怪錄續玄怪錄》，朱僧孺、李復言著，中華書局 1982 年版。

Y

1. 《遺山先生文集》，元好問撰，四部叢刊本。

2. 《藝術哲學》，〔法〕丹納著，人民文學出版社 1963 年版。

3. 《藝概》，劉熙載撰，上海古籍出版社 1978 年版。

4. 《藝文類聚》，歐陽詢撰、汪紹楹校，中華書局 1982 年版。

5. 《義門讀書記》，何焯撰，中華書局 1987 年版。

6. 《因話錄》，趙璘撰，中華書局 1985 年版。

7. 《瀛奎律髓》，方回著，上海古籍出版社 1993 年版。

8. 《玉溪詩謎正續合編》，蘇雪林著，臺灣商務印書館股份有限公司，民國 77 年。

9. 《御選唐宋詩醇》，清高宗弘曆主編，四庫全書本。

10. 《玉臺新詠箋注》，〔陳〕徐陵編、吳兆宜注、穆克宏點校，中華書局 1985 年版。

11. 《語言與神話》，卡西勒著、于曉等譯，三聯書店 1988 年版。

12. 《玉谿生詩集箋注》，〔唐〕李商隱撰、〔清〕馮浩箋注，上海古籍出版社 1979 年版。

13. 《元白詩箋證稿》，陳寅恪著，三聯書店 2001 年版。

14. 《〈元好問論詩三十首〉小箋》，郭紹虞箋釋，人民文學出版社 1978 年版。

15. 《元稹集》，元稹撰、冀勤點校，中華書局 1982 年版。

16. 《元稹集編年箋注》，元稹撰、楊軍箋注，三秦出版社 2002 年版。

17. 《元稹年譜》，卞孝萱編，齊魯書社 1980 年版。

18. 《原詩》，葉燮撰，人民文學出版社 1979 年版。

19. 《樂府詩集》，郭茂倩編，上海古籍出版社 1998 年版。

20. 《樂府雜錄》，段安節撰，《叢書集成初編本》。

21. 《雲麓漫鈔》，趙彥衛撰，古典文學出版社 1957 年版。

22. 《雲溪友議》，范攄撰，古典文學出版社 1957 年版。

23. 《韻語陽秋》，葛立方撰，上海古籍出版社 1984 年版。

Z

1. 《張籍詩集》，張籍撰，中華書局 1959 年版。

2. 《張司業集》，張籍撰，《四部叢刊》初編本。

3. 《張燕公集》，張說撰，上海古籍出版社 1992 年版。

4. 《照隅室古典文學論文集》，郭紹虞，上海古籍出版社 1983 年版。

5. 《昭昧詹言》，方東樹著、汪紹楹校點，人民文學出版社 1961 年版。

6. 《真理與方法》，〔德〕加達默爾著、洪漢鼎譯，上海譯文出版社 1999 年版。

7. 《政治興變與唐詩演化》，胡可先著，中國社會科學出版社 2003 年版。

8. 《直齋書錄解題》，陳振孫著，上海古籍出版社 1987 年版。

9. 《中國古代文體形態研究》（增訂本），吳承學著，中山大學出版社 2002 年新 1 版。

10. 《中國古代文學通論·隋唐五代卷》，傅璇琮、蔣寅等編，遼寧人民出版社，2005 年版。

11. 《中國女性文學史》，譚正璧著，百花文藝出版社 2001 年版。

12. 《中國詩學》，葉維廉著，上海三聯書店 1991 年版。

13. 《中國詩歌藝術研究》，袁行霈著，北京大學出版社 1987 年版。

14. 《中國詩學研究》，張伯偉著，遼海出版社 2000 年版。

15. 《中國詩史》，〔日〕吉川幸次郎著、章培恒等譯，復旦大學出版社 2002 年版。

16. 《中國詩學的思路與實踐》，蔣寅著，廣西師範大學出版社 2001 年版。

17. 《中國古典戲曲論著集成》一，中國戲劇出版社 1959 年版。

18. 《中國文學史》，袁行霈主編，高等教育出版社 1999 年版。

19. 《中華大典·文學典·隋唐五代文學分典》，卞孝萱主編，江蘇古籍出版社 2000 年版。

20. 《中唐詩歌之開拓與新變》，孟二冬著，北京大學出版社 1998 年版。

21. 《中唐詩歌嬗變的民俗觀照》，劉航著，學苑出版社 2004 年版。

22. 《追憶》，〔美〕宇文所安著，三聯書店 2004 年版。

23. 《唐代的女流詩人》，樂恕人著，每日新聞社 1980 年版。

24. 《資治通鑒》，司馬光編著、胡三省音注，中華書局 1956 年版。

二、論　文

1. 《〈長門〉、〈自悼〉考論》，畢庶春，《四川師範大學學報》2004 年第 5 期。

2. 《從「宮體」到「宮怨」：兼論唐代文學觀念的嬗變》，黃依林，《社科與經濟信息》1996 年第 9 期。

3. 《從非我化到情感化：論宮體詩與宮怨詩抒情範式之差異》，劉紅麟，《江漢論壇》2004 年第 2 期。

4. 《對中國古代詩歌史研究的一些思考》，錢志熙，《北京大學學報》（社科版）2005 年第 4 期。

5. 《根據 46 種唐詩選本統計出的唐詩著名詩人》，葉持躍，寧波大學學報（人文科學版）1998 年第 6 期。

6. 《宮詞和宮怨之辨析》，梅紅、周嘯天，《西南民族學院學報》2002 年第 3 期。

7. 《宮怨體的濫觴——〈長門賦〉》，沈伯俊，《成都大學學報》1982 年第 1 期。

8. 《宮闈春情鎖不住　紅葉蕩漾到人間——漫話「紅葉題詩」的傳說和意義》，孟莉，《嘉興學院學報》2004 年第 5 期。

9. 《古代的宮怨詩和閨怨詩》，卞良君，《文史知識》1989 年第 9 期。

10. 《含蓄蘊藉寫宮怨——王昌齡宮怨詩初探》，陳今，《寧德師專學報》2001 年第 4 期。

11. 《李杜詩歌中的女性題材及抒情特徵三論——李杜詩歌女性觀念的比較》，劉明華，《社會科學研究》2001 年第 2 期。

12. 《李商隱詩歌的多義性及其對心靈世界的表現》，余恕誠，《文學遺產》1997 年第 2 期。

13. 《李白代言體詩的心理機制》，楊義，《海南師範學院學報》2000 年第 1、2、3 期。

14. 《李白樂府的類型化與個別化》，藍旭，《山東師範大學學報》2004 年第 2 期。

15. 《兩漢魏晉辭賦中的現實女性題材與性別表達》，郭建勳，《中國文學研究》2003 年第 4 期。

16. 《論漢代宮怨賦的情感維度與取象視野》，鍾濤，《青海師範大學學報》2005 年第 5 期。

17. 《論唐代宮怨詩與閨怨詩的幽怨美》，劉潔，《西北師大學報》2001 年第 5 期。

18. 《論「紅葉題詩」的宮怨主題》，陳慶紀，《丹東師專學報》2003 年第 2 期。

19. 《論女性與李白的情感世界》，孟修祥，《湖北大學學報》1996 年第 4 期。

20. 《論唐宋詩人的昭君詩》，吳河清，《河南教育學院學報》2001 年第 3 期。

21. 《論元代詩人的昭君詩》，王人恩，《雲南師範大學學報》2004 年第 5 期。

22. 《論昭君故事的三重敘述模式與審美體系》，軒蕾，《臨沂師範學院學報》2005 年第 4 期。

23. 《模擬與真實：唐代女性詩歌的雙重意味》，俞世芬，人大報刊複印資料《中國古代、近代文學研究》2005 年第 12 期。

24. 《男性文化與古代閨怨詩、宮怨詩》，青平，《西南民族學院學報》1993 年第 3 期。

25. 《淺談盛唐宮廷女性詩歌》，郭海文，《運城學院學報》2005 年第 1 期。

26. 《傾注血淚寫宮怨——王昌齡宮怨詩簡論》，畢士奎，《內蒙古師大學報》1997 年第 1 期。

27. 《秦漢魏晉遊仙詩史研究的新創獲》，葛曉音，《北京大學學報》2002 年第 5 期。

28. 《妾命何太薄　不及宮中水——談唐代宮怨詩的變態心理描寫》，張浩遜，《語文月刊》1986 年第 3 期。

29. 《「儒」源索隱》，楊寶忠、任文京，《孔子研究》1989 年第 1 期。

30. 《三千宮女胭脂面，幾個春來無淚痕——簡說唐代的「宮怨詩」》，韓理洲，《人文雜誌》1985 年第 6 期。

31. 《宋代昭君詩類型及其解讀》，唐眉江，《四川師範學院學報》2003 年第 1 期。

32. 《詩苑奇葩——談唐代的宮怨詩》，徐育民，《大學文科園地》1986 年第 2 期。

33. 《試論唐代宮怨詩的意象》，趙文彬，《丹東師專學報》2002 年 3 月。

34. 《唐代宮怨詩新論》，顧愛霞、高峰，《南京師大學報》1996 年第 3 期。

35. 《唐代宮怨詩綜論》，張浩遜，人大複印資料《中國古代、近代文學研究》1989 年第 10 期。

36. 《唐人筆記小說中的唐代女性》，馬自力，《文藝研究》2001 年第 6 期。

37. 《唐人詠昭君詩與士人心態》，蔣玉斌，《西南民族大學學報》2003 年第 8 期。

38. 《唐宋詩詞中的變性之音》，易思平，《江淮論壇》2003 年第 1 期。

39. 《王昌齡的兩首宮怨絕句》，陳邦炎，《名作欣賞》1986 年第 2 期。

40. 《文學的社會身份與文化功能——文學史研究提出的疑問》，李昌集，《文學遺產》2006 年第 1 期。

41. 《也談唐代宮怨詩的含蓄美》，張浩遜，《語文月刊》1985 年第 6 期。

42. 《吟詠宮女生活　堪補史籍缺載——談花蕊夫人〈宮詞〉的史料價值》，郭祝崧，《成都大學學報》2001 年第 2 期。

43. 《中唐宮詞與中唐士子人格兩重性分析》，阮麗萍，《和田師範專科學校學報》2005 年第 2 期。

44. *Ssu-ma Hsiang-ju's Tall Gate Palace Rhapsody*,David R. Knechtges，Harvard Journal of Asiatic Studies, Vol.41 No.1（1981）.

45. From Saint to Singing Girl: The Rewriting of the Lo-fu Narrative in Chinese Literati Poetry, Joseph Roe Allen III, Harvard Journal of Asiatic Studies, Vol.48 No.2（1988）.

附錄：唐代宮怨詩詩目 [註1]

一、《全唐詩》所收宮怨詩

則天皇后：《如意娘》，卷五，頁 58。

徐賢妃：《長門怨》，卷五，頁 59。

上官昭容：《彩書怨》，卷五，頁 61。

江　妃：《謝賜珍珠》，卷五，頁 64。

宜芬公主：《虛池驛題屏風》，卷七，頁 67。

鮑君徽：《惜花吟》，卷七，69 頁。

　　　　《東亭茶宴》，卷七，頁 69。

蕭　妃：《夜夢》，卷七，頁 69。

崔國輔：《王昭君》，卷十九，頁 210。

　　　　《長信宮》，卷二十，頁 258。

　　　　《白紵辭二首》其二（董賢女弟在椒風），卷二十二，頁 87。

　　　　《妾薄命》，卷二十四，頁 314。

　　　　《怨詞二首》其一（妾有羅衣裳），卷一百十九，頁 1202。

[註1] 本附錄所列宮怨詩，依據《全唐詩》（北京：中華書局，1960 年版）及《全唐詩補編》（北京：中華書局，1992 年版）二書輯錄而成。

駱賓王：《王昭君》，卷十九，頁 211。

董思恭：《王昭君》，卷十九，頁 211～212。

郭元振：《王昭君三首》，卷十九，頁 212。

東方勛：《王昭君三首》，卷十九，頁 212。

顧朝陽：《王昭君》，卷十九，頁 212。

儲光羲：《王昭君》，卷十九，頁 213。

陳　昭：《昭君詞》，卷十九，頁 214。

王無競：《銅雀臺》，卷十九，頁 218。

鄭　愔：《銅雀臺》，卷十九，頁 218。

王　勃：《銅雀妓》，卷十九，頁 219。

王　適：《銅雀妓》，卷十九，頁 220。

虞世南：《怨歌行》，卷二十，頁 253。

吳少微：《長門怨》，卷二十，頁 254。

張循之：《長門怨》，卷二十，頁 254。

袁　暉：《銅雀妓》，卷十九，頁 220。

　　　　《長門怨》，卷二十，頁 255。

齊　澣：《長門怨》，卷二十，頁 256。

徐彥伯：《班婕妤》，卷二十，頁 257。

嚴識玄：《班婕妤》，卷二十，頁 258。

杜審言：《妾薄命》，卷二十四，頁 314。

　　　　《陸州歌排遍第三》，卷二十七，頁 384。

　　　　《祓禊曲三》，卷二十七，頁 385。

張文琮：《昭君怨》，卷三十九，頁 504。

李百藥：《妾薄命》，卷四十三，頁 536。

宋之問：《息夫人》，卷五十一，頁 618。

崔　湜：《婕妤怨》，卷五十四，頁 663。

喬知之：《折楊柳》，卷十八，頁 190。

《銅雀妓》，卷十九，頁 220。

《長信宮中樹》，卷八十一，頁 873。

喬　備：《長門怨》，卷八十一，頁 879。

陳子昂：《感遇詩三十八首》其二十六（荒哉穆天子），卷八十三，

頁 893。

沈佺期：《王昭君》，卷十九，頁 211。

《銅雀妓》，卷十九，頁 220。

《長門怨》，卷二十，頁 254。

《鳳簫曲》，卷九十五，頁 1026。

《古歌》，卷九十五，頁 1026。

李如璧：《明月》，卷一百一，頁 1081。

張　諤：《百子池》，卷一百十，頁 1129。

劉庭琦：《銅雀臺》，卷一百十，頁 1132。

李　邕：《銅雀妓》，卷一百十五，頁 1168。

王　維：《班婕妤三首》，卷二十，頁 258。

《息夫人》，卷一百二十八，頁 1299。

崔　顥：《邯鄲宮人怨》，卷一百三十，頁 1325。

《長門怨》，卷一百三十，頁 1327。

《行路難》，卷二十五，頁 343。

祖　詠：《古意二首》其一（夫差日淫放），卷一百三十一，頁 1331。

王昌齡：《春宮曲》，卷一百四十三，頁 1445。

《西宮春怨》，卷一百四十三，頁 1445。

《西宮秋怨》，卷一百四十三，頁 1445。

《長信秋詞五首》，卷一百四十三，頁 1445。

常　建：《昭君墓》，卷一百四十四，頁 1460。

《塞下曲四首》其四，卷一百四十四，頁 1463。

王　諲：《後庭怨》，卷一百四十五，頁 1470。

《長信怨》，卷二十，頁 259～260；又見於卷一百四十五，頁 1471。

劉長卿：《過桃花夫人廟》，卷一百四十七，頁 1502。

《長門怨》，卷二十，頁 256；又見於卷一百四十八，頁 1511。

《昭陽曲》，卷一百五十，頁 1560。

《上陽宮望幸》，卷一百五十一，頁 1573。

《銅雀臺》，卷十九，頁 218；又見於卷一百五十一，頁 1578。

《王昭君》，卷十九，頁 212；又見於卷一百五十一，頁 1579 作《王昭君歌》。

李　華：《長門怨》，卷二十，頁 255；又見於卷一百五十三，頁 1589。

王　翰：《飛燕篇》，卷一百五十六，頁 1602。

《蛾眉怨》，卷二十，頁 260；又見於卷一百五十六，頁 1604 作《古蛾眉怨》。

孟浩然：《長樂宮》，卷一百五十九，頁 1630。

李　白：《古風》其四十九（美人出南國），卷一百六十一，頁 1678。

《于闐採花》，卷二十六，頁 361；又見於卷一百六十三，頁 1690。

《王昭君二首》，卷十九，頁 213；又見於卷一百六十三，頁 1691。

《中山孺子妾歌》，卷二十七，頁 420；又見於卷一百六十三，頁 1691。

《上之回》，卷十七，頁 166；又見於卷一百六十三，頁 1695。

《妾薄命》，卷二十四，頁 315；又見於卷一百六十三，頁 1696。

《怨歌行》，卷二十，頁 253；又見於卷一百六十四，頁 1700。

《玉階怨》，卷二十，頁 261；又見於卷一百六十四，頁 1701。

《秦女卷衣》，卷二十六，頁 361；又見於卷一百六十四，頁 1704。

《邯鄲才人嫁爲廝養卒婦》，卷一百六十四，頁 1704。

《懼讒》，卷一百八十四，頁 1876。

《長信怨》，卷二十，頁 260；又見於卷一百八十四，頁 1880 作《長信宮》。

《長門怨二首》，卷二十，頁 255；又見於卷一百八十四，頁 1880。

《怨情》，卷一百八十四，頁 1881。

韋應物：《悲紈扇》，卷一百九十一，頁 1965。

《送宮人入道》，卷一百九十五，頁 2010。

岑　參：《長門怨》，卷二十，頁 255；又見於卷二百，頁 2064。

薛奇童：《吳聲子夜歌》，卷二百二，頁 2110。

《怨詩二首》，卷二十，頁 251；又見於卷二百二，頁 2110 作《楚宮詞二首》。

梁　鍠：《長門怨》，卷二百二，頁 2113。

豆盧復：《昌年宮之作》，卷二百三，頁 2123。

李嘉祐：《古興》，卷二百六，頁 2145。

高　適：《銅雀妓》，卷二百十一，頁 2189。

杜　甫：《詠懷古迹五首》其三，卷二百三十，頁 2511。

賈　至：《銅雀臺》，卷十九，219 又見於卷二百三十五，頁 2594。

《長門怨》，卷二百三十五，頁 2594。

錢　起：《長信怨》，卷二百三十九，頁 2668。

皇甫冉：《秋怨》，卷二百四十九，頁 2801。

《婕妤春怨》，卷二百四十九，頁 2810。

《婕妤怨》，卷二十，259 又見於卷二百四十九，頁 2810。

劉方平：《婕妤怨》，卷二十，頁 258～259；又見於卷二百五十一，頁 2838 作《班婕妤》。

《銅雀妓》，卷二百五十一，頁 2837。

《長信宮》，卷二百五十一，頁 2839。

《春怨》，卷二百五十一，頁 2840。

鄭　錫：《玉階怨》，卷二百六十二，頁 2912。

顧　況：《葉上題詩從苑中流出》，卷二百六十七，頁 2970。

《宮詞》，卷二百六十七，頁 2971。

耿　湋：《長門怨》，卷二百六十九，頁 3002。

戎　昱：《苦哉行五首》其五，卷二百七十，頁 3007。

《閨情》，卷二百七十，頁 3008。

《詠史》，卷二百七十，頁 3011。

戎　音：《秋望興慶宮》，卷二百七十，頁 3013。

竇　鞏：《宮人斜》卷二百七十一頁 3053。

戴叔倫：《獨不見》，卷二百七十三，頁 3066。

《長門怨》，卷二十，頁 256；又見於卷二百七十三，頁 3081。

《宮詞》，卷二百七十三，頁 3094。

《漢宮人入道》，卷二百七十三，頁 3094。

《昭君詞》，卷十九，頁 214；又見於卷二百七十四，頁 3099。

《後宮曲》，卷二百七十四，頁 3103。

《昭君詞》，卷二百七十四，頁 3103。

盧　倫：《長門怨》，卷二十，頁 256；又見於卷二百七十七，頁 3147。

《過玉眞公主影殿》，卷三百七十九，頁 3169。

李　益：《賦得垣衣》，卷二百八十三，頁 3214。

《宮怨》，卷二十，頁 261；又見於卷二百八十三，頁 3226。

《漢宮詞》，卷二百八十三，頁 3230。

李　端：《妾薄命》，卷二十四，頁 316；又見於卷二百八十四，頁 3241。

《長門怨》，卷二百八十六，頁 3281。

《昭君詞》，卷十九，頁 214；又見於卷二百八十六，頁 3282。

楊　淩：《明妃怨》，卷二十三，頁 297；又見於卷二百九十一，頁 3308。

王　建：《古宮怨》，卷二百九十八，頁 3381。

《銅雀臺》，卷二百九十八，頁 3387。

《送宮人入道》，卷三百，頁 3412。

《長門燭》，卷三百一，頁 3424。

《舊宮人》，卷三百一，頁 3426。

《宮人斜》，卷三百一，頁 3428。

《長門》，卷三百一，頁 3429。

《宮詞一百首》其十八（魚藻宮中鎖翠娥），卷三百二，頁 3440。

《宮詞一百首》其三十三（春風吹雨灑旗竿），卷三百二，頁 3441。

《宮詞一百首》其三十六（每夜停燈熨御衣），卷三百二，頁 3441。

《宮詞一百首》其三十八（欲迎天子看花去），卷三百二，頁 3441。

《宮詞一百首》其三十九（往來舊院不堪修），卷三百二，頁 3441。

《宮詞一百首》其四十（自誇歌舞勝諸人），卷三百二，頁 3442。

《宮詞一百首》其四十三（合暗報來門鎖了），卷三百二，頁 3442。

《宮詞一百首》其五十六（未承恩澤一家愁），卷三百二，頁 3443。

《宮詞一百首》其六十九（宮人早起笑相呼），卷三百二，頁 3443。

《宮詞一百首》其七十六（鸚鵡誰教轉舌關），卷三百二，頁 3444。

《宮詞一百首》其八十三（教遍宮娥唱遍詞），卷三百二，頁 3445。

《宮詞一百首》其八十七（窗窗戶戶院相當），卷三百二，頁 3445。

《宮詞一百首》其九十（樹頭樹底覓殘紅），卷三百二，頁 3445。

《宮詞一百首》其九十六（步行送入長門裏），卷三百二，頁 3445。

劉　商：《銅雀妓》，卷十九，頁 220～221；又見於卷三百三，頁 3447。

于　鵠：《送宮人入道歸山》，卷三百十，頁 3503。

朱　放：《銅雀妓》卷十九，頁 221；又見於卷三百十五，頁 3541。

權德輿：《宮人斜絕句》，卷三百二十五，頁 3651。

羊士諤：《和李都郎中經宮人斜》，卷三百三十二，頁 3695。

楊巨源：《月宮詞》，卷三百三十三，頁 3717。

令狐楚：《思君恩》，卷三百三十四，頁 3750。

《王昭君》，卷十九，頁 213；又見於卷三百三十四，頁 3750。

王　涯：《思君恩》，卷三百四十六，頁 3875。

《宮詞三十首》其三（五更初起覺風寒），卷三百四十六，頁 3877。

《宮詞三十首》其六（箏翻禁曲覺聲難），卷三百四十六，頁 3877。

《宮詞三十首》其九（永巷重門漸半開），卷三百四十六，頁 3878。

《宮詞三十首》其十（春風簾裏舊青娥），卷三百四十六，頁 3878。

《宮詞三十首》其十三（白雪狗兒拂地行），卷三百四十六，頁 3878。

歐陽詹：《銅雀妓》，卷十九 220；又見於卷三百四十九，頁 3901。

劉禹錫：《團扇詩》，卷三百五十四，頁 3961。

《詠古二首有所寄》其一（車音想轔轔），卷三百五十四，頁 3975。

《魏宮詞二首》其一（日晚長秋簾外報），卷三百六十五，頁 4110。

《魏宮詞二首》其二（日映西陵松柏枝），卷三百六十五，頁 4110。

《阿嬌怨》，卷二十 257；又見於卷三百六十五，頁 4111。

《秋扇詞》，卷三百六十五，頁 4112。

張仲素：《思君恩》，卷三百六十七，頁 4137

《王昭君》，卷十九 213；又見於卷三百六十七，頁 4137。

張　籍：《吳宮怨》，卷三百八十二，頁 4283。

《白頭吟》，卷二十 248；又見於卷三百八十二，頁 4286。

《楚妃怨》，卷三百八十二，頁 4290。

《離宮怨》，卷三百八十二，頁 4290。

《送宮人入道》，卷三百八十四，頁 4305。

《舊宮人》，卷三百八十四，頁 4324。

《宿山祠》，卷三百八十六，頁 4350。

李　賀：《河南府試十二月樂詞並閏月·十月》，卷三百九十，頁 4398。

《宮娃歌》，卷三百九十一，頁 4408。

《三月過行宮》，卷三百九十一，頁 4411。

《銅雀妓》，卷十九 221；又見於卷三百九十二，頁 4412 作《追和何謝銅雀妓》。

《馮小憐》，卷三百九十二，頁 4416。

《感興六首》其五（曉菊泫寒露），卷三百九十四，頁 4438。

《謠俗》，卷三百九十四，頁 4442。

元　稹：《行宮》，卷四百十，頁 4552。

《苦樂相倚曲》，卷四百十八，頁 4609。

《上陽白髮人》，卷四百十九，頁 4615。

《月暗》，卷四百二十二，頁 4638。

白居易：《青冢》，卷四百二十五，頁 4668。

《上陽白髮人》，卷四百二十六，頁 4692。

《陵園妾》，卷四百二十七，頁 4706。

《過昭君村》，卷四百三十四，頁 4797。

《春題華陽觀》，卷四百三十六，頁 4829。

《昭君怨》，卷十九 213；又見於卷四百三十七作《王昭君》，頁 4858。

《後宮詞》（淚濕羅巾夢不成），卷四百四十一，頁 4930。

《後宮詞》（雨露由來一點恩），卷四百四十二，頁 4934。

《怨詩》，卷二十 252；又見於卷四百四十二，頁 4946。

楊　衡：《長門怨》，卷四百六十五，頁 5285。

劉言史：《長門怨》，卷二十 255；又見於卷四百六十八，頁 5325。

《贈陳長史妓》，卷四百六十八，頁 5329。

長孫輔佐：《古宮怨》，卷四百六十九，頁 5335。

張　碧：《古意》，卷四百六十九，頁 5338。

雍裕之：《宮人斜》，卷四百七十一，頁 5352。

劉　皁：《長門怨三首》其二（宮殿沉沉月欲分），卷四百七十二，頁 5359。

裴交泰：《長門怨》，卷二十，頁 254；又見於卷四百七十二，頁 5359。

蘇　郁：《詠和親》，卷四百七十二，頁 5361。

《鸚鵡詞》，卷四百七十二，頁 5361。

徐　凝：《漢宮曲》，卷四百七十四，頁 5377。

《上陽紅葉》，卷四百七十四，頁 5382。

柳公權：《應制為宮嬪詠》，卷四百七十九，頁 5447。

鮑溶：《章華宮人》，卷四百八十五，頁 5507。

《行路難》，卷四百八十五，頁 5511。

《上陽宮月》，卷四百八十七，頁 5535。

殷堯藩：《宮詞》，卷四百九十二，頁 5567。

《宮人入道》，卷四百九十二，頁 5573。

《漢宮詞》其一（成帝夫人淚滿懷），卷四百九十二，頁 5575。

　　　　　《漢宮詞》其二（霍家有女字成君），卷四百九十二，頁
　　　　　5575。

施肩吾：《帝宮詞》，卷四百九十四，頁 5592。

　　　　　《昭君怨》，卷四百九十四，頁 5608。

王　睿：《解昭君怨》，卷五百五，頁 5743。

章孝標：《古行宮》，卷五百六，頁 5751。

陳　標：《婕妤怨》，卷五百八，頁 5769。

顧非熊：《銅雀妓》，卷五百九，頁 5783。

張　祜：《思歸引》，卷二十三，頁 294；又見於卷五百十，頁 5796。

　　　　　《吳宮曲》，卷五百十，頁 5809。

　　　　　《賦昭君冢》，卷五百十，頁 5809。

　　　　　《牆頭花二首》其一（蟋蟀鳴洞房），卷五百十一，頁 5833。

　　　　　《宮詞二首》其一（故國三千里），卷五百十一，頁 5834。

　　　　　《宮詞二首》其二（自倚能歌日），卷五百十一，頁 5834。

　　　　　《思歸引二首》其一（萬里邊城遠），卷二十三，頁 297；
　　　　　又見於卷五百十一，頁 5834 作《昭君怨二首》。

　　　　　《思歸引二首》其二（漢庭無大議），卷二十三，頁 297；
　　　　　又見於卷五百十一，頁 5834 作《昭君怨二首》。

　　　　　《上巳樂》，卷五百十一，頁 5838。

　　　　　《退宮人二首》其一（開元皇帝掌中憐），卷五百十一，頁
　　　　　5840。

　　　　　《退宮人二首》其二（歌喉漸退出宮闈），卷五百十一，頁
　　　　　5840。

　　　　　《耍娘歌》，卷五百十一，頁 5840。

　　　　　《贈內人》，卷五百十一，頁 5841。

　　　　　《折楊柳二首》其一（莫折宮前楊柳枝），卷五百十一，頁
　　　　　5841。

《折楊柳二首》其二（凝碧池邊斂翠眉），卷五百十一，頁5841。

《長門怨》，卷二十，頁257；又見於卷五百十一，頁5841。

朱慶餘：《宮詞》，卷五百十四，頁5865。

李　遠：《悲銅雀臺》，卷五百十九，頁5931。

杜　牧：《奉陵宮人》，卷五百二十一，頁5955。

《出宮人二首》其一（閒吹玉殿昭華管），卷五百二十一，頁5959。

《出宮人二首》其二（平陽拊背穿馳道），卷五百二十一，頁5959。

《題桃花夫人廟》，卷五百二十三，頁5981。

《宮詞二首》其一（蟬翼輕綃傳體紅），卷五百二十四，頁5997。

《宮詞二首》其二（監官引出暫開門），卷五百二十四，頁5997。

《月》，卷五百二十四，頁5997。

《秋夕》，卷五百二十四，頁6002。

《宮人冢》，卷五百二十四，頁6005。

《洛中二首》其一（柳動晴風拂路塵），卷五百二十五，頁6010。

許　渾：《經古行宮》，卷五百三十六，頁6123。

李商隱：《宮辭》，卷五百三十九，頁6181。

《深宮》，卷五百四十，頁6189。

《和韓錄事送宮人入道》，卷五百四十，6196。

《槿花》，卷五百四十，頁6203。

《王昭君》，卷五百四十，頁6209。

《效長吉》，卷五百四十一，頁6225。

劉得仁：《長信宮》，卷五百四十四，頁 6295。

　　　　《悲老宮人》，卷五百四十五，頁 6303。

　　　　《長門怨》，卷五百四十五，頁 6304。

薛　逢：《宮詞》，卷五百四十八，頁 6323。

趙　嘏：《宮烏棲》，卷五百五十，頁 6368。

　　　　《冷日過驪山》，卷五百五十，頁 6368。

項　斯：《舊宮人》，卷五百五十四，頁 6423。

　　　　《送宮人入道》，卷五百五十四，頁 6424。

馬　戴：《雀臺怨》，卷五百五十五，頁 6432。

孟　遲：《長信宮》，卷五百五十七，頁 6459。

　　　　《吳故宮》，卷五百五十七，頁 6460。

　　　　《蘭昌宮》，卷五百五十七，頁 6460。

　　　　《宮人斜》，卷五百五十七，頁 6460。

薛　能：《銅雀臺》，卷五百六十一，頁 6514。

　　　　《吳姬十首》，卷五百六十一，頁 6519。

劉　皁：《長門怨》，卷五百六十三，頁 6535。

韓　琮：《柳》，卷五百六十五，頁 6552。

溫庭筠：《彈箏人》，卷五百七十九，頁 6730。

　　　　《楊柳八首》其一（宜春苑外最長條），其四（金縷毵毵碧
　　　　瓦溝），卷五百八十三，頁 6763。

段成式：《漢宮詞二首》，卷五百八十四，頁 6771。

劉　駕：《長門怨》，卷二十，頁 256。

李　頻：《太和公主還宮》，卷五百八十七，頁 6809。

曹　鄴：《恃寵》，卷五百九十二，頁 6863。

　　　　《金井怨》，卷五百九十三，頁 6873。

　　　　《姑蘇臺》，卷五百九十三，頁 6873。

《代班姬》，卷五百九十三，頁 6877。

于武陵：《長信宮二首》，卷五百九十五，頁 6890。

司馬箚：《宮怨》，卷五百九十六，頁 6905。

于　濆：《宮怨》，卷五百九十九，頁 6933。

翁　綬：《婕妤怨》，卷二十，頁 259；又見於卷六百，頁 6938。

汪　遵：《越女》，卷六百二，頁 6958。

　　　　《銅雀臺》，卷六百二，頁 6958。

邵　謁：《漢宮井》，卷六百五，頁 6997。

林　寬：《聞雁》，卷六百六，頁 7004。

皮日休：《古宮詞三首》其二（閒騎小步馬），卷六百十五，頁 7094。

陸龜蒙：《婕妤怨》，卷二十，頁 259；又見於卷六百十九，頁 7133。

　　　　《宮人斜》，卷六百二十九，頁 7217。

李山甫：《陰地關崇徽公主手迹》，卷六百四十三，頁 7368

　　　　《代崇徽公主意》，卷六百四十三，頁 7374。

李咸用：《春宮詞》，卷六百四十四，頁 7380。

　　　　《妾薄命》，卷六百四十四，頁 7383。

　　　　《銅雀臺》，卷六百四十四，頁 7383。

　　　　《婕妤怨》，卷六百四十四，頁 7383。

　　　　《昭君》，卷六百四十五，頁 7388。

胡　曾：《妾薄命》，卷二十四，頁 316；又見於卷六百四十七，頁 7417 作《薄命妾》。

　　　　《銅雀臺》，卷六百四十七，頁 7422。

　　　　《青冢》，卷六百四十七，頁 7423。

　　　　《漢宮》，卷六百四十七，頁 7424。

羅　鄴：《上陽宮》，卷六百五十四，頁 7508。

　　　　《螢二首》，卷六百五十四，頁 7521。

《宮中二首》，卷六百五十四，頁 7521

羅　隱：《銅雀臺》，卷十九，頁 219；又見於卷六百五十六，頁 7545。

　　　《宮詞》，卷六百六十五，頁 7622。

牛　嶠：《楊柳枝五首》，卷六百六十七，頁 7636。

高　蟾：《長門怨》，卷二十，頁 256～257；又見於卷六百六十八，頁 7645。

　　　《長信宮二首》，卷六百六十八，頁 7648；又見於卷二十，頁 257 作《長門怨》。

　　　《宮詞》句，卷六百六十八，頁 7649。

章　碣：《東都望幸》，卷六百六十九，頁 7654。

唐彥謙：《文惠宮人》，卷六百七十二，頁 7682。

鄭　谷：《長門怨二首》，卷二十，頁 257；又見於卷六百七十七，頁 7762。

韓　偓：《宮詞》，卷六百八十三，頁 7833。

　　　《長信宮二首》，卷六百八十三 7846。

吳　融：《上陽宮辭》，卷六百八十六，頁 7883。

盧汝弼：《妾薄命》，卷二十四，頁 316；又見於卷六百八十八，頁 7910 作《薄命妾》。

王　渙：《惆悵詩十二首》其八（青絲一絡墮雲鬟），其十二（夢裏分明入漢宮），卷六百九十，頁 7919。

杜荀鶴：《春宮怨》，卷六百九十一，頁 7925。

韋　莊：《宮怨》，卷六百九十五，頁 7997。

王貞白：《長門怨二首》，卷七百一，頁 8057。

　　　《折楊柳三首》，卷七百一，頁 8065。

張　蠙：《青冢》，卷七百二，頁 8083。

　　　《宮詞》，卷七百二，頁 8085。

徐　夤：《上陽宮辭》，卷七百九，頁 8158。

《李夫人二首》其一（不望金輿到錦帷），卷七百十一，頁8187。

《明妃》，卷七百十一，頁8187。

錢　珝：《春恨三首》，卷七百十二，頁8197。

崔道融：《銅雀妓二首》，卷七百十四，頁8202。

《西施灘》，卷七百十四，頁8203。

《擬樂府子夜四時歌四首》，卷七百十四，頁8204。

《漢宮詞》，卷七百十四，頁8205。

《班婕妤》，卷七百十四，頁8205。

《長門怨》，卷七百十四，頁8206。

《長門怨》，卷七百十四，頁8208。

柯　崇：《宮怨二首》，卷七百十五，頁8215。

胡令能：《王昭君》，卷七百二十七，頁8325。

任　翻：《宮怨》，卷七百二十七，頁8334。

和　凝：《宮詞百首》其八十二（縷金團扇對纖絺），卷七百三十五，頁8398。

李建勳：《宮詞》，卷七百三十九，頁8434。

《宮詞》，卷七百三十九，頁8435。

左　偓：《漢宮詞》，卷七百四十，頁8443。

陳　陶：《敘古二十九首》，卷七百四十六，頁8485。

其一十九（漢家三殿色）

其二十三（魏宮薛家女）

李　中：《宮詞二首》，卷七百四十八，頁8526。

《王昭君》，卷七百四十九，頁8534。

廖　融：《退宮妓》，卷七百六十二，頁8655。

孫元晏：《放宮人》，卷七百六十七，頁8706。

《潘妃》，卷七百六十七，頁 8709。

《分宮女》，卷七百六十七，頁 8709。

嚴識玄：《班婕妤》，卷七百六十八，頁 8713。

張　烜：《婕妤怨》，卷二十，頁 258；又見於卷七百六十九，頁 8729。

梁　獻：《王昭君》，卷十九，頁 211；又見於卷七百六十九，頁 8729。

鄭　鏦：《玉階怨》，卷七百六十九，頁 8730。

《婕妤怨》，卷七百六十九，頁 8731。

吳　燭：《銅雀妓》，卷十九 221；又見於卷七百七十，頁 8745。

蔣　吉：《昭君冢》，卷七百七十一，頁 8755。

周　濆：《重門曲》，卷七百七十一，頁 8755。

蕭　意：《長門失寵》，卷七百七十三，頁 8763。

冷朝光：《越溪怨》，卷七百七十三，頁 8767。

王　沈：《婕妤怨》卷二十，頁 259；又見於卷七百七十三，頁 8768。

王　偓：《夜夜曲》，卷二十六，頁 367；又見於卷七百七十三，頁 8768。

《明妃曲》，卷十九，頁 214；又見於卷七百七十三，頁 8768 作《明君詞》。

吳英秀：《鸚鵡》，卷七百七十六，頁 8792。

李光弼：《銅雀妓》，卷十九，頁 221；又見於卷七百七十八，頁 8805。

朱光弼：《宮詞》，卷七百七十八，頁 8805。

無名氏：《長門》，卷七百八十五，頁 8861。

《長信宮》，卷七百八十五，頁 8861。

《雜詩》其三（空賜羅衣不賜恩），卷七百八十五，頁 8862。

《王昭君》，卷七百八十六，頁 8864。

李　益：《賦應門照綠苔》，卷七百八十九，頁 8891。

武后宮人：《離別難》，卷七百九十七，頁 8966。

開元宮人：《袍中詩》，卷七百九十七，頁 8966。

天寶宮人：《題洛苑梧葉上》，卷七百九十七，頁 8967。

天寶宮人：《題洛苑梧葉上》，卷七百九十七，頁 8967。

德宗宮人：《題花葉詩》，卷七百九十七，頁 8967。

宣宗宮人：《題紅葉》，卷七百九十七，頁 8968。

僖宗宮人：《金鎖詩》，卷七百九十七，頁 8968。

花蕊夫人：《宮詞》，卷七百九十八，頁 8971。

其十三（太虛高閣淩虛殿）

其五十六（太液波清水殿涼）

其六十八（後宮阿監裏羅巾）

其九十（錦鱗躍水出浮萍）

其一一〇（高燒紅燭點銀燈）

其一三四（小院珠簾著地垂）

程長文：《銅雀妓》，卷十九，頁 222；又見於卷七百九十九，頁 8997。

梁　瓊：《銅雀臺》，卷十九，頁 219；又見於卷八百一，頁 9009。

　　　　《思歸引》，卷二十三，頁 297；又見於卷八百一，頁 9009
　　　　作《昭君怨》。

劉　云：《婕妤怨》，卷二十，頁 259；又見於卷八百一，頁 9010。

張　琰：《銅雀臺》，卷十九，頁 219。

劉　媛：《長門怨二首》，卷二十，頁 257；又見於卷八百一，頁 9013。

田　娥：《攜手曲》，卷二十六，366；又見於卷八百一，頁 9016。

　　　　《長信宮》，卷八百一，頁 9016。

皎　然：《王昭君》，卷十九，頁 213；又見於卷八百二十，頁 9247
　　　　作《昭君怨》。

　　　　《長門怨》，卷八百二十，頁 9247。

齊　己：《秋苔》，卷八百三十九，頁 9461。

張太華：《葬後見形詩》，卷八百六十六，頁 9805。

宮　嬪：《冥會詩》，卷八百六十六，頁 9806。

　　　　其一（爭不逢人話此身）

　　　　其三（幽谷窮花似妾身）

故臺城妓：《金陵詞》，卷八百六十六，頁 9809。

二、《全唐詩補編》所收宮怨詩

魏奉古：《長門怨》，《補全唐詩》，頁 15。

東方勴：《昭君怨》其三，《補全唐詩》，頁 17。

無名氏：《閨情》，《補全唐詩》，頁 34。

王貞白：《昭陽落花》，《全唐詩補逸》，載《全唐詩外編》，第二編，
　　　　卷一四，頁 250。

無名氏：《王昭君怨諸詞人連句》，《全唐詩補逸》，頁 286。

于　祐：《題紅葉》句，《全唐詩續補遺》，頁 446。

韓　氏：《得於祐題詩後又作詩》，《全唐詩續補遺》，頁 446。

　　　　《婚宴席上索筆爲詩》，《全唐詩續補遺》，頁 446。

聶通志：《經故宮女墳有感》，《全唐詩續補遺》，頁 528

無名氏：《昭君怨》，《全唐詩續補遺》，頁 530。

蜀宮人：《月夜吟》，《全唐詩續補遺》，頁 557。

後 記

　　又是一年春暖花開，天氣清爽宜人。往年這個時候，看到即將畢業的師兄師姐，心中有說不出的羨慕。如今，自己也要作別這個校園，卻悵然若失，無限留戀。三年時光真的太短，一切都很匆忙，太多遺憾已無法彌補。

　　三年來，我的點滴進步與導師尚永亮先生的教導密不可分。學期作業、發表的論文都經過他細緻的修改，尤其是這篇學位論文，更是傾注了他太多的心血。從選題、研究思路、研究方法到具體的撰寫，都經過他細心的指導，特別是最後定稿時，恰遇他身體欠佳，感冒多日，仍堅持對我的論文進行一字一句的修改，令我感動不已。同時還要感謝我的師母杭女士，她在生活上對我的幫助、在精神上對我的鼓勵，也是我三年來不斷前進的動力。

　　另外，還要感謝王兆鵬先生、李中華先生在開題報告上對我論文的指正與幫助。熊禮彙先生、陳文新先生和鄭傳寅先生課堂上的精彩講授也使我獲益良多。

　　最後，感謝程建虎師兄、陳鵬同學對我的關心，感謝我的先生李發亮在我最艱難的時候，承擔了大部分雜務，並對此論文進行了細心的文字校對工作，也感謝我的家人在經濟與精神上對我的支持。

吳雪伶

2007 年 5 月 4 日於珞珈山下